丽江，

今夜
你将谁遗忘

续写春秋 / 著

天津出版传媒集团

天津人民出版社

图书在版编目（CIP）数据

丽江，今夜你将谁遗忘 / 续写春秋著 . -- 天津：
天津人民出版社，2022.8
ISBN 978-7-201-18140-0

Ⅰ.①丽… Ⅱ.①续… Ⅲ.①长篇小说—中国—当代
Ⅳ.①I247.5

中国版本图书馆 CIP 数据核字(2022)第 100371 号

丽江，今夜你将谁遗忘

LIJIANG, JINYE NI JIANG SHUI YIWANG

出　　版	天津人民出版社
出 版 人	刘　庆
地　　址	天津市和平区西康路35号康岳大厦
邮政编码	300051
邮购电话	（022）23332469
电子信箱	reader@tjrmcbs.com

责任编辑	玮丽斯
美术编辑	汤磊·MX

印　　刷	天津新华印务有限公司
经　　销	新华书店
开　　本	710毫米×1000毫米　1/16
印　　张	18.5
字　　数	270千字
版次印次	2022年8月第1版　　2022年8月第1次印刷
定　　价	69.00元

目 录

chapter 1

人 到 中 年

张爱玲曾说过:人到中年的男人,时常会觉得孤独,因为他一睁开眼睛,周围都是要依靠他的人,却没有他可以依靠的人。

以前不曾有深刻的理解,直到陪我一同创业的兄弟禾丰坐在我对面哭着和我说要分道扬镳的时候,我信了!

我,标准的"90后"! 2013年大学毕业,我带着几个同学一起创业,搞了一家网络公司。第二年我就年入百万,风风光光地把昔日的班花变成了现在的老婆,跟着我一起干的兄弟们也都发了小财,在昆明买车买房,我成了朋友口中的"旭哥"。

2016年,经济危机爆发,公司业绩一落千丈。半年后,一同创业的兄弟们陆续选择分红撤资,留下一个烂摊子给我。

我不怪任何人,人不为己天诛地灭,何况公司的业绩也说明了一切,如果我那个时候收手,我名下至少还有一个独栋别墅和两辆价值百万元的车,银行卡上还有个几百万的存款。

可是我没有向命运妥协,因为我知道,一旦我申请公司破产,跟着我打拼了好几年的下属将比我更惨,大环境不好,任何人找工作都不容易。我怀揣着希望,用积蓄维持公司的运营,想让跟着我打拼的人有口饭吃……

然而内行人都知道,网络公司就是烧钱的机器,上千万元丢进去都打不起水漂来。

2017年年初,公司运营彻底瘫痪,曾经近百人的公司只剩下我、禾丰还有郭少阳。

今晚禾丰喝得有点多,他跪在我面前哭着对我说:"兄弟,对不起……我真的坚持不住了……这些年赚的钱我全都拿出来维持公司运营了……我现在每个月要还五千八百元的房贷和四千七百元的车贷,我上有瘫痪在床的老爸,下有两个上幼儿园的儿子……我老婆现在每天下班之后还要去做兼职……四个老人两个孩子全指着我们俩。我真的坚持不住了,你别怪我丢下你自己走,行吗?"

我跪在禾丰面前抱着他,告诉他我真的不怪他在这个时候选择离开,公司已经一年多没有给他发过工资了,不仅如此,禾丰还把自己的积蓄拿出来给了我……我真心希望他过了今晚就能找一个好的工作,至少可以维持生计。

我的情况比禾丰轻松一些,我和杨曼结婚多年,却一直没有一儿半女。我父母生活在老家,有退休金。岳父收入颇丰。即便是我的公司一直在倒贴钱,生活也还说得过去。

深夜,代驾开着我的车把我送回小区,去年为了渡过难关,我把别墅卖掉后全款买了这套商品房。现在我名下最值钱的也就只有这套商品房和我的这辆宝马车了。

回到家,杨曼听到开门的声音,穿着睡衣从卧室走出来,一脸不高兴地问道:"公司都要破产了,你还有心思跟别人喝酒?你也不看看这都几点了?"

我扶着墙走到客厅,坐在沙发上,望着天花板木讷地对杨曼道:"明天,我把车卖了吧。"

"干什么?"杨曼一脸警觉地说道,"公司就剩下你们三个人了,又没有员工需要发工资,你卖车干什么?车卖了我们用什么?"

我很无奈地说道:"你不是还有一辆奔驰代步家用吗?我把车卖了钱给禾丰,这两年禾丰跟着我把赚的钱全都搭进来了,他上有老下有小的,我不想看着他活得那么辛苦。"

"不行!"杨曼态度坚决,"车是我们的共同财产,我不同意你这么做。禾丰是咱们的同学不假,但是创业本来就有风险,现在公司成这样,这也不是你的错,你没必要可怜他。赚钱的时候,他怎么不想着把自己的钱给你一些呢?"

这一刻,我突然觉得眼前的杨曼如此陌生。

她也看出来我的眼神不对了,站在一边态度坚决的开口道:"不管你怎么想,卖车这件事我不同意!"说完,杨曼转身回了卧室,还重重地摔上了门。

我双眼望着天花板,在酒精的作用下头痛欲裂,禾丰跪在我面前流泪的一幕挥之不去。

我们都已年近三十,如果不是生活所迫,谁又愿意让自己如此狼狈呢?

人到中年!

我还是决定不顾杨曼的反对,把车卖掉拿钱给禾丰,因为他父亲每个月的医药费就要上万。我心里默默地告诉自己:再穷也不能让"咱爸"看不起病!

我在沙发上睡了一夜，次日清晨拖着疲惫的身体去了公司。如今外面的格子间办公区已经落满了灰尘，整个公司只有我和郭少阳了。

郭少阳是我大学同学，家里挺有钱的。他当初选择跟我一起创业，投资租了写字楼，以此入股，这些年他仅仅是以一个投资人的身份参与入股。

我坐在自己的办公室内揉着太阳穴，昨夜宿醉仍有些难受。

郭少阳穿着一身名牌西装走进来，坐在我对面说道："禾丰走啦，你呢？打算坚持到什么时候？"

我对郭少阳说道："我不甘心，我也不想就这么放弃。当初我们八个人能把一个工作室变成一个公司，现在也可以。"

郭少阳嘲笑我道："兄弟，现实一点吧，现在不是当初了，人得学会服输。我也不玩了，我劝你也别折腾了。"

我本来还想跟郭少阳聊聊接下来的打算，见他这副态度，我也就没有了兴趣。

我的确不想放弃，大学毕业四年，我的人生顺风顺水，一直是我给别人发工资，现在让我去打工？在心理上这一关就很难过得去。

郭少阳走了，整个公司彻底剩下我一个人！

坐在椅子上发了一个小时的呆，我起身去了二手车市场，2015年加价买的顶配车，花了接近两百万，现如今只卖到了八十八万！拿到这笔钱之后，我去了禾丰的家里，此时已经临近中午了。

禾丰刚刚起床没多久，脸上的胡茬还在，显得整个人很是疲惫。他父亲坐在轮椅上,笑呵呵地和我打招呼。

我把八十八万全部给了禾丰,这让禾丰很意外,惊讶地问道:"你哪来的钱? 给我这些钱干什么?"

我看着禾丰低声说道:"钱肯定是合法的,你拿着就行了。你用钱的地方比我多,'咱爸'的医药费每个月就不少钱,拿去用吧。咱辉煌的时候是兄弟,落魄了仍然是兄弟。"

禾丰双眼含泪地看着我,他是一个不善言辞的人,一切尽在不言中。

当天下午杨曼知道我把车卖掉的消息后来公司找我,和我发生了这些年最激烈的一次争吵。她没办法理解我为什么要这么做,质问我道:"你凭什么一个人决定把我们的共同财产卖掉?"

"禾丰他父亲瘫痪,还有三个老人、两个孩子,全都靠他呢……"

杨曼情绪激动地打断我的话问道:"禾丰自己没车吗? 他要是真的到了揭不开锅的地步,他不会卖自己的车吗? 你去逞什么英雄?"

"禾丰自己的车早就卖了贴补公司了,现在剩下的那辆车是他老婆的,每天接送孩子去幼儿园,偶尔还要送老人去医院。你让他们卖掉代步车?"

"我不管!"杨曼吼道,"禾丰家里过得怎么样跟我有什么关系? 你卖车给他钱就是你的不对!"

我不想和杨曼争辩什么,站在杨曼的角度思考,我卖车没跟她商量的确是我的不对,何况这车也的确是我们的共同财产。只不过杨曼的态度让我有些难以接受。

曾经的她不是这个样子,真的! 为什么她现在会如此暴躁? 是因为公司破产也影响到了她的情绪吗?

我没有资格责怪杨曼什么。这两年我为了公司已经把曾经拥有的独栋别墅都卖了,那个时候杨曼还是支持的,而最近这一年多,杨曼屡次劝我放弃,至少我们还可以拿着钱去做些别的。

而固执的我却始终没有听她的劝,小吵过几次。

周围的空气有点压抑,我用祈求的语气对杨曼说道:"曼曼,别和我吵好吗? 给我点时间,我曾经可以创造辉煌,以后也可以。低谷只是暂时的,我们一定会好起来的。"

杨曼看着我冷笑道:"这样的话你跟我说过多少遍了?可是你有什么改变吗?你什么时候才能学会面对现实?"

说完,杨曼转身走了,留我一个人落寞地坐在椅子上发呆。

这两年我为了公司的确是忽略了杨曼的感受,她为我们这个家付出了很多。但公司现在成这样,我没有放弃的理由。因为还有一些客户的数据需要维护,几家大型公司的服务器还存放在我们这里,如果我撒手了,谁来给他们做维护?没有我的日常维护,那些客户公司的后台很有可能瞬间崩溃。当初他们选择了我,我就要对这些人负责到底。

短暂的冷静思考之后,我拨通了"桃子"的电话。

桃子原名叫陶紫,在公证处上班,我们认识有几年了。这一次我找桃子是为了私事。

桃子接到我的电话之后告诉我她正在金鹰百货逛街,我可以去那边找她。

二十分钟之后,我在约定好的星巴克内找到了桃子,桃子是比我先到的,正在和一个朋友喝咖啡。

桃子已经帮我叫了一杯冰拿铁摆放在桌边,对我说道:"你喜欢的口味,冰拿铁。"

我坐在她们俩的对面,微笑说道:"谢谢。"

桃子介绍说:"给你介绍一下,我闺密顾瑶,是一家大型酒店的……"

话刚说到这,顾瑶就打断桃子的话说:"我在一家酒店当前台经理。"

我礼貌地向顾瑶问好,心里在想:哪家酒店这么有福气,竟然能招到如此有气质的女孩当前台经理。

顾瑶给人的第一感觉是:这样的女人站在任何一个男人身边,都会让别人对这个男人产生羡慕嫉妒恨的感觉。

chapter 3

离 婚

　　桃子又把我介绍给顾瑶,说:"方旭,一家网络公司的老板。"

　　"别闹了!"我自嘲道:"公司已经山穷水尽了,我也就是个光杆司令!"说到这,我直奔主题问道:"我要的资料你准备好了吗?"

　　桃子从自己的包里拿出一份证明资料递给我说:"你看一下,如果没问题就可以签字了。当然,你要想清楚了,只要签了字,你的房子就是杨曼的了,跟你一毛钱关系都没有。"

　　我看都没看就拿起了笔,在上面签了自己的名字,然后把资料还给了桃子说道:"拜托你啦。"

　　桃子略带无奈地摇头问道:"我想不明白,这房子明明就是你们的共同财产,可你为什么非要说这套房子是杨曼的父亲出钱买给你们的呢? 你到底想干什么?"

　　我端起咖啡喝了一小口,毫不隐瞒地说道:"我的公司经营出现了危机,所有的合伙人都撤资,下属也都辞职了,现在就剩下我一个人。眼下需要贷一笔钱东山再起,我担心自己失败,到时候贷款还不上,还要让杨曼跟着我受牵连。有了这份证明,即便是被法院起诉冻结我的财产,也不会和这套房子牵扯上关系,这是我能留给杨曼唯一的资产了吧。"

　　桃子轻叹道:"杨曼上辈子是拯救了银河系吗? 能遇见对她这么好的你,我只有羡慕的份了。"

　　顾瑶在一边对桃子抱怨道:"咱俩是在这吃狗粮呢吧! 你还有这样的朋友吗? 介绍给我认识认识。"

桃子翻着白眼说:"有这样的我还想自己留着呢,怎么舍得给你?"

我陪着桃子喝完咖啡,又马不停蹄地准备去银行咨询贷款的事,有时候我挺羡慕这些女孩子的,至少她们不用考虑"养家糊口"这四个字。

在我去银行的路上,杨曼打电话让我回去,说有很重要的事要商量,她爸妈已经从丽江来这了。

我赶紧让网约车的司机掉头送我回家,进门就看到了杨曼一家三口在客厅坐着。

我进门先跟她的父母打了招呼,杨曼招呼我说:"过来坐,我爸有事跟咱们商量。"

"爸……"我和杨曼坐在一起,"您有什么事打电话说就行了,怎么还亲自跑过来了?"

我岳父意味深长地说:"这事在电话里面说不清楚,所以我亲自过来跑一趟。另外……"说到这,他有点为难,就没继续说下去。

杨曼开口道:"爸,你有什么不好意思说的呢?方旭这么通情达理,不会多想的。"

岳父道:"曼曼,还是你说吧。"

见岳父这个样子,我就预感不是什么好事。

杨曼开口道:"是这么回事。我爸看上了昆明南绕城边的一套别墅,打算买下来,但他要退休了,决定用我的名字买下来。"

"可以啊!那就用你的名字买呗。"

杨曼继续说:"你又那么能折腾,是不是还想着贷款搞你的公司?到时候还不上贷款,咱爸买的别墅都得被银行拿去拍卖吧!我爸的意思是,咱俩先办个离婚,然后用我的名字去购买别墅,买完了再做个婚前财产公证,然后再重新领结婚证,你没意见吧?"

聊到这,我终于明白岳父为什么不好意思开口和我说了,他是怕我误会。

我说:"没事,我能理解。办离婚手续的时候,把现在这套房子也都放在你名下吧。"

杨曼嘴角扬起一丝不易察觉的微笑,对我岳父说道:"爸,你看到了吧,方旭懂事得很。"

岳父露出得意的微笑,对杨曼说:"那你们尽快办个离婚手续吧。最近这房价涨得离谱,早点把房子买了,你们也好早点复婚。"

杨曼自作主张道:"我们明天就去民政局把这事给办了。"

当时我以为岳父这么做的目的是怕我把他出钱买的别墅给坑了,殊不知这根本就是个谎言。

chapter 4
假 戏 真 做

次日清晨，杨曼早早地在电脑上打印了一份离婚协议书，大概内容就是离婚之后我净身出户，现在的这套商品房、全款奔驰轿车，以及能看得到的所有财产全都归杨曼所有。

我甚至都没细看那些条款，就在离婚协议书上签了字，上午九点到民政局排队，十点不到就把婚给离了。回想起当初结婚的时候，又要各种准备又要宴请亲朋好友什么的，现在拿个离婚证竟然这么容易，真是有些讽刺了。

我还和杨曼开玩笑说："原来离婚比结婚容易得多啊。"说着，我就把手搭在了杨曼的肩上，和以前一样的亲昵。

杨曼却推开了我的手，对我说："咱们都离婚了，还是保持点距离吧。"

我笑着说："不至于吧？"话还没说完，我就看到了薛磊正靠着杨曼的那辆奔驰车站着，脸上带着得意的笑。

薛磊跟我还有杨曼都是大学同学，也是当初一起创业的好兄弟之一，后来这小子发现不对就提前撤资了，当时还被禾丰骂他无情。

薛磊走过来问："办完了？你自由了？"

我愣住了，总觉得这事好像有点不对劲。

杨曼点点头，问道："你怎么来了？"

薛磊很平静地说："你跟我说了今天办离婚手续，我就过来接你了。去泰国的机票我已经买好了，咱们直接去机场吧，我陪你去泰国散散心。"

看到这一幕的我惊呆了，压抑着心头的怒火问："你们什么意思？"

薛磊坦白说："抱歉，其实我一直都喜欢杨曼，从上大学的时候就喜欢她。杨曼在你身上看不到希望,所以我想再努力一下,至少杨曼愿意给我个机会。"

我有点不敢相信薛磊说的这一切,把目光投向了杨曼,杨曼本能地闪避我的直视。

薛磊继续说:"这事你不能怪杨曼。作为一个男人,你现在的所作所为已经让深爱你的女人看不到希望,她选择离开你也是迫不得已。这两年是怎么折腾的你自己不清楚吗?别墅、豪车你都卖了,你混得一天不如一天,再这么下去,你是不是得带着杨曼租房过日子?我觉得杨曼选择跟你离婚,也是在给自己的将来作打算。"

我没理会薛磊,看着杨曼问道:"离婚是你提前策划好的对吗?你就是想摆脱我,顺便霸占现在的房子,是吗?"

杨曼深深地吸了口气,像是给自己鼓足了勇气一样说:"方旭,对不起。我就是一个普通的女人,再过两年我就三十岁了,三十岁对于一个女人是多么可怕的事你能想象得到吗?我不想自己到那个年龄了还一无所有,咱们家现在什么情况你又不是不知道,存款没有不说,你还要拼命地折腾你那已经没有任何希望的公司……原谅我的自私好吗?我跟你折腾不起了,我只想安稳一点过日子。"

薛磊说:"你放心,我能帮你照顾好杨曼。兄弟一场,我也知道你现在挺难的。如果你需要钱可以跟我说,我帮你想办法。"

我冷笑道:"你给我滚,我就算流浪街头,也不会求你帮忙的。"

薛磊轻叹道:"你何必呢?"

我没理会薛磊,看着杨曼说道:"你真的是给我好好地上了一课。"说着,我拿起手机把一个文档发给了杨曼,对她说道:"你自己看看这个吧。我昨天就已经在公证处做了公证,这套房子放在了你的名下,我想过自己有一天会落魄,这套房子算是我留给你唯一的财产。让我没想到的是,你竟然用假离婚的方式把房和车弄到自己名下。"

杨曼盯着手机愣住了,眼眶里面噙满了泪水,她低声哽咽道:"对不起……方旭……对不起……"

我苦笑道:"一张离婚证让我看清了很多事,各自安好吧。"

说完,我转身走向了路边,挥手拦下一辆出租车。身后,杨曼呼喊我的名字,我没有回头。薛磊在安慰她,在我看来一切都是那么的讽刺。

打个车回家,发现门锁已经换了全新的,我手里的钥匙根本打不开。敲门之后,岳父把一个行李箱丢了出来,对我说:"你所有的东西都在这里,你拿走吧,这个房子已经不是你的了。"

这一幕更加证明一切都是杨曼提前计划好的,我站在门口苦笑道:"这些都是你们商量好的吗?故意算计我是吗?我做了什么对不起你们家的事?何必这么坑我?"

岳母来到门口,一把将门关上,嘟囔道:"你跟他有什么话好说的?这些年曼曼跟他受的苦还不够多吗?"

杨曼一家人狠狠地给我上了一课,原来人性可以可怕到这种地步。我觉得委屈,更多的是不甘心,凭什么我处处为杨曼着想,她却可以做到如此的自私?

我们为深爱的人付出一切的时候,总幻想着她(他)也会掏心掏肺地回报,但现实总是残酷得让人不知所措。

华灯初上,我拉着行李箱走在昆明的某条街上,这时才深刻地意识到:我已经无家可归了!

chapter 5
沦落街头的流浪者

我妈的电话从老家打过来，我看着屏幕犹豫了半天才接起来，我妈在电话那边问道："你和杨曼是不是吵架了？为什么我打她电话她没接就给我挂断了？"

我不想让我妈知道我已经离婚的事，更不想让她知道我现在无家可归，撒谎道："杨曼可能在忙着开会吧，你打电话给她干什么？"

我妈无比关切地道："没啥事，我前几天邮寄了一些风干肠到你那，刚刚短信提醒已经签收了，杨曼不是喜欢吃嘛，我打电话告诉她一声，这东西吃不了要放在冰箱冷冻。"

"知道了！"此时听到我妈还那么关心杨曼，心里就觉得更憋屈，于是我想结束这通电话，"上次你邮寄风干肠的时候就说过了，我们一直冷冻保存呢。"

我妈特别欣慰地说道："知道就行。你平时多照顾着点杨曼，别没日没夜的工作，晚上早点回家，你们都二十七八岁了，年龄也不小了，差不多就要个孩子。"

"行了行了！"这话题越聊越远，"我知道了，您快别在电话里面催了。"

"好，我不在电话里面催，下个月有空我和你爸去昆明看你们。"

"下个月再说！"

说完我就把电话给挂了，心里越想越难受，转身就回去要我妈邮来的风干肠，心想就算喂狗我都不给他们杨家人吃。

再次回到熟悉的那道门前，敲了很久门才被打开，岳父一脸不耐烦地问道："你又回来干什么？你的东西都给你了，这里已经不是你家了。"

我看着他问道："下午有个快递是不是被你们取回来了？"

"什么快递？我没看到！"

"我妈给我邮寄的特产风干肠。"

"有有有！"岳母抱着一个纸箱来到门口，一把将箱子丢了出来，风干肠散落了一地，她很嫌弃地说道："拿走！拿走！别再回来了，说的好像我们故意贪污你几根火腿肠似的。"

说完，那扇门再一次被狠狠地关上，我忍着泪弯腰把这些散落在地上的风干肠一一拾起，于我而言，这并不是一根根香肠，更是我妈在万里之外对我们的关心。我小心翼翼地装在纸箱内，把纸箱放在行李箱的拉杆上，落寞地离开。

路灯把我的影子拉得好长好长，我独自走在街上，漫无目的地游荡。

几天前的我有价值百万的豪车，有两百多平方米的房子，还有一个自认为很温馨的家，如今这一切如云烟一般消散得无影无踪。

公园内，我坐在自己的行李箱上，扯开了一包风干肠，就着一瓶矿泉水算是把晚饭解决了。我妈自己做的风干肠绝对是货真价实的纯肉肠，吃到一半的时候我想到了一直都很照顾我的桃子，反正自己也吃不完这么多，索性送给桃子一些。

打电话给桃子，桃子听说我要送她好吃的，开心得不得了，要亲自过来找我。

当桃子在公园找到我的时候，整个人都惊呆了，随后捂着嘴笑道："你这是演的哪一出？坐在行李箱上面吃香肠喝矿泉水？"

我仰视桃子说道："刚下火车的打工仔都知道自己何去何从，我现在还不如他们呢。"

"怎么了？"桃子坐在我身边问，"怎么把自己说得那么惨？"

"我被离婚了。"

"被离婚？"桃子没理解我要表达的意思，"'被离婚'是什么意思？"

我把今天离婚的经过和桃子说了一遍，桃子无比震惊，小心翼翼地问："真的吗？电视剧导演都不敢这么拍，你确定没和我开玩笑？"

我苦笑道："拿这种事开玩笑？我吃饱撑的？"

桃子很同情我，对我说："走吧，我带你先回我那安顿一下吧，你的风干肠就当是房租了。过两天杨曼想清楚肯定后悔，哭着回来找你复合。"

桃子自己租了一套两室一厅的小区房，她的次卧一直当杂物间，今晚是临时收拾一下给我住，为了让我能住得舒服一点，她还在我休息的时候去楼下的便利店买了一套全新的床单被罩给我用。一直自命不凡的我怎么都没想到会有一天过上寄人篱下的生活。

桃子很照顾我的感受，没有用过激的语言诋毁杨曼，也没有说那些场面话安慰我。第二天上午，她就开始努力动用自己身边的资源，希望能帮我谈成一两单生意。结果事与愿违，我仍发自心底感激桃子。

住在桃子家的第三天，我重新审视一下自己目前的状况，"被离婚"的时候，我所有卡上加一起也只有不到一万块钱，租的写字楼下个月就要到期，房东又催我付下一年的房租，我不得不面对"公司经营不下去"的事实。

而我也不能一直赖在桃子这里，毕竟她也有自己的生活。

我开始处理曾经的办公用品，把桌椅和电脑全都白菜价卖掉之后，收回了不到三万块钱。

最值钱的也就是十二台服务器，当时购买的价格是六万多一台，自己又给每个服务器改装了内置电源，现在的成本总价在八十多万。

我把这些当成二手闲置发在了网上，很快就被拉萨旅游公司的人发现，打电话给我要购买，对方开价三十万，但必须让我亲自把服务器带过去，当面验货交易，并且负责免费调试。

因为改装了电池，服务器无法空运，陆运又担心暴力运输造成损伤，毕竟这样的案例在国内屡见不鲜，经过反复思量，我决定租个车自驾去拉萨交付这些服务器。

当天晚上我请桃子吃火锅，感谢她这几天收留我，顺便把我要去拉萨交付服务器的事告诉了桃子。

桃子听后问："你还记得上次跟我一起喝咖啡的顾瑶吗？她一直想要自驾去拉萨旅行，但她的车技很差，如果你们一起同行，彼此都能节省很多开支,最主要的是又省下一笔租车的费用,你觉得怎么样?"

顾瑶——那个美得有点过分的女人,我们有可能一起同行吗?

如果真的可以开着顾瑶的车一起去拉萨,倒也是一个不错的选择,至少我可以省下一笔租车的费用,沿途的油费又能平摊,这样也挺好的。桃子也不管我是否同意,就自作主张要帮我联系顾瑶,让我等消息。

晚上,我爸打来电话,告诉我二叔家的弟弟结婚,二叔找他借钱当彩礼,我爸自己没有多少钱,又不敢跟我妈说,所以他想让我给他拿一点。

其实我妈不是计较的人,主要是这些年我这个二婶有点过分了,尤其是在我开公司之后,知道我家里有钱,屡次借钱不还,这事被街坊邻里知道了,我二婶又开始对外说我妈不讲人情,儿子都那么有钱了,还盯着借给她家那点钱不放。

这话传到我妈的耳朵里,肯定是不高兴的,告诉我爸以后别跟我二叔家来往。我爸肯定是做不到啊!毕竟我二叔是他唯一的弟弟。

我全部家当也只有不到四万块钱了,且是刚刚卖掉旧桌椅和电脑拿到的。我告诉我爸,最多只能拿出这些钱,再多了我也没有。

我爸听到这个数之后挺不高兴的,不过他也没多说什么,隔着手机我都能感觉到他的情绪,挂断电话之后,我在微信上转给了他钱,至此,我全部卡里加一起也不到六千块钱了。

我不想评价我二叔一家人怎么样。亲戚认为你有钱了,就有义务把钱无偿地拿给他们用,在他们看来,这是理所应当的,动不动就拿"自家亲戚"做道德绑架。

我离婚、破产的消息对我爸一个字都没有提,到了这个年纪,早就习惯了对家人报喜不报忧。

我目前全部的希望都在这十二台服务器上面,这十二台服务器卖掉,还能有三十万的收入,拿到这笔钱之后,我打算一切重新开始。

第二天早上,桃子就来敲我的房门,告诉我顾瑶已经同意拼车去拉萨,中午一起吃个饭商量一下路线,以及前期必要的准备,当然,最重要的还是费用问题,这个要提前说清楚。

十一点,桃子开车带我去饭店赴约,路上有点堵车,到饭店包间的时候,已经是十一点四十五分了,顾瑶和另外一对情侣已经在这里等着我们了。

见面之后,顾瑶给桃子一个大大的拥抱,桃子道:"路上有点堵车,让你们久等了。"

顾瑶微笑说:"没关系,还有两个朋友也在路上,都是准备一起去拉萨的。对了,我给你们介绍一下,这位是我朋友吕胜,他也带着女朋友孙淼跟我们一起出发。"

我向吕胜主动伸出手,吕胜特别客气地对我说:"听顾瑶说你已经自驾过很多条路线了,这次还希望多照顾照顾,麻烦了。"

"太客气了,大家一起同行,相互帮助是应该的。"

顾瑶笑着说:"真看不习惯你们这么客气的样子,咱们又不是谈生意,大家就别客气了好吗?对了方旭,吕胜的车是SUV,没问题吧?"

"我们走滇藏线进去就完全没问题,沿途都是铺装路面,只要车不坏,一点问题都没有。"

吕胜笑道:"新车,哪那么容易坏呢,对吧!"

我们正聊着呢,门外又进来两个女生,走在前面的女生叫李思娇,身上背着一个包,进门就抱怨:"谁选的这么个破地方见面?堵车都要堵死了,真烦。"

另外那女孩的装扮跟李思娇差不多,她名叫乔丽,找了个空位坐下来左右看了看问道:"人都到齐了?我们不会是最后来的吧?"

顾瑶撇嘴说道:"就你们俩慢。"

李思娇翻着白眼说:"谁让你选这么个破地方了?还怪我慢,我还没怪你选的地方不好呢，真是的。"

顾瑶也没太在意，把李思娇和乔丽介绍给我们认识，这两个都是她的朋友，貌似跟吕胜、孙淼也不熟。

这几年开公司，我和各种各样的人打交道，虽然是第一次见面，我就已经看出来李思娇和乔丽这两个女孩不是那么好相处，说话完全不顾别人感受的那种。

说真的，跟这种人出去很累，好在我开的这辆车是顾瑶的，而且顾瑶是很好相处的女孩，至少自身的素养比较好。

大家确定了出发的时间是五天以后，我带着顾瑶还有迟到的两个女孩开顾瑶的丰田陆巡，吕胜和孙淼开奥迪Q5，一共两辆车走滇藏线去拉萨。

费用方面，吕胜和孙淼自己承担奥迪Q5的一切开销，陆巡的油费由我们四个人平摊，沿途的住宿各自承担各自的。吃饭的费用现场AA（各人平均分摊所有费用），之所以不提前收费，主要是考虑到沿途会有一些特色小吃，如果某一餐没有一起吃饭，那就不需要平分这顿饭钱。

席间，这些女孩子各种讨论要带什么样的衣服在沿途拍照，听她们的口气，恨不得把整个车里全都塞满漂亮的衣服，根本就不考虑别的了。

午宴散去后，我和桃子一起回去，她略带同情地对我说："迟到的那两个女生绝对不是省油的灯，这一路你可能要受折磨了。"

我转过头看着坐在副驾驶的桃子问："你以前认识她们？"

桃子摇头，对我说："不认识，但是听顾瑶提起过这个李思娇，好像是她大姨的女儿，从小被宠坏的那种。"

太多的事我也没问，开着车直接去了户外用品店，去拉萨还是要提前准备一些的，比如便携式氧气就必须有，我对自己的身体倒是很自信，毕竟自驾西藏已经有几次了。

但是那几个女孩全都是第一次去西藏，高原反应也是很有可能发生的。

除了便携式氧气之外，我还买了丁烷气管、炉头、便携式套锅、对讲机等等，这些是户外做饭应急的，最后给自己买了一套冲锋衣，老板还送了一个镁块打火石和几个保温毯，这种保温毯实际上就是一层很薄很薄的塑料膜，折叠起来都不如一条手绢大,打开之后有三平方米,一面是银色一面是金色涂层。赠送的这几样东西加一起也不过三十块钱左右,但却救了我们的命。

我离开户外用品店之后又去药店买了几盒红景天、携氧片还有西洋参含片。

桃子说我买的很多东西都是大家公用的,为什么不在吃饭的时候提出来,这笔钱应该算在大家平分的范围内。

我说算了,也就两千块钱不到,花就花了吧,要一起走那么多天呢。主要我就不是那种计较的人。

这几天我一直住在桃子这里，虽然是好朋友，但是这么麻烦人家多少有点歉意。

桃子喜欢花，出发前一天早上，我联系顾瑶取了她的车，一辆才上牌没两个月的丰田顶配陆巡，想不明白顾瑶那么精致的一个女孩子，怎么会喜欢如此粗犷的硬派越野。

拿到顾瑶的车之后，我先去斗南花卉市场给桃子买了一些鲜花带回去，把整个阳台重新布置了一番，下午把十二台服务器打包装在了陆巡的后备厢里面，差不多占据了后备厢三分之一的空间，又把提前买好的便携式氧气、炉头、防滑链、工兵铲以及自己的行李箱塞进去。

此时，整个后备厢已经被我的这些用品占据了一半的空间。

桃子晚上看到了阳台上的植物，惊喜得不得了，得知明天我就要出发，桃子又从自己家的保险柜里面拿出了三千块钱的现金给我。去拉萨这一路很多地方都是没有手机信号的，手机支付不方便的时候，还是要带一些现金。

这件事倒是被我忽略掉了。

次日清晨，我们约好在顾瑶上班的酒店集合，她刚好下夜班直接出发，在群里发的通知是九点准时出发，结果我到酒店门口的时候只见到了顾瑶，顾瑶穿着一身红色的裙子，打扮得特别漂亮。

见面之后她微笑问道："你吃早饭了吗？我去前台给你拿个餐券，去餐厅吃个早饭吧。李思娇和乔丽都在餐厅吃饭呢，咱们要稍微等一下了。"

"吕胜、孙淼呢？他们到了吗？"

"他们吃过早饭了，去停车场开车，马上就过来。你要不要过去吃个早饭？"

"我吃过早饭了，先帮你把行李箱装在车上吧。"

说着，我就下车帮顾瑶抬行李箱，顾瑶看到后备厢里面那么多东西，惊讶地问道："这些都是你的东西？里面那个箱子就是你要带去拉萨的？"

"对，里面的那个箱子是十二台服务器，这次去拉萨就是要把这些服务器交到客户的手里。"

"这东西很贵吧？"

"……全新的时候差不多一百万左右吧。"

我小心翼翼地把顾瑶的行李箱放在里面，余下来的空间还够放李思娇和乔丽的东西，我和顾瑶在车边聊了差不多十几分钟，这两个大小姐才慢悠悠地出来，让我不理解的是，每个人竟然有两个行李箱。

这真是刷新了我的认知。

李思娇见后备厢的空间不是很大，随口抱怨道："这里面都是些什么乱七八糟的东西？怎么这么多！我和乔丽的行李箱都放不下了。"

这时Q5车的吕胜主动对李思娇说道："我们的Q5后备厢还有很大空间，把行李箱放去我们那边吧。"

李思娇连一声"谢"都没说，好像人家这么做是理所应当的一样。我把提前买好的对讲机拿了一个放在Q5车里，教他怎么使用，方便出发之后相互联系。

旅行对于每一个人来说都是一件心情愉悦的事，对远方的向往是每一个人的天性，我们都不喜欢那种一成不变的生活方式，看惯了水泥建筑的同时，更加向往远方。

出发之后，顾瑶坐在副驾驶的位置上，后排是李思娇和乔丽，这两个女孩子各种兴奋，讨论着各自带了多少套衣服，幻想着在不同的场景穿不同的衣服，拍摄不同风格的照片……难道这就是女孩子远行的目的吗？

车里回荡着许巍的那首《曾经的你》，更是应了出发这一刻的心情，乔丽跟李思娇在后排随着音乐一起哼唱。

顾瑶侧过头看着我问："桃子说你自驾拉萨很多次了,听说最美的是川藏线吧?"

我一边开车一边介绍道:"'川藏线'是分川藏南线和川藏北线的,也就是大家所说的318,号称中国的景观大道。我们要走的这条滇藏线过芒康,就要跟川藏线汇合了,正式进入318国道。"

李思娇在后排突然来了一句:"是不是去一次西藏,就算走了一次天路?"

这话瞬间暴露了她的无知,我解释道:"'天路'指的是青藏线,韩红有一首歌也叫《天路》,歌里面的天路是青藏铁路,并不是去一次西藏,就是所谓的走一次天路了。"

从昆明出发走大理方向,出城后第一个读书铺服务区,吕胜在对讲机里面叫我进服务区把油加满,顺便去一趟卫生间。

从卫生间出来的时候,杨曼的电话打了过来,当我看到屏幕上显示"亲爱的"三个字的时候,突然有一种措手不及的感觉。

"亲爱的"这三个字看起来是那么的刺眼,夹杂着一种无以名状的隐痛,刺穿了我内心的防线。

这算是我们离婚以后杨曼第一次联系我吧。

犹豫了几秒钟,我还是接听了电话,杨曼在电话那边轻轻地"喂"了一声,然后对我说:"方旭……我……我怀孕了,怀了你的孩子!"

chapter 8
你 的 孩 子

　　杨曼说怀了我的孩子,我怎么那么想笑呢? 我拿着手机问:"你觉得我傻吗? 一周前我们离婚,你跟着薛磊就去泰国度假,一周后你告诉我,你怀了我的孩子,我在你眼里是那种智商不够的吗?"

　　杨曼没有因为我的愤怒而跟我争吵,她在电话那边平静地说道:"我没和你开玩笑,今天我去医院检查,已经怀孕四十多天了。"

　　我不知道杨曼的"平静"是装出来的,还是此时的她真就如此平静,反正我不能接受一个女人如此玩弄我的感情,我直接把电话挂了,手机调成飞行模式。

　　回到车边,乔丽和李思娇已经等不及了,尤其是李思娇,她跟顾瑶抱怨道:"那个车是怎么回事? 昨天怎么不把油加满? 真是耽误时间。"

　　顾瑶劝李思娇道:"这次自驾游至少二十天呢,你急这一时干什么?"

　　顾瑶这么一说,李思娇才闭了嘴。

　　几分钟之后,吕胜和孙森给奥迪Q5加完油,把车开了过来,孙森手里还提了一个塑料袋,里面全都是零食,拿给我们说:"这些是我昨天买的一些小零食,给你们在路上吃。"

　　李思娇一点都不客气的就接了过来,都不带说一声"谢谢"的,拿得特别心安,理直气壮地对孙森说道:"大家都在等你们了,快点上车吧。"

　　孙森脸上闪过一丝尴尬的神色,表情也变得有点不自然。我主动开口缓和气氛对吕胜说:"今天还有六百千米左右的行程,晚上入住香格里拉,午饭我们随便找个服务区解决一下就好了。"

吕胜点头，搂着孙淼的肩膀回到了自己的车上。

顾瑶看出来吕胜有点不高兴了，主要原因还是李思娇情商太低，说话不经大脑。

上车之后，我也沉默了，满脑子想的都是杨曼跟我说的话。如果真的像她说的那样，肚里面的孩子已经快两个月了，那还真有可能是我的。

我跟杨曼在一起七年，一直想能有个孩子，这些年也未能如愿。医生说杨曼的身体属于不易怀孕那一类，其实我们都清楚，是医生表达得委婉而已。

如果怀孕是真的，杨曼对这个孩子的重视程度，可想而知。

我们原计划第一天到香格里拉，在云南驿服务区吃午饭的时候，李思娇突然提议今晚住在双廊，理由很简单，就是要过去拍几张照片发个朋友圈晒一下。

我的想法是尽快赶路，早点把服务器卖掉，所以我说："我们制定好的计划就不要改变了吧，今晚住在香格里拉。"

坐在我身边的顾瑶开口说："我们不急着赶路吧，一路走一路玩就好了，双廊也是不错的地方，今晚就住在那里吧。"

我还想说什么，但已经不好开口了，人多出行最讨厌的就是这种，临时起意，把原本的计划打乱。再次回到车上之后，我就彻底不说话了。

双廊以前是一个渔村，就在洱海边，很多海景客栈都是建在洱海边的，一楼的阳台下面就是洱海，在这里驻足会让人忘记了时间，是个特别适合发呆的地方。

下午四点来到双廊古镇，李思娇已经在网上找了一家评价超好的客栈，四百多块钱一间的海景房，超赞。可惜的是海景房只剩下最后三间了。

李思娇很怕海景房被抢，率先开口对我们几个说："这家客栈是我找的，海景房必须有我的份，何况我和乔丽住在一起，我们俩要一间房就行了。"

乔丽不吭气，脸上带着一点得意的笑容。

顾瑶对孙淼说："你们俩开个海景房吧。"

孙淼倒是挺体谅人的，对顾瑶说："要不咱们俩睡一间房，让吕胜和方旭凑合一下。"

我急忙回绝道："不了，不了！好意心领了，旅行中拆散情侣是不道德的，你好好和吕胜开个房间吧，剩下一个海景房给顾瑶，我随便哪里都能睡。"

顾瑶还没等说话呢，李思娇就抢着说："那就这么安排了，老板快点给我们办理入住吧。"

最先办理入住的是李思娇和乔丽，接下来是吕胜和孙淼，办理完他们四个人的入住之后，前台这里只剩下我和顾瑶了。顾瑶知道临时改变出行计划让我很不悦，在住房这件事上，她主动考虑我的感受，对我说："要不你住这个海景房吧，我住哪都行。"

我微笑说："海景房太贵，还是你住吧，我给自己省点钱。"

顾瑶以为我是用这种委婉的幽默让出了房间，殊不知我是真的在计算着自己所剩不多的家底，在顾瑶办理入住的时候，我的手机响了，我看了一眼屏幕，还是"亲爱的"三个字。

顾瑶也看到了这三个字。我站在顾瑶身边滑动屏幕，还没等说话呢，电话那边就传来了杨曼的质问："我不管你在哪，给我马上回来。我怀着你的孩子，你是打算对我们娘俩不管不问了是吗？你这个时候抛弃我，还算个男人吗？"

顾瑶和客栈的老板娘都听到了电话里传出来的声音，同时用一种鄙视的眼神望向了我，那一瞬间我真的是有点无地自容了。

我拿着手机转身,冷笑道:"怀孕了？我的？你凭什么说孩子是我的？你又怎么证明孩子是我的？"

杨曼在电话那边用更高的声音吼道:"方旭,我是你老婆,我肚子里的孩子不是你的还能是谁的？"

不知道为什么,听到杨曼此时的愤怒,我反而很开心,情不自禁地笑着说:"我哪知道你肚子里的孩子是谁的？你有本事生下来看看长得像不像我？还有,拜托你搞清楚状况,我们已经离婚了,孩子在你肚子里,怎么办你说了算。少打电话烦我。"

在我挂断电话转身的一瞬间,发现顾瑶正在用一种"不可理喻"的眼神看着我,她主动移开目光,冷冷地说道:"我办完入住手续了,先去休息了。"

我让老板给我一间最便宜的房间,一百五十八元搞定,我拉着行李箱回到房间,微信自驾游的群里就出现了一条消息,是顾瑶发出来的:晚上不聚餐了,大家想吃什么自己出去找吧。

如果大家都是各自出去吃东西,我也就不会多想了,事实上那天晚上,是他们五个人一起吃的晚饭,唯独没有带我。

讲真,这种挺让人难受的,虽然我不是多么的期望跟他们一起吃饭,但是被孤立又完全是另外一种感觉了。

深夜无法入眠,手机上有很多条杨曼发来的信息,我越看越是心烦,索性一个人来到客栈二楼的露台上发呆,面前就是深邃的洱海,在夜色的笼罩下,隐约可以看到零星的渔船闪着昏黄的灯光。

在我的背后就是顾瑶、李思娇她们几个的房间，几个女孩子正凑在一起闲聊。

不知道是谁突然问起了顾瑶，跟我是怎么认识的。

顾瑶无奈地叹息道："是桃子介绍的，第一次见面是他找桃子办事，把家里的房产弄到了妻子的名下，听他自己说，以前是做网络公司的，现在干不下去了。要去贷款，但是又担心投资失败牵连妻子。"

孙淼惊讶地说道："好男人啊！"

顾瑶不屑地回应道："那时候我也这么想，但是刚刚办理入住的时候，我看到他手机上有个备注为'亲爱的'人给他打电话，听语气好像是他老婆，人家怀孕了，他还说这跟他无关，瞬间觉得这个人太不负责了。"

李思娇说道："男人没一个好东西。"

顾瑶低声说道："算了，咱也别背后议论人家了，毕竟咱不是当事人，可能也是另有原因吧。"

第二天约好九点之前出发，原计划是走香格里拉、德钦然后直奔盐井，也就正式进入西藏了。香格里拉的帕拉格宗、白水台，都是值得逛一逛的地方，再就是过飞来寺的时候，可以看到梅里雪山的主峰——卡瓦格博。

出发之后，大家开始讨论今天一定要在盐井吃加加面。

盐井的加加面二十五块钱一个人，无限量的吃。据说纪录是吃了二百六十碗，打破纪录还有奖励。

我们两辆车刚过德钦还没等到盐井就被拦下来了，被告知前方六十千米处山体滑坡，已经不具备通行能力了。

这下可急坏了李思娇，她推开后面的车门就下了车，追问道："多久才能通车？"

路政的工作人员开口道："这次塌方有点严重，至少三四天才可以通车。"

李思娇不讲理地说道："不就是个塌方吗？你们怎么不快点抢修呢？"

顾瑶见李思娇的话有点过分，急忙给人家赔礼道歉道："不好意思，我朋友性子有点急，我们是要自驾去拉萨，抱歉。"

路政的工作人员直接不搭理李思娇了，对顾瑶说："你们自驾去拉萨只能换路线了,走川藏线或者丙察察都可以,这个季节我倒是建议你们走川藏线,丙察察也不靠谱。"

孙淼问:"丙察察是什么?"

我解释道:"号称进藏最难走的一条路,从大理到六库,然后进入丙中洛、察瓦龙、察隅,察隅又可以走左贡方向,路线比滇藏线要短一些。路况稍微差了那么一点点,大部分还在铺装路面,大流沙和老虎嘴都是网红景点。"

路政的工作人员笑着说:"看来你对那边很熟啊,能走丙察察进藏一次,那也是值得炫耀的一件事了。多少人望而却步的一条路线呢。"

李思娇道:"行,那我们就走丙察察,你们都没意见吧?"

这一次,我跟李思娇的想法不谋而合,因为走丙察察比走川藏线更快,至少可以节省三天的时间。

吕胜却显得有点为难,指着自己的车问道:"你看我这车能走丙察察公路吗? 不会有事吧?"

李思娇鄙夷地说道:"你怕什么? 就走这条路了。"

路政的工作人员问道:"你这车是四驱吗?"

吕胜略带自豪地说道:"全时四驱。"

路政工作人员信心十足地说道:"那没事,随便跑。"

于是,我们就这样被引到了一条不归路。

从德钦返回大理吃午饭，当时是下午一点多。吕胜私下找到我，又详细地咨询了一下丙察察的路况，在和我聊这些的时候，他的手机也在百度着关于丙察察的资料。

我告诉他如果不发生意外，车肯定是没问题的。见我这么说，他也算吃了一颗定心丸，他说要去便利店买几瓶红牛，开车的时候喝这东西很提神。

我知道接下来几天的住宿条件会非常差，无论是六库、察瓦龙还是察隅，这一路全都是小宾馆的那种住宿条件，仅仅是一间房两张床，有热水洗澡，蹲便，关键是价格都不便宜，三四百一天是很常见的事。

沿途也找不到什么好吃的，一盘番茄炒蛋可以卖到六十块钱的那种。吕胜在便利店买红牛，我却多买了两箱矿泉水和一箱泡面，顺带着买了几根火腿肠和榨菜，这才是吃泡面的豪华套餐。

便利店老板见我买这么多东西，随口问了一句我要去哪，得知我走丙察察之后，老板开始推销他的压缩饼干，经不住老板的热情推荐，我最后买了一盒。

下午两点出发，直奔六库。

六库镇位于云南省怒江傈僳族自治州南部，地跨高黎贡山。这里可以算是丙察察的一个起点，六库镇到丙中洛二百三十千米左右，丙中洛到察瓦龙乡，再到察隅。察隅县就属于西藏林芝市了，林芝到拉萨也不过就是三百千米，而且已经通高速了。

当天晚上六点，我们才到六库镇，这一路风景的确是好得没话说，但是路况也是真不咋地,开了五个多小时。

到六库镇的时候,所有人都累傻了。李思娇拿着手机抱怨,整个六库镇都找不到一个四星级的酒店。

乔丽安抚她忍一忍吧,这里毕竟就是一个小镇。

最后翻遍了整个六库镇,把所有的酒店都逛了个遍,选了一个条件接近汉庭的住下,价格还超高。

我自己回到车上,把第二排座椅放倒,将后备厢的东西规整到一侧,把提前准备好的睡袋铺好,我真心觉得睡车里才是自驾游的真谛。当然,说得直白一点就是为了省钱。

顾瑶见我在车里铺床觉得很奇怪,好奇地问:"你怎么不住酒店呢?在车里睡觉能舒服吗?"

我满不在乎地说道:"我前年穿越无人区,整整在车里睡了七天,已经习惯了这种旅行,路上的开支能节省就节省点吧。六库镇也没什么特别好吃的东西,今晚我就方便面解决了。你们去吃吧。"

我之所以和顾瑶提前说今晚自己要吃泡面,就是不希望她们出去吃东西又不叫我,这样会让人很难受,不如我先提出来舒服。

顾瑶也没说什么,过了半小时左右,她们一行人去镇上找吃的,而我在车边用自己提前买的炉头、丁烷气煮了一顿方便面,吃得相当惬意。

泡面吃得正开心的时候,禾丰给我发了一个微信视频通话的请求,于是我匆匆忙忙地把泡面丢在一边,回到车上接听视频通话问道:"干吗呢?这么有空给我发视频?"

禾丰一脸歉意地问道:"你给我说实话,你给我的八十八万是怎么来的?"

我回避道:"你不需要管这些,拿着钱先养家。"

禾丰逼问道:"你是不是把车给卖了?然后你把钱给了我,因为这事杨曼跟你争吵,然后你就跟杨曼离婚了?"

我愣了一下问道:"这些是谁跟你说的?杨曼?"

禾丰面色凝重地说道:"杨曼都告诉我了,因为这个事你们俩吵架了,一气之下就去民政局离婚,是不是这样?"

我低声骂道："你别听杨曼瞎说，我们俩离婚根本就与这件事没任何关系……"

禾丰打断我的话道："你确定真的一点关系都没有？你们俩感情一向很好，从大学毕业一直到现在，一起经历了那么多，为什么在这个节骨眼上突然离婚？方旭，我知道你对朋友重情重义，但是你也得对家庭负责啊。"

"禾丰你听我说，我跟杨曼离婚绝对和卖车把钱给你这件事毫无关系。咱是兄弟，我也不怕你笑话我。我和杨曼开始是要假离婚，她找了一个她爸要用她名字买房的借口，暂时办理了离婚。你绝对想不到，我们俩从民政局大门刚出来，薛磊就已经买好了带杨曼去泰国度假的机票，偏偏杨曼还跟着薛磊去了，你说我算什么？"

禾丰用很质疑的语气问道："这……这是真的？"

"我犯得着在这件事上撒谎来羞辱自己吗？"

这一次禾丰信了，骂道："薛磊也太不是东西了，大家都是同学，他怎么能这样？对了，还有一件事，杨曼找我的时候跟我说她怀孕了，希望我能劝你……"

"算了，别说了。我们俩之间的事你根本不了解，你也别当好人劝我什么，就这样吧！"

说完我就把电话给挂了，根本不给禾丰继续开口的机会。三十岁的男人不配说疼叫苦，尊严都是自己拼出来的。

chapter 11

山 体 滑 坡

出发第三天,六库至丙中洛乡,预计九个小时到达。

吃早点的时候,李思娇一直在抱怨,当着我们所有人的面嘟囔:"这是什么鬼地方?住的条件那么差,半夜竟然还有蟑螂在地上爬,我起床上厕所的时候差点被吓死。"

吕胜笑着说:"还是方旭有经验,知道这种地方住宿条件差,早知道我也准备个睡袋,带着孙淼睡车上了。"

"什么?睡车上?"李思娇看着我问:"昨天晚上你睡在了车上?你没住店?"

"嗯!"我应了一声说:"陆巡的后备厢空间挺大的,把东西全都堆放在一边,刚好空出来个睡觉的地方。"

李思娇用一种"不可理喻"的眼神看着我,惊叫道:"那你昨天没洗澡?难怪我总是闻到一股怪怪的味道,不是你身上散发出来的吧?"

一瞬间,所有人都不说话了,我也不知道该说什么,气氛变得相当尴尬。

李思娇也意识到自己说错话了,对我道:"没事没事,一会儿到车里多喷点香水。"

顾瑶深深地叹了口气,转移话题问道:"我们今天要去丙中洛对吧?那里的条件怎么样?比这里好一些吗?"

我低着头说道:"丙中洛以前是个乡,后来变成镇,远不如这里,你们最好有个心理准备,说不定房价比双廊的海景房还要贵。今天这一路的风景倒是很壮观,沿着怒江大峡谷一直往上走,等走完丙察察,差不多就到然乌湖了,那边的住宿就好起来了,我们可以在然乌湖边修整一天。"

顾瑶劝李思娇道:"路是你坚持要走的,条件是好是坏都坚持吧。大家都吃好了吗?吃好了我们准备出发。"

一行人带着兴奋和期待上路,从六库出发的时候天气晴朗,一边走一边拍照,毕竟独龙江峡谷是相当震撼的,到了中午突然变天。刚开始只是下雨,后来是雨夹雪一起来了。车的一侧是几百米深的峡谷,另一侧是山壁。前行的能见度极低。车速只能保持在三十迈左右。

好在这条路上的车并不多,我在前面开路,吕胜在后面跟着,龟速前行了一个小时左右,风雪仍不见停止的迹象。

李思娇坐在后排抱怨道:"这是什么鬼地方?竟然手机信号都没有,咱能不能开快点,到丙中洛就有信号了吧?我那么多照片都没来得及发朋友圈呢。"

我按捺住情绪对李思娇说道:"这种路我开快了,你敢坐吗?"

李思娇冷哼道:"自己技术不行就老老实实承认,什么叫我不敢坐?我深夜飙车的时候,你还不知道在哪干……"

李思娇的话还没说完,我就听到四周传来"轰隆隆"的声响,我本能的一脚急刹车,同时在对讲机里面大喊,让吕胜停车。

车是停了下来,但是周围那种"地动山摇"的感觉并未消失,我亲眼看见了什么叫"山体滑坡",泥土碎石犹如排山倒海的架势迅速塌陷,原本的盘山路已经不复存在,几秒钟之后扬起的尘土彻底挡住了视线,车前面的能见度几乎为零。

更可怕的是我们明显能感觉到大地的颤抖,以及无数的碎石滚落在车顶和侧面产生的撞击感。

那时候我唯一的想法就是我们都要死在这里了,死于山体滑坡。

车内,李思娇和乔丽在后排高声尖叫,只有顾瑶还算镇定,右手拉着车门上的把手,左手死死地抓着安全带,即便如此,她也是面无血色,完全被吓呆了。

机箱盖上散落了几块碎石,"噼里啪啦"的声音不绝于耳。

整个过程持续了可能只有一分钟,甚至是更短的时间,但对于我们来说,仿佛过了一个世纪那么漫长。

当周围安静下来的时候,李思娇还在大叫。

我实在是听不下去了,厉声骂道:"你给我闭嘴,安静一下行不行?"

被我这么一吼,李思娇果然老实了一些,我拿起对讲机问道:"吕胜,吕胜收得到吗? 你有没有事?"

见我在呼叫吕胜,她们几个人都安静下来。同样安静的还有对讲机,吕胜根本就没给我回应。

我又拿起对讲机问道:"吕胜,吕胜,这里是方旭,收到请回答,收到请回答。"

这一次终于有了反应,对讲机里面传来了吕胜的声音,说道:"抱歉,刚刚对讲机掉到副驾驶那边去了,这才拿起来,我这挺好的,你呢?"

"我车上全员安全,机箱盖上有几个石头,车顶好像也有点受损。"

"谢天谢地……"吕胜有一种劫后余生的感叹,对我说道:"我这里无大碍,我和孙森都还好,咱们这是遇见什么了? 地震? 危险过去了吗?"

"这是山体滑坡,我前面的路全都断了。"

吕胜郁闷地说道:"何止是前面的路? 你从后视镜往后看,那边也塌了。"

李思娇在后排惊恐地问道:"那怎么办? 我们是不是被困在这里了? 我想回家,你快点想办法让我回家。"

我没理会李思娇,拿着对讲机对吕胜说道:"先别急,我们在车里坐一下,现在山顶还有零星的碎石滚落下来,如果直接打在人的头上,后果不堪设想,你后面还有车跟着吗?"

吕胜道:"我后面还有一辆汉兰达,距离我大概几百米的地方,你前面什么情况? 有车吗? 我记得刚刚有两辆车在你前面。"

我轻叹道:"有一辆车直接被冲到峡谷里面了,还有一辆车的车头被埋了,应该是凶多吉少了。"

吕胜此时已经有点慌了,说话的语气都有些颤抖了,小心翼翼地问道:"旭哥……现在怎么办? 我们就这么在车里等吗? 如果我们头顶再来一次滑坡,我们是不是也要被埋在怒江大峡谷里了?"

chapter 12
司 机 大 哥

我尽量安抚吕胜的情绪道："现在一定要保持冷静，千万不要慌。如果你都慌了，孙淼怎么办？丙察察这条路在这个季节经常会发生山体滑坡，对于当地的路政部门来说，这很常见，很快就会得知这里发生的情况。"

李思娇在后排叫道："你什么意思？明知道这里时常会发生危险还带我们走！你究竟安的什么心？"

我刚想转过头怼回去，但是顾瑶就事论事地对李思娇说："我可记得当时是你吵着嚷着要走这条路的。"

李思娇马上闭嘴了。

我重新按着对讲机对吕胜说："现在雨下得还有点大，你和孙淼在车上不要下来。切记！无论发生什么事，你们都不要离开车。假设还有山体滑落在我们的正上方，那你在车里还是车外结果都是一样的，必死无疑。如果只是零星的碎石滚落，你在车里还有一层保护，下去可能会毙命。"

吕胜说话声音已经有点颤抖了，对我的称呼也尊重了很多，对我说："好的旭哥，我知道了。"

我把手里的对讲机放在中控台上，弯腰把脚下的丝圈脚垫拿了起来，推开车门准备下车的时候，顾瑶叫住了我问道："你干什么去？外面很危险啊。"

还没等我说话呢，李思娇就在后面喊："你刚刚还告诉吕胜不要下车，现在推开车门干吗？你是想自己逃跑？"

我真心不想理李思娇，尽量压着怒火，平静地对顾瑶说："我下去察看一下情况，万一我们头顶的山体真的有滑坡的可能，我好马上回来把车挪位置。你们在车上别乱跑。"

顾瑶眼里闪过一丝感激,道:"你就拿脚垫顶在头顶防止落石吗?"

"嗯,有个东西挡着总比没有好得多。"

说完,我推开车门下车,雨还在下,能见度要比车里好一些。我两只手扯着脚垫来到车头前面仰望山壁的这一侧。庆幸的是,我们头顶上有几棵树,正是因为这几棵树的树根深入泥土,固定了土壤,山体滑坡才得以幸免。

在我们前面不足两百米的地方,整个山体都下滑了,而在我们的后面……在我视线范围内就有十几处滑坡。

原本的公路上已经被大石头、土堆堆积起来,根本分辨不清。

勘察过现状之后,我回到车内,把脚垫重新丢在脚下,对讲机内传来吕胜的声音:"旭哥,怎么样? 路是不是都堵死了?"

我拿着对讲机压低声音说道:"情况远比我想象的要糟糕,我视线所及的范围内有十几处山体滑坡,远处我看不太清楚,但根据灰尘判断应该是多处山体滑坡。另外我确定前面有一辆车被埋了,我后备厢里面有铁铲,等下我去救人,你们在车里都不要动。"

李思娇反对道:"你去救人了,我们怎么办? 这里会不会和前面一样发生山体滑坡?"

我摇头说道:"咱们运气好,头顶的山壁上有树,这也是我们这里没有滑坡的主要原因,我刚刚看了一下,暂时不会有什么危险。如果这雨越下越大就不好说了。"

李思娇当时就哭了,在后排擦着眼泪说道:"我不想死! 我想回家……我不去西藏了……我要回家……"

她这一哭,把身边的乔丽吓到了,乔丽也开始跟着抹眼泪。

顾瑶鄙夷地看了她们俩一眼,开口说道:"你们俩哭有什么用? 哭起来就能回家了吗? 别添乱了行不行? 听方旭安排。"

我尽量让自己冷静下来,拿起对讲机通知后面的车说道:"大家都听我说,谁都不要慌张,意外已经发生了,我们必须冷静。这里没有手机信号,没办法主动联系外界救援,所以我们只能等。等到什么时候目前也不好说,我需要你们在短时间内把两个车里面所有的水和食物统计一下有多少，先不说了，你们统计物资，我去救人。"

说完之后，我直奔后备厢拿提前买的工兵铲，当时买这个东西的时候，想着是陷车了挖土，没承想竟然用来救人了。

顾瑶还想要下车帮我，被我两嗓子给吼回去了。

我提着工兵铲顶着雨一步步向前走，也就是一百多米不到两百米的地方，倒霉的奔驰已经被压扁，前面的两个轮胎已经爆掉，车身严重变形。

整个驾驶室的前排都堆满了泥沙，副驾驶的那边泥沙远比主驾驶这边多，坐在副驾驶的女人身体都被埋在泥水中，太阳穴还在流着血。

司机是一个三十多岁的男子，他的两条腿被卡在方向盘的下面，我去砸车窗的时候他已经发现了我，挣扎着抬起手，想要告诉我他还活着。

我抡起工兵铲砸烂了主驾驶的车窗，想要打开车门发现根本不能如愿。

司机感激地看着我，对我说道："先……先别管我……先救她……她快要不行了……"

我又爬上车头，来到了副驾驶这边，副驾驶的车窗已经破碎，很多泥水都是从副驾驶这边灌入驾驶室的，昏迷的女人几乎被泥浆掩埋，我先用工兵铲割断了副驾驶的安全带，用手按压她的人中穴，希望她能快点醒过来。

但当我的手碰到她鼻前的时候，她已经没有呼吸了。

那司机大哥还在满怀期待地看着我问道："怎么样了？她怎么样了？"

我很不忍心地摇头，告诉他："她已经没有了呼吸。"

奔驰司机瞬间崩溃，他的右手陷在泥浆里面动弹不得，能活动的只有左手，他恨不得用自己的左拳把能看到的一切全都砸烂。

此时，顾瑶撑着一把伞走了过来，看到眼前的一幕完全被惊到了，她用询问的目光看着我问："这是怎么了？"

我从副驾驶这边绕回到主驾驶，对顾瑶说："副驾驶的人没了，先想办法救司机吧，必须马上把车门撬开，车里面的泥浆已经淹没了他的胸口，时间久了会导致呼吸困难，缺氧窒息而死的。"

顾瑶完全慌了，问道："要怎么办？我能帮你做点什么吗？"

话音刚落,山顶传来一阵"窸窸窣窣"的声音,我来不及多想,一把抱住顾瑶,将她的头埋在我的胸口,用自己的背挡住山坡的方向,两只手死死地护着顾瑶的头,我的身体紧紧地靠着奔驰的车身……

　　那是我和顾瑶距离死亡最近的一次吧!

chapter 13

生 与 死 的 距 离

零星的碎石滚落下来,打在奔驰车身上的时候,发出噼里啪啦的声响,还有几块石头在车顶弹跳几下,落在了我们的前方。

我能感觉到怀里的顾瑶因为惧怕而身体颤抖,我护着她,等周围完全平静下来,才把她从我的怀里放出来。

奔驰车里面的司机大哥哭着对我俩说道:"你们走吧,不用管我了。我老婆已经走了,我也不活了。"

我安抚他道:"大哥,你冷静点,我这就想办法把车门弄开救你出来。"

顾瑶问:"我能帮你什么吗?"

"这里太危险了,你去车上坐着,清点一下我们剩下的食物和水。周围山体滑坡有多处,可能一两天都不会有人来救我们,我们要做好坚持的准备。"

顾瑶说:"我去给你拿瓶水。"

说完,顾瑶就走向了自己的那台陆巡。

我拎着工兵铲对奔驰的司机大哥说道:"你别怕,我想办法把车门给你撬开。"

此时的他似乎没什么求生欲,脸一直看着副驾驶那边,哭得撕心裂肺。

我抡起工兵铲开始砸车门,发现没用,吕胜也过来帮忙,我们俩费了好大劲,才把奔驰车主驾驶侧的车门撬开,在开门的一瞬间,车内的泥浆倾泻而出,这时我才清晰地看到,由于车头被乱石砸得严重变形,他的两条腿卡在方向盘和座椅之间,根本无法动弹。

这时顾瑶拿着三瓶矿泉水跑过来,递给我和吕胜,把最后一瓶给了司机大哥,对他说:"您先喝口水吧。"

吕胜马上制止道:"现在不能给他喝水,喝水会导致血液流动加速,我们现在不确定他身上是否有伤口。先把第二排的淤泥清理一下,然后座椅向后移动,先救人。"

于是我和吕胜又把车内第二排阻挡座椅滑动的淤泥、碎石清理之后发现,奔驰车内的一切和电有关的设备都用不了了,包括这个电动座椅。应该是电瓶正负极被泥水泡短路了。

我想用暴力拆座椅或拆方向盘,被吕胜制止了。吕胜说自己是个实习医生,救人这事得听他的,我们没有专业的救援工具,按照我的想法可能会对司机造成二次伤害,现在只能是留他在这里等着了,千万不能轻举妄动。好在这会儿雨已经差不多停了,但天色还是阴得厉害。

司机特别感激地看着我和吕胜,轻声说道:"谢谢你们,别再忙乎了,就这样吧。"

我对吕胜说:"我车的后备厢里有一包压缩饼干,你去拿过来。他现在只能坐在椅子上,大小便都成问题,压缩饼干吃上一点就能提供很高的热量。"

吕胜去拿压缩饼干。我把压缩饼干打开放在了奔驰车里面,劝司机先吃点,还留下了一瓶矿泉水,让他尽量不要喝得太多。

奔驰车的司机哭着说怎么也没想到会如此倒霉,不过是一段网红公路而已,竟然遇见了这种事。说着说着,他又把头扭向了副驾驶的位置,哭得十分凄惨。

我从他们的行李箱里拿出了一件白色的衣服,盖在了副驾驶女子的身上,这也算是对死者的尊重吧。

吕胜示意我过去一下。

我跟着吕胜来到奔驰车的车尾,吕胜小声说:"刚刚我把压缩饼干拿出来的时候,李思娇生气了,她说现在自己都不知道要在这困多久呢,还把本来就不多的食物给别人。我没办法,只能说是你让我过来拿的,毕竟这东西是你买的,你有支配权。一会儿你回到车边的时候,李思娇要是说什么难听的话,你别往心里去。"

我点了点头,对吕胜说:"孙淼还好吧?遇见这种事女孩子难免会害怕,你多安抚安抚她,我先去给大家弄点吃的吧。我们早上出来到现在,午饭都没吃呢,现在都四点多了,先填饱肚子再说。"

吕胜指了指后面的那辆汉兰达,对我说道:"汉兰达一开始就停在那,几个小时都没下来人,我们要不要过去看一眼?说不定能相互帮个忙什么的。"

我这才意识到,和我们一起被困在这里的,还有一辆黑色的汉兰达。

不知道为什么,我突然对这个汉兰达内的人没有了好感,按照常理分析,遇上这种情况都会下来问一句吧,为什么这车里的人如此淡定?

吕胜见我半天没反应,自作主张地说道:"你先回车上休息一下,换一身干爽的衣服吧,我过去问问是什么情况。"

说完,吕胜就走向后面那辆汉兰达了。

chapter 14

汉兰达里面的四个人

我回到车边拉开主驾驶的车门,还没开口呢,李思娇就质问我道:"你凭什么把咱们车上的食物给别人?我们同意了吗?"

我皱着眉头看着李思娇问道:"车上哪样东西是你买的?我自己出钱买这些东西的时候,让你出一分钱了吗?"

李思娇这才意识到,车内的矿泉水、泡面、压缩饼干全都是我自己出钱买的,她支支吾吾了几声,狡辩道:"油费是我们四个人平分的,你的东西放在车上不烧油能到这里吗?"

顾瑶实在听不下去了,冷着脸对李思娇说道:"行了!别吵了,油费不用你平分了,我自己出行了吧?"

李思娇见顾瑶生气了,马上换了一副口气对顾瑶道:"我是觉得在这件事上,方旭太不尊重我们了,至少要和我们商量一下吧?毕竟现在这个情况,什么时候有人来救我们还不知道呢,能不省吃俭用吗?"

我懒得搭理李思娇,注意力重新回到顾瑶身上问道:"怎么样?盘点好食物和水了吗?"

顾瑶拿出手机看着上面的记录数据说道:"矿泉水还有两箱,一共是四十八瓶,泡面就你买的那一箱,还剩下十一桶,火腿肠五根,榨菜咸菜还有几包。剩下的就是一些小零食了。"

我深呼吸,对顾瑶说道:"这些东西我们要吃两天左右,水省着点喝。"

"吃两天?"乔丽惊讶地问道,"这么点东西怎么够我们这么多人吃两天?吕胜那边还有什么吃的?"

此时吕胜已经走回来了,冲着我摇头说道:"汉兰达上是四个男的,我和他们交流,他们爱答不理的。"

顾瑶问道:"吕胜,你那边还有什么吃的吗?"

吕胜尴尬地说:"我没想到会发生这样的情况,车里只有一些孙淼喜欢吃的零食,红牛倒是还有一箱。"

"先这样吧,大家都饿了,趁着现在雨停了,先把晚餐吃了。今晚每人一桶泡面一根火腿肠,榨菜两人一包。"

李思娇翻着白眼问:"怎么吃?干嚼?"

我没搭理她,来到车屁股后面打开尾箱,把提前买的炉头和气罐连接在一起,开始用便携式套锅烧水,一次只能烧两瓶矿泉水、泡两桶面。

汉兰达车上的几个人看到我们这边能烧热水,竟然厚着脸皮过来了,每个人手里拿着一桶泡面,问我能不能帮忙烧点水,让他们也泡个面吃。

吕胜是一点都没惯着他们,直接回绝道:"我们的气罐也不多,没办法帮你们。"

带头的男人是个小胡子,嚷嚷道:"让你烧个水能用多少气?"

吕胜可能是刚刚被这几个人欺负了,此时是一点面子都不留,回绝道:"你们不是自给自足不需要帮忙吗?我们帮不了。"

对方四个人,我们这边虽然有六个人,但有四个女孩子,真要是撕破脸反而不太好,我打圆场道:"你们自己去拿矿泉水过来吧,等我把他们几个的泡面搞定,就帮你们烧水。"

对方听后还挺乖,回车里拿了四瓶矿泉水出来,真的是多一点都没拿。

晚饭暂且搞定,顾瑶和李思娇都带了自己的保温杯,我又把矿泉水烧开,灌入她们的保温杯里面,最后,我用刀割断了一个矿泉水的瓶子,制作了一个简易的水杯,倒了一点热水去给前面的奔驰大哥。

他感激地向我道谢,喝了热水之后,我把他行李箱里面的衣物全都拿出来,堆放在他的身体周围,特别嘱咐他一定要坚持下去。六库到丙中洛这段路山体滑坡的消息肯定已经传出去了,坚持坚持就会有人来救我们。

天色渐渐暗下来了,我们必须解决今晚入住的问题。

陆巡的空间倒是足够大，后排座椅放倒可以睡三个人，前提是要把所有的行李都搬下来。她们几个女孩子带的行李箱倒还好说，即便是露天放置，表面也是防水的。我那十二台服务器就惨了，外包装只是纸壳箱，如果淋雨了，后果可想而知。

　　当时我的想法是把行李箱堆放在车底，把十二台服务器拆开包装，放在前排座椅上，让顾瑶她们三个女孩子睡在车里，至于我，睡在哪都无所谓，这些服务器才是我的命根子。

　　当李思娇看到我把她的行李箱放在地上的时候，整个人都要炸了，质问道："你干吗？我的行李箱是新秀丽的，你就这么给我放在地上？"

　　我解释道："把后备厢空间腾出来给你们三个睡觉。"

　　李思娇坚持道："那你把我们的行李箱放在主驾驶和副驾驶的座椅上，反正我们的行李箱不能放在外面过夜，脏了怎么办？"

　　我真无语了！

　　乔丽也嘟囔道："我的行李箱也不能放外面，里面有生理期用品，要是湿了就没办法用了。"

　　这理由真好！我竟然找不到反驳的勇气。

　　我憋了一肚子气，把她们几个的行李箱全都放在主驾驶和副驾驶的椅子上，前排的空间一点都没有了。

　　我的十二台服务器体积不小，现在只能委屈地从车上抬下来，本想看看奥迪Q5前面能不能放一下，当我来到车边看到吕胜和孙淼的东西都堆放在前排之后，就没好意思开口。

　　最后只能想办法在纸壳箱底部找几块石头垫起来，然后把装有服务器的纸壳箱放在石头上，上面又用我的救生毯包裹了一圈。

　　救生毯是户外用品店老板送的，这东西就是一层塑料薄膜，具有防水的功能。

　　为了让三个女孩子睡得暖和一些，我又用剩下的救生毯把车内铺了一层，然后才让她们自己把衣服当成枕头和被子。

　　顾瑶见车里已经彻底没有空间了，关切地问我："今晚你怎么办？"

chapter 15
飘 雨 的 夜 晚

　　我手里拿着最后一张救生毯展示给顾瑶看,故作轻松地说道:"我在外面过夜就行了,有这个东西呢。"

　　顾瑶翻着白眼道:"胡闹!"说完她就拿起了对讲机,问道:"吕胜,你那边还有空位吗? 让方旭去你们车的前排坐着过夜行不行?"

　　吕胜很爽快地说道:"好的,没问题,我把行李箱都整理到副驾驶的位置上,让旭哥过来吧。"

　　吕胜把主驾驶上的东西全都堆放在副驾驶这边,留出来个主驾驶给我坐着休息,对我说:"旭哥,我这车空间比较小,后排没办法躺下三个人,只能委屈你了。"

　　其实我挺感激吕胜的,说:"这样已经很好了。"

　　吕胜趴着问:"旭哥,你看我们什么时候能得救?"

　　说真的,我也不知道什么时候能得救,只能安抚他道:"不会太久的,早点睡吧,养足精神才能想办法自救。"

　　吕胜见我聊天的兴致不高,翻个身准备睡觉。

　　我坐在驾驶位上,裹着救生毯闭目养神,也不知道过了多久,自己是否睡着了也不清楚,隐约听到汽车发动的声音,开始我还以为是在做梦,睁开眼睛才发现,的确是前面那辆顾瑶的陆巡发动了。

　　外面不知道什么时候下起了雨。

　　我看了一眼时间,此时已经是晚上十一点钟了,推门下车,来到陆巡边打开来的后排靠主驾驶这侧的车门,躺在这边的人竟然是李思娇,她很不开心地问道："你干吗？知不知道先敲门？我们三个女孩子睡在这里呢，你什么意思？"

"对不起……"我道歉之后问道："谁把车发动了？要干吗？"

李思娇反问道："干吗？你不知道我们都要冷死了吗？开空调肯定是要吹热风取暖啊，这样睡得才舒服。"

我直接把车门给关上，来到主驾驶的位置熄火，把车钥匙装在了自己身上，李思娇喊道："你什么意思？干吗给我们熄火？"

我拉开车门看着她冷冷地说道："你知道什么是一氧化碳中毒吗？开空调在车里睡觉，用不了多久你们就会一氧化碳中毒，死都不知道怎么死的。没事多学学常识，能活得久一点。"

"你胡说！"李思娇蛮不讲理地骂道："你就是看我们不顺眼，故意整我们是不是？"

我懒得跟李思娇在这掰扯这些，外面下着雨呢，我可不想淋雨。

回到车上，顾瑶拿着对讲机问道："夜里会不会发生山体滑坡？我们在车里安全吗？"

我反问道："如果我们不在车里，还有更安全的地方吗？"

问完之后，顾瑶也不说话了。

车外下着雨，坐在车里的我们要说不害怕，那纯属骗人，这种把命交给老天的感觉真是太不好了。这一刻我挺想家的，爸妈把我养这么大，我都还没来得及报答他们的养育之恩呢，难道就要在这里挂掉了？

任何一个人在这种状态下，身体都是在极度透支，后来不知什么时候睡着了。第二天早上醒来，发现天色还是灰蒙蒙的。地面上明显多了很多积水，我急忙下车查看。

这一夜又发生了山体滑坡，不过都是小范围的，陆巡车的右侧堆满了泥土，差一点就淹没了踏板。看到这一幕的我有些后怕，幸亏雨下得小。如果是暴雨，可能这台车就已经被冲到独龙江大峡谷里面去了。

我又去前面的奔驰车上查看，车内又堆积了不少泥沙。好在司机还算清醒，我安抚了他几句之后，这才回到陆巡边。

顾瑶已经换了一身衣服，从车上下来，不小心把鞋子踩到了泥浆里面，冷得她表情都变了。

我踩着泥浆来到顾瑶身边，拦腰将她抱起直奔奥迪，拉开车门让她暂时坐在主驾驶的位置，然后蹲在一边帮她把满是泥浆的鞋脱掉。

孙淼帮忙递给了我一包纸巾，我又用纸巾帮她把脚上的泥水擦干，一边擦一边问道："你还有别的鞋吗？"

顾瑶委屈地说道："行李箱里面还有一双运动鞋。"

我起身回到陆巡上，找到顾瑶行李箱，在里面找到了她说的鞋子和袜子，换好之后让她好好休息，顾瑶却没有听话，一定要下来帮我忙乎。

我查看服务器，看到装服务器的箱子已经被泥浆浸泡之后，我整个人都不好了。

顾瑶也知道服务器对我的重要性，她安慰我道："别急，打开箱子看看，万一里面没事呢？"

我也是死马当活马医，还幻想着里面真的没有事，但是这可能吗？

拆开包装纸箱，我看到十二台服务器全都废了。这十二台服务器对于我来说，是最后的希望，我痛苦地坐在了地上，忍着眼泪。

顾瑶蹲在我面前轻声道歉道："对不起，你陪我们去拉萨，就是为了卖掉这几台服务器，现在服务器成这样也卖不掉了吧？ 如果我们能活着出去，我把车卖了赔偿你服务器的钱。"

chapter 16

泡面难求

　　我肯定不能让顾瑶赔钱给我,既然昨晚已经决定把服务器放在外面,就应该为自己的行为负责,此时顾瑶能说出这样的话,我还是挺感动的。

　　我故作轻松地起身,挤出一丝微笑说:"算了,没什么,本来就是淘汰下来的东西,就这样吧。我去用炉头烧水给你们弄吃的,泡面只剩下三桶了,你们三个对付吃一口吧。吕胜那边还有零食,你不用担心他们两口子。"

　　"你呢?"顾瑶问道,"你把我们都安排好了,你吃什么?"

　　我指着后备厢里面的红牛说道:"我喝一罐红牛就行了,不饿。"

　　顾瑶眼里闪过一丝感激的神色,主动来帮我取炉头准备烧水、泡面。

　　李思娇和乔丽始终躲在车里不肯下来,就连泡好的面都要顾瑶拿到车里给她们,就差让人喂她们吃了。

　　吕胜车里的零食的确不少,他拿了两包坚果给我,让我吃这个充饥,我把其中的一包拿到前面的奔驰车,给了司机大哥,让他吃这个垫垫肚子。

　　至此,我们所有的主食都已经吃完了,剩下的也就是一些零食和几瓶矿泉水,至于救援的人什么时候能到,还是个未知数。

　　十点半,汉兰达车上的四个男人又来找我帮忙烧水,此时天空的云层明显比早上薄了许多,不远处可以看到一点点蓝天。这无疑是个好兆头,天晴不下雨,也就意味着不会再有山体滑坡了。

　　汉兰达的那四个人每人抱着一桶泡面,蹲在路边吃得很香。

　　带头的那个人问道:"你们是怎么打算的? 要一直在这里等救援吗?"

　　我自然是没得选,回应道:"没办法,我只能在这里等,否则救援的人到了,我们的车都变成障碍物了。你们这也是准备从丙察察公路去拉萨吗?"

"可不是嘛,谁承想遇见山体滑坡了。"

顾瑶试探着问道:"那个……你们车上的食物还多吗?能卖给我们一些吗?我们的泡面都吃完了。"

几个男人相互对视了几眼,然后同时摇头说:"没了!没了!我们车上没吃的了。"

明知道对方是在撒谎,但是也没办法揭穿人家。这四个男人面都没吃完,就端着碗走开了,生怕我们再提出来要食物的话。

李思娇看着四个男人的背影骂道:"哼,没一个好东西。"

乔丽在一边小声说道:"你小点声,被他们听到了不好。"

李思娇脖子一扭,看着乔丽问道:"怎么的?就是一群吝啬鬼,我们帮他烧水都不知道说声谢谢,这都什么素质?"

我不想在背后议论人家,也没什么意义。还有很多事要做呢,我们不得不面对食物短缺的问题,把两辆车全部能吃的东西搜集在一起,全都是一些零食,能用来充饥的并不多,那几条士力架和巧克力算是好东西了。

大家把剩下不多的东西平均分配了一下。

我分到了一条士力架、两块巧克力,还有两包坚果。每个人差不多都分到了这些东西,只不过略有小的差异而已。李思娇说自己喜欢吃巧克力,就用手里的士力架跟乔丽换了两块巧克力。

分完食物之后,我又到奔驰车边看了看司机大哥的情况,他已经出现低烧,伴随着全身冒虚汗,都有点神志不清的感觉了。

吕胜把我叫到了一边,小声对我说:"这大哥的情况不妙,他这双腿肯定是保不住了。"

我没想到事情这么严重,看着他问道:"你确定?"

吕胜艰难地点点头:"很确定!"

我问道:"我们能做点什么吗?眼睁睁地看着他死在这里,我有点于心不忍。"

吕胜想了想说:"先烧点开水给他喝吧,我车里有常备的退烧药,给他吃一片,我们能做的也只有这么多了。即便是我们暴力拆了座椅,此时也救不回他的腿了。"

听到这样的消息,我难过极了,可是除了难过,我也没办法做些什么。只能感叹生命的脆弱,我想,如果坐在奔驰车里面的人是我,保不住这两条腿的人是我,我又会怎样呢? 我还有勇气活下去吗?

chapter 17

无 比 真 实 的 梦 境

吕胜给奔驰的司机大哥烧水喂药，我昨天给他的压缩饼干他吃的只剩下最后一口了。

回到陆巡身边，发现几个女孩子都不在这，于是我开始四处张望，孙淼在不远处大声叫了起来，让我不要乱看，我这才意识到她们几个是在解决生理问题。

陆巡的第二排位置上放着分下来的食物，应该是她们三个女孩子全部放在一起了。我有那么一秒钟的犹豫，然后从她们的食物里面拿走了三包坚果藏了起来。

没过多久，顾瑶第一个走了回来，她来到我身边轻声说道："你昨天一整夜都是坐在车上，躺都没得躺，这会儿天气好点了，你也不用担心继续有塌方，先上车去睡一会儿吧。"

我的确是很累，尤其是看到服务器被泥浆泡了之后，更是身心疲惫。我听了顾瑶的建议，爬上了车，对顾瑶说："有什么事你叫我。"

顾瑶点点头说道："睡吧，好好休息一下，我帮你把门关上，里面那件米色的风衣是我的，你盖在身上，别着凉了。"

顾瑶说的那件风衣特别厚。

车外，李思娇一脸不情愿地问顾瑶："你怎么让他上车睡觉了？他身上那么脏，我们还怎么睡？"

乔丽没说什么，倒是顾瑶不高兴了，对李思娇说："你够了，方旭又没惹你，你干吗总是针对人家？这一路他对咱们的照顾还不够多吗？"

李思娇极不情愿地说道:"是你跟我们说的,他老婆怀孕了,他还要跟老婆离婚。"

顾瑶反驳道:"人家的家事和你有什么关系?"

乔丽用很小很小的声音道:"你们俩别吵了,被他听到多不好? 我们还得指望他开车呢。"

李思娇冷哼道:"开车? 去拉萨? 我是不去了,我要回昆明。"

顾瑶也不搭理李思娇了。

我躺在车里迷迷糊糊地睡着了,梦里面杨曼哭着跟我说她肚子里的孩子是我的,她想要留下这个孩子,希望我能理解她的苦衷,重新过日子。而我却无情地回绝了杨曼,理由是我已经不信任她了。

这个梦无比逼真,以至于我都认为那就是现实中发生的,醒来的时候发现自己的脸上有些许泪痕,我也不知道自己是不是哭过了。我又为什么哭呢? 是觉得失去了什么吗?

车窗外已经是艳阳天了,终于不用担心雨水太多而再次引起塌方了。

李思娇的声音传到了车内,她质问顾瑶:"我们的食物就是少了,现在全都吃完了也没填饱肚子,你们俩怎么办吧?"

乔丽小声问道:"要不……我们去问问吕胜和孙淼,他们那还有没有多余的食物给我们一点?"

李思娇道:"我已经问过了,吕胜嘴上说没有,但是我怀疑他肯定私藏了一些吃的给孙淼。你们俩可别忘了,这些零食就是吕胜买的,当初说把两个车的食物都集中起来的时候,他们肯定会私藏一些。"

顾瑶开口道:"就算人家私下藏了点吃的,我们也没权利责怪人家,这些东西本来就是他们买的,送给我们一部分就已经很够意思了。毕竟我们没出钱,你不应该要求那么多。"

李思娇反驳道:"我们是一起出来的,现在是一个团队,凭什么他们能私藏吃的? 我不服气。"

就在这时,吕胜和孙淼来到陆巡车边,孙淼一点都不客气地对李思娇说道:"我和吕胜对天发誓,零食我们全都拿出来给你们分了。你背后这么议

53

论我俩,就算我们俩把所有吃的都藏起来也跟你无关。这是我们自己花钱买的,给你是情分,不给你是本分,你别得寸进尺。"

这一顿痛骂是真的很过瘾,李思娇什么都不敢说了。

顾瑶安抚吕胜道:"这么多突发状况,现在大家的情绪都很暴躁,都少说一句吧。"

乔丽嘟囔道:"少说一句有什么用? 现在什么吃的都没有了,眼看着天要黑了,今晚吃什么? 今晚怎么过?"

李思娇冷冷地说道:"也不知道是谁把我们的食物偷走了,我诅咒他吃东西的时候噎死。"

我掏出手机看了一眼时间,已经是下午三点多了。这一觉真的是没少睡,竟然不知不觉过去了好几个小时。

肚子咕咕叫,分给我的食物,我是一点都没吃。不是不想吃,是不敢吃!

看到我从车上下来,吕胜主动和我打招呼:"旭哥,你睡醒啦。"

我点点头,拿起一瓶矿泉水,用水充饥。

孙淼问道:"今天会有救援的人到吗?"

我分析道:"这条路应该是多段山体滑坡,如果仅仅是我们所见的这一段,那救援的车辆应该早就到了。之所以我们一天一夜都没等到,那只能理解为前方和后方都有多段山体滑坡。路政的车都被挡在外面了。"

李思娇瞪了我一眼道:"是不是你偷了我们的食物?"

chapter 18
饥 饿

我转过头看了一眼李思娇，冷冷地问道："没吃的了？饿着吧！"

李思娇质问道："我问你话呢！我们的食物是不是被你偷吃了？"

顾瑶很不高兴地说道："别吵了，你吵几句就有吃的吗？方旭，你看我们现在怎么办？两个车上都没有任何吃的了。"

我说道："喝水吧，一天晚上不吃东西饿不死。"

"你——"顾瑶都无语了，"就没有别的办法了吗？"

我摇头，当着他们所有人的面说道："没办法，今晚就这么对付一下吧，我觉得明天再怎么着都会有人发现我们了，这里距离六库不过一百四十千米，坚持一下。"

顾瑶追问道："如果明天还是没有人发现我们呢？"

我没回答顾瑶的问题，因为我身上还有一些吃的，真的到了明天再说吧。我走向前面的奔驰车，司机已经没有了求生欲，放在他身边的那块压缩饼干早上是什么样，此时还是什么样。我走到车边的时候，他也知道我来了。

他缓缓地睁眼看着我说道："兄弟……我可能要不行了……我……"

我打断他的话说道："你别这么说，没有什么不行的。三年前我在阿尔金山自驾的时候，遇见了一个兵哥哥发生意外，他开着的大卡车运送物资，因为操作不当，在转弯的时候车头冲出了悬崖边，车尾还在路上。大车上就兵哥哥一个人，他担心自己移动导致车失去平衡，整整在上面坐了三天三夜，最后还是坚持下来了。你不要急，明天肯定会有救援队过来。"

司机大哥颤抖着唇问道："真的会有救援队？"

我点头,鼓励他道:"一定会有的,相信我,先把压缩饼干吃一口吧。"

司机大哥重重地点头,重新拿起了压缩饼干,我看着他咬下去一小口,然后就剧烈地咳嗽起来。我找到矿泉水瓶子帮他拧开,他这才喝了一点水。

傍晚的时候,天色又灰暗起来,汉兰达车上的几个人再次过来找我们帮忙烧点开水。他们仍旧是四个人拿着四盒泡面。

我盯着他们手里的泡面说道:"做个交易吧,我们一点吃的都没有了,你们也让我免费帮你们烧了几次水了。现在你总不能让我们六个人看着你们四个吃得开心吧?"

带头的人很不情愿地说道:"不就是用你个炉头和气罐嘛。你开价格,我们买了还不行吗?"

李思娇扯着嗓子说道:"只要泡面,贵贱不卖。"

有个长相挺凶的人当即就不干了,问道:"我就问你们给不给用?难道还要让我们亲自动手抢吗?"

吕胜站在我身边威胁对方道:"今天你敢抢一个试试,我保证你们会后悔。"

带头的那个人明显是不想生事端,对我们说道:"别这样,大家和气一点。我们的泡面也不多了,今天中午都没舍得吃,三顿饭变成了两顿。你说我们要是食物充足,也不会委屈自己的胃对不对?"

我看着带头的人说道:"我们也不多要,给我们两桶泡面就行了,我和这哥们饿着无所谓,给几个女孩子找点东西吃。从六库到这里也就一百多千米,塌方的消息肯定已经传出去了,明天怎么也会有人来救援。你们也算行行好,你看行不?"

吕胜掏出四百块钱,对带头的人说道:"两百块钱一桶面,热水我们提供,你们要是不同意,今晚你们也别想吃泡面了,干嚼吧。"

带头的人一看有钱,高高兴兴地就拿了过去,然后给了我们两桶泡面,催促我快点烧水泡面,还大言不惭地说道:"钱不钱的无所谓,主要是大家都赶到这了,缘分啊。"

我暗骂:去你的缘分吧。

我拿着两桶高价买过来的泡面对顾瑶她们几个人说:"顾瑶和孙淼吃一桶,李思娇和乔丽吃一桶,今晚只能这么对付一下了。"

孙淼小声问:"为什么不能让我和吕胜吃一桶面呢?"

吕胜知道我是什么意思,对孙淼说道:"我和旭哥不吃,我们俩不饿,你们先填饱肚子就行了,那个……要是汤多的话,给我们留点汤也行。"

顾瑶否决了我的提议,对吕胜说道:"你和孙淼吃一碗面,另外一碗给李思娇和乔丽,我不饿。"

吕胜急忙摆手道:"顾瑶你别这样,我和旭哥是男人,我们少吃点没事,你们快吃吧。"

顾瑶还想说什么,被我直接打断了:"你们都别争了,就按照我说的办。吃了面都早点上车休息,把精神头养足了,明天还不知道是什么情况呢。"

吕胜对我说道:"咱俩去一边聊天。"

他问道:"旭哥,你也别瞒我了,交代个实底吧,明天真的会有救援的人发现我们吗? 要是真的没有食物,咱明天晚上都挺不过吧?"

　　我惆怅地对吕胜说道："从六库到这里沿途经过了几个乡村,我估算了一下,最近的一个村子距离这里应该是二十多千米,如果明天中午还不见救援的人过来,我就徒步去外面的村子找点吃的带回来,绝对不能让你们饿死在这里。"

　　吕胜惊讶地问道："徒步二十千米? 再走回来? 往返四十千米? 这得走多久啊?"

　　"成人的徒步时速大概是四千米每小时,二十千米差不多是五个小时左右。往返大概十个小时,中午出发的话,走得快一些,差不多晚上七八点能回到这里。"

　　吕胜下决心说道："明天我跟你一起去找吃的。"

　　"不行!"我分析道,"你得留在这里保护几个女孩子,咱们俩都去找吃的,我不放心! 在外面凡事都小心一点绝对没坏处。"

　　听我这么一说,吕胜才反应过来,对我说道："旭哥,要不这样吧,今晚你和森森躺在后备厢睡吧,我坐在主驾驶的位置上休息,明天你可能要徒步走那么远的路去找吃的,保证休息至关重要。"

　　我怎么可能和孙森躺在后备厢一起睡呢? 虽然吕胜是好意,也不会多想,但是我不能这么干! 我委婉地回绝了吕胜,让他好好休息,一切都等明天再说。

　　我和吕胜走回陆巡边,顾瑶把一桶泡面拿给我,对我说："里面还剩了一点,我又添了一点开水进来,你勉强吃一口吧。"

我挺感动,也没有跟顾瑶客气,其实里面也只有一口泡面而已,不过能喝点汤也很舒服了。当然,这些我也没有独享,还分了一半给吕胜。

夜幕降临,又是一个不眠的夜晚,有了前一晚的经验,我很快就找到了一个舒服的姿势蜷缩在奥迪Q5的主驾驶座位上,暗自祈祷不要再下雨了。

雨季的丙察察真的是太可怕了,每年都能看到关于丙察察塌方或者是山体滑坡的新闻,这次被自己赶上了,才意识到大自然的威力。

肚子饿得咕咕叫,兜里有巧克力、士力架还有几包坚果,但是我强忍着一点都没吃。

凌晨三点多,我被饿醒,找了一瓶矿泉水喝下去,传说中的"水饱"也不过如此吧。

对于外界而言,我们已经失联超过四十八小时了,不知道这段时间杨曼又找没找过我,抑或她认为我是故意躲着她吧,不过这都不重要了。

车外,我听到一阵窸窸窣窣的脚步声在靠近Q5,当时的我瞬间睡意全无,Q5中控台边就放着我买的工兵铲,工兵铲分好几段,是可以拆分的。在靠近尾部这一截是把匕首,当时我想,如果对方真的威胁到我们的安全了,那在迫不得已的情况下,也只能拼一把了。

随后,我听到外面两个汉兰达男人的撒尿声,我小心翼翼地转头听着声音,两个人还在小声聊着天。

A:你还真别说,陆巡车里有个妹子真漂亮。

B:你说的是不是那个穿着粉色冲锋衣的女孩?

A:除了这个,另外两个还能看?咱们车四个光棍老爷们,我看这四个妹子分给咱正好。

B:这个时候你还有心思想这些?

A:想都不让想了?不行!等天亮我得要个妹子的联系方式,说不定能有什么发展呢。

他们刚刚议论的女孩就是顾瑶。顾瑶是那种任谁看了一眼都会过目不忘的女孩,谁让人家长得漂亮气质又好呢?

我握着工兵铲的手心都出汗了,看来只是虚惊一场。我又在心里把这两人的全家问候了一遍,撒个尿就不能去路边随便找个地方? 非得往人家车轮上撒? 谁惯得这臭毛病呢?

被困第三天的清晨,所有人都很疲惫,似乎躺在车里不活动才是最好的保存体力的方式。一直熬到了八点半,我这才推开车门下了车。

第一件事还是去前面的奔驰车边查看,司机大哥已经把昨天的压缩饼干都吃掉了,但是气色明显不如昨天。他睁开眼睛看着我,嘴巴一张一合的轻声问道:"今天……会有救援的人……来吗?"

我点头,鼓励他道:"会的,一定会的,再坚持一下。"

他满怀期待地看着我,喃喃自语道:"希望救援的人早点来吧。"

我从兜里拿出一条士力架,交给司机大哥道:"这个东西你先吃了补充点糖分,一会儿我再给你烧点热水过来。"

司机大哥感动地点头,看着问道:"兄弟,咱们萍水相逢,你为什么要这么帮我?"

我苦笑道:"谁让咱赶上这事了呢? 能帮就帮一把吧。"

司机大哥眼里瞬间噙满了泪,对我说道:"如果我能活着出去,一定不会忘了你。"

就在这时,李思娇的声音突然从车尾的方向传来,她尖叫着喊:"好啊,你竟然还有吃的,我们不见的几包坚果是不是被你偷了?"

　　我转过头，看到李思娇、乔丽还有顾瑶全都下车了。

　　顾瑶也在用一种很失望的眼神看着我，她可能认为我偷食物是为了自己果腹吧。我转身走向她们几个，对顾瑶说："把吕胜和孙森都叫过来，我有事跟大家说。"

　　李思娇不依不饶地质问道："我问你话呢，你没听到吗？"

　　顾瑶见我和李思娇要吵起来了，这一次好像我明显不占理，所以她也没有开口维护我，而是听了我的话去叫吕胜和孙森。

　　我回到陆巡车尾的位置，开始用炉头烧水，任由李思娇在我身边怎么乱嚷乱叫，我都不想搭理她。

　　几分钟之后，孙森和吕胜全都过来了，我们也算是凑齐了。

　　我把兜里所有的食物全都拿了出来，包括我"偷"她们的几包坚果，看到这些食物之后顾瑶都惊呆了，她用询问的眼神望向我。

　　我低声说道："这是昨天分食物的时候，我拿到的这些，你们丢的三包坚果的确是我拿的。如果我不帮你们保存起来，昨天就应该全都吃完了吧？现在你们三个女孩子把昨天的三包坚果都拿回去吧，剩下的几块巧克力和士力架，大家也分了吧。"

　　李思娇上前一把抓起了三包坚果，对顾瑶和乔丽说道："你看这人，还是个小偷，被我们揭穿之后，找出这么冠冕堂皇的理由，还装什么好人？"

　　我没搭理李思娇，这女孩真的很烦。

　　顾瑶看着这些食物问道："从昨天早上到现在，你一点都没吃？"

我不想制造什么感动，没意思！拿起几块巧克力分给她们几个，最后剩下一条士力架，我递给了顾瑶，对顾瑶说："把这个装好，这些是我们全部的食物了。"

顾瑶见我给自己只留了一小块巧克力，担忧地问道："你就吃一块巧克力？"

我指着后备厢的两罐红牛说："我还有红牛，足够支撑了。今天是被困的第三天，我推测救援的人很快会过来。但是也要做两手准备，万一今天天黑之前还没被发现，我们的第四天将会过得很痛苦。昨天晚上我已经和吕胜商量过了，我今天徒步去附近的村子找食物带回来，马上就出发。"

李思娇听说我要走，立即反对道："你想干什么？你想丢下我们自己逃命？我告诉你，没门，要走你就带着我们一起走。"

我解释道："你别吵了行吗？我是去找吃的，附近大概二十千米的地方有个村子，是我们来之前经过的。我去村子里面给你们找吃的，顺便找到有手机信号的地方打个电话求救。"

李思娇完全不讲理地问："我们凭什么相信你？你真的一走了之我们怎么办？"

吕胜有点看不下去了，对李思娇说道："你能不能闭嘴？旭哥要是真想丢下我们，犯得着把自己要走的计划告诉你？他自己拿着这些吃的走不好吗？收起你那小人想法行不行？"

李思娇指着吕胜问道："你骂谁呢？你说谁是小人呢？你再给我说一句试试？"

吕胜挺直了腰板说道："我就说你呢……"

"好了，好了！"孙森挡在吕胜面前说道，"别吵了，她愿意怎么说就怎么说吧。"

吕胜替我抱不平，对孙森说道："我是实在看不下去了，旭哥昨天一整天没吃东西，偷着把她们的坚果藏起来，不过是为了帮她们保存。现在他又把自己昨天分的零食拿出来再次分给我们，这女人完全不讲道理，不感激旭哥的用心良苦也就算了，还口口声声污蔑旭哥，旭哥是什么样的人，这两天做了什么你看不到吗？真是好笑了。"

顾瑶打圆场说道："娇娇也不是那个意思，我们都别吵了。方旭你要去徒步找吃的？我陪你一起去。"

我低声说道："不用了，我自己去就行了，沿途往返要四十千米，中途不休息也要七八个小时。你们在这等着我的消息就行了，我会尽快回来的。"

顾瑶想了想，把刚刚分给她的坚果又拿给了我，对我说道："我不能帮你什么，但是你一定要把这个带上，我在这不活动少吃一点也没事。"

吕胜把我刚刚给他的一块巧克力也还给了我，对我说道："这个你也带着。"

孙淼也要把她的给我，被我回绝了。我只带着顾瑶和吕胜两个人的吃的，装了两瓶矿泉水和车内的最后一罐红牛起身上路。

在经过那辆汉兰达时,我还特意往里面看了看,然后示意吕胜小心点这辆车里的几个人。

我上午十点出发,中途嚼了一根士力架,连续走了两个多小时都没见到一个人,在下午一点二十五分的时候,我看到了一辆北汽,这辆车是车屁股对着我,我清楚地记得当时我是多么兴奋,急忙小跑几步过来。发现车门紧锁,已经见不到人了。

车窗上留着联系电话,我掏出手机看了看,还是没有信号。

按照我的步速判断,一共走了三个半小时,大概十四五千米,再往前不久就应该能到村庄了。

我记下了这辆车上留的电话号码,继续前进。

才转过一个弯,也就几百米的距离,看到面前又是一处山体滑坡,而在滑坡的那边,我见到了救援的车辆,挖机就有两台,一群工人正在这里抢修。此时我也想到了那辆北汽为什么会停在那里。司机一定是弃车去附近的村子了,车停在相对安全的地方,也不担心山体滑坡对车造成损坏。

当路修通了,肯定会有人给他打电话。我看到救援队抢修的时候,激动得热泪盈眶,一边跑一边挥手大喊。

修路的人也见到了我,向我挥手示意,当时应该是提醒我小心山顶滚落的石头吧,不过那会儿我太激动、太兴奋了,都没顾得上观察周围的情况,手脚并用地往前冲。

挖机不得不停止工作等着我过去。

两个穿着反光背心的工作人员接应了我,问道:"你从哪来？这条路不是塌方了吗？"

我指着身后的方向,气喘吁吁地说道:"救……救人……前方十五千米的地方,有一辆车被泥石流冲到了峡谷里面,还有一辆奔驰车……车头被埋了,副驾驶上的人已经不在了。司机被卡在驾驶位上已经三天了……快去救人。"

"什么？"当时扶着我的那个人都震惊了,"不是说前面没有车了吗？怎么回事？"

我一五一十地把当天晚上发生的事说了一遍,这些人听后全都紧张了,但面前这一处山体滑坡至少要两天才能把路修通,迫不得已只能联系119和120。

而我被这群施工的工人温柔以待,给我吃他们的自热米饭,还开了一个红烧肉罐头。

我狼吞虎咽地吃了个精光,在我吃饭的时候,救援队的负责人一直陪着我,安抚我道:"慢点吃,慢点吃,没人和你抢。"

我打心底感激他,问道:"大哥,我已经和外界失联三天了,家里人肯定很着急,我这一路走过来都没见什么地方有手机信号,我能不能借你们的卫星电话,给家里人报个平安？"

负责人大哥把卫星电话给我,对我说道:"报平安是应该的,这电话给你,拨打电话号码之前先输入86。"

我先是掏出自己的手机找到桃子的电话号码,又用卫星电话拨通,第一遍被桃子给挂断了,可能怀疑是骚扰电话吧,毕竟卫星电话的号码不同于普通的电话号码。

第二次拨打,又被桃子给挂了,这让我有点郁闷了,心里祈求着第三遍千万别挂了。

的确,第三遍桃子没有挂电话,而是接起来就很不友好地说:"不办贷款,不买房,不租房,不炒股……"

敢情桃子把这个号码当成诈骗电话啦!

"桃子……"我打断她的话,"是我,我是方旭。"

电话那边顿时就没有了声音,我继续说道:"是我!"

桃子用怀疑的声调问道:"方旭? 真的是你?"

"是的……"

桃子"哇"的一下就哭了,追问道:"你怎么才给我打电话? 你在哪呢? 你知道多少人在找你们吗? 你们这是去哪了?"

我把临时改变路线、被困在丙察察的事和桃子说了一遍,并且安抚桃子说:"你别担心,我们现在都很安全,路修通了我们就可以回来了。我的服务器泡水已经报废了,这下也不用去拉萨卖了,经过这几天的事,顾瑶估计也没心情去了吧。"

桃子特别委屈地说道:"你们都快把我吓死了,顾瑶家里人也很着急,终于有你们的消息了。对了……还有个事我也得跟你说一下,这几天杨曼正在满世界地找你,她肯定是后悔跟你离婚了。像你这么宠老婆的男人去哪找? 她身在福中不知福。"

说起杨曼,我原本平静的心又烦躁了起来,轻叹之后我对桃子说:"桃子,我可能还要很多天才能回到昆明,你帮我个忙行吗? 杨曼跟我说她怀孕已经一个半月了,肚里的孩子是我的,我不知道这事是真是假,你能帮我调查一下吗?"

"什么?"桃子似乎是以为自己听错了,"你再说一遍,我好像听错了,你说杨曼怀孕了? 而且是一个半月?"

"是的。"我尽量让自己心情没那么激动,"这事我不知道是真是假。"

桃子恍然大悟道:"怪不得她满世界地找你呢,原来是因为这事啊。"

"我需要你帮忙。"

"好吧。"桃子特别仗义地说道,"我尽量,我打这个电话能找到你吗?"

"不能,这个电话是救援队的卫星电话,我们被困的位置没有信号,我现在要折返回去了,我们的安危你不用担心,过两天我会主动联系你的。"

桃子再三叮嘱我要照顾好顾瑶后才把电话挂断。

我把电话还给救援队的队长,又拿出钱要给他,想买一些食物让我带回去。

救援队的队长没有收我的钱,却给了我一大包食物,有罐头、火腿肠、泡面、压缩饼干等,这些东西足够我们吃上个两三天不成问题。

辞别救援队返程,队长告诉我119和120的工作人员会以最快的速度赶过来的。

我又开始了长达三个多小时的徒步,因为负重,返程的速度比来时要慢很多,下午六点才回去。却发现这里一片狼藉,几个行李箱被翻得乱七八糟,行李箱里面的衣物都被丢在地上。汉兰达车门紧锁,上面的人也不见了。

我走回到Q5车的时候,吕胜推开主驾驶的门跳了下来,激动地说道:"旭哥……旭哥你可算回来了……"说完之后,他还冲着前面的陆巡大声喊道:"旭哥回来了,旭哥回来了!"

听到喊叫声,陆巡的车门打开,顾瑶她们几个人从车上下来。

我把背包放在地上,问道:"怎么回事? 这是干什么? 满地都是衣服?"

吕胜带着歉意地说道:"你走之后没多久,李思娇就说你抛弃我们了,她还说你私藏了食物,就把你的行李箱打开,里面的东西都丢了出来。旭哥对不起啊,我没保护好你的行李箱。"

李思娇听到这话马上就不干了,质问道:"你好意思说我? 你保护行李箱了? 我们搜行李箱的时候,你不也满怀期待地看着,希望能找到点吃的吗?"

我知道在这种极端的环境下,每一个人的内心都可能变得扭曲,我不想再追问下去,这种事问起来,任何一个人都逃不掉干系。我把背包打开,对她们说道:"都饿了一整天了,快吃点东西吧,火腿肠、罐头、饼干都有。"

李思娇看到食物像疯了一样,一把将我推开,弯腰就拿包里面的食物。

乔丽见李思娇开始动手抢夺,她也跟着开始翻里面的吃的。

我默默地后退两步,把散落在地上的那些衣物一件件的拾起来,象征性的抖了抖,然后放在行李箱里面。

顾瑶从一边走过来,蹲在行李箱旁边道歉说:"对不起,我……"

后面的话她没有说下去,其实她不说,我也猜到了她想要说什么,为了不让顾瑶内疚,我主动说道:"我知道这些都是李思娇和乔丽干的,可能是因为我去的时间太久了,你不好意思开口阻止他们翻我的行李箱,所以就这样了。"

沉默了好一会儿,顾瑶才轻声说道:"谢谢。"

我嘴角扬起一丝无所谓的微笑,对顾瑶说道:"快去吃点东西吧,饿了一整天了,要吃泡面我就给你烧水。"

"不用了,你走了那么远的路,先好好休息一下吧,我吃两口饼干先填饱肚子就行了。"

这时吕胜拿着一根火腿肠过来,递给顾瑶说道:"先吃个火腿肠吧。"

顾瑶接过来吕胜递给她的火腿肠,轻声说了谢谢。

吕胜问道:"旭哥,这些东西真的是救命。我刚刚给前面的司机大哥拿了一根火腿肠过去,他也吃了,救援的人什么时候能到呢?"

我看了看时间道:"救援队什么时候到我还真不好说,前面还有一大片塌方,想要开车进来至少要两天以后,不过我已经把前面奔驰车的情况说了,他们应该会想办法尽快赶到吧。"

李思娇手里拿着一个红烧肉罐头,径直走了过来,用一副命令的语气对我和吕胜说道:"你们俩谁给我把罐头打开? 不打开怎么吃?"

吕胜抬起眼皮瞪了李思娇一眼,低声骂道:"打不开别吃。"

李思娇突然就委屈了,问道:"你怎么说话呢? 我不就让你帮我开个罐头吗? 你不帮我开就算了,干吗还骂我?"

吕胜和李思娇之间的关系已经彻底决裂了,他一点面子都不留地骂道:"看你烦。"

李思娇举起罐头就砸向了吕胜的头,当时我们都没想到她能这么干,尤其是吕胜,注意力都没放在李思娇这边,当罐头真的砸在了他的头上,吕胜反手就是一个耳光,狠狠地抽在李思娇的脸上,发出"啪"的一声。

李思娇没想到吕胜会打自己,就像吕胜没想到李思娇会用罐头砸自己一样。

现场所有的人都愣住了,空气仿佛凝固了一样!

吕胜做了我想做却没敢做的事,这一刻我突然觉得吕胜比我活得洒脱自如,我早就不是那么冲动率性的少年了,这些年在生意场摸爬滚打,学会了隐忍自己的情绪,把最好的一面留给别人,努力做到让所有人满意。

事实证明,这是不可能的! 哪怕你做得再好,都会有人看你不顺眼!

chapter 23

苦 中 作 乐

被打之后的李思娇愣在原地，泪水夺眶而出，仿佛是受了莫大的委屈一样。

顾瑶也有点慌了，责备吕胜道："你怎么还动手打人？"

我看得出来，吕胜挺后悔的，他没有回答顾瑶的话，转身走向自己的车。他的背影有些落寞。

回想起我们出发那天，吕胜还主动让李思娇把行李箱放在自己的车上，这才一个星期不到，两个人的关系已经发展到大打出手。不得不说，时间是个好东西，总是能让那些伪装的人原形毕露。

我弯腰拾起被李思娇丢在地上的罐头，帮她拉开拉环后递给她，李思娇非但不领情，还甩手将我递给她的罐头打翻在地。

这一幕彻底激怒了顾瑶，她冲李思娇吼道："娇娇你干吗？你不觉得自己做得有些过分了吗？这是方旭徒步往返三十多千米带回来的，你不吃能不能别浪费？"

李思娇从包里抓出一把钱就丢在了我的脸上，蛮不讲理地吼道："打翻一个罐头怎么了？我有钱！我买得起。"

钱散落在地上，乔丽弯腰去捡，一边捡一边说道："你们这是干吗呢？有话好好说呗。"

我对顾瑶说道："你去吃点东西吧，我去看看奔驰车的司机大哥，告诉他救援队很快就到了。"

奔驰车的司机大哥得知我已经找到救援之后，眼泪直流，他把头转向了副驾驶的方向,那里坐着他死去的爱人。我没办法理解这是怎样的一种伤痛,毕竟我不是当事人。

过了好一会儿,顾瑶走了过来,看着我,眼里写满了愧疚。

我转过身,走向顾瑶问道:"吃饱了?"

顾瑶点头,轻声说道:"对不起啊,娇娇有些任性,你别往心里去,我给你道歉行吗?"

我苦笑道:"你跟我道歉干什么? 又不关你的事。"

"她毕竟是我朋友,我……觉得挺愧疚的。"

我故作轻松地说道:"没事,我不会跟一个女孩子计较的,何况我也有做得不对的地方。当初如果我坚持走另外一条路,就不会发生这样的事了。"

顾瑶摇头,特别讲道理地说道:"这事真不怪你,是我们大家都同意的,我们都是成年人,都应该有为自己的选择负责的能力。"

我微笑着对顾瑶说道:"你看又黑天了,明天就是我们被困的第四天,不过食物已经不用担心了,救援队明天肯定也能到。对了,那车上的四个人去哪了?"

"你说那几个人啊? 他们中午的时候往丙中洛的方向去了。"

听到这个消息我还挺开心的,轻松地说道:"幸亏他们走了,否则夜里睡觉我还得时刻留意外面的动静。讲真,我不喜欢那四个人,昨天夜里还在吕胜的车轮上撒尿。"

顾瑶嘟嘴说道:"我也不喜欢这四个人,今天临走的时候还纠缠着我要电话号码,最后我给了他们一个假电话号码,他们才离开,那时候我真庆幸这里没有手机信号。"

我微笑说道:"早点休息吧,救援队今晚应该不会来了,期待明天。"

顾瑶点头说道:"辛苦你啦,这几天都没睡过一个好觉,等回昆明我请你吃饭补偿。"

我和顾瑶又闲聊了几句,天色暗下来得很快,今晚和以往不同的是每个人都怀着一份期待,那就是明天到来的救援队。

在临睡前我又给奔驰车的司机大哥拿了一瓶水,叮嘱他一定要坚持住。

司机大哥感激地看着我说道:"兄弟,如果我能捡回来这条命,我一定不会忘了你的。"

我笑了笑,帮他在身上多盖了两件衣服,这才回车上准备休息。

吕胜和孙淼盘膝坐在后备厢里面玩五子棋,棋盘是用笔在一件衣服上画的,吕胜的棋子是小碎石,孙淼的棋子是食物的包装纸,剪碎之后揉捏成的小纸团。这应该就是传说中的"苦中作乐"吧。

吕胜见我上车,主动道歉说:"旭哥你回来啦,我刚刚从背包里面拿了两根火腿肠过来,给你放在中控台上了,留着明天吃。我算是看出来了,咱要是不藏起来点吃的,明天一早又要饿肚子了。"

我安慰吕胜说:"不至于,我背回来的东西虽然不是很多,吃上个三天不成问题,何况救援队明天就会到。"

吕胜摇头说道:"有备无患吧。我是对李思娇和乔丽无语了,没见过这么自私的人。对了旭哥,咱还没正式介绍过呢,我是云大医院的内科医生,淼淼是妇科医生,我们俩是大学同学,毕业之后又一起进入云大医院工作,以后有用得着我的地方,你别客气。"

我笑着说道:"好的,绝对不客气。"

孙淼提醒吕胜道:"咱车里不是有扑克吗?反正现在时间还早,旭哥过来咱们一起斗地主吧,输了的人往脸上贴纸条。"

反正闲着也是闲着,我还真的跟他们俩斗起了地主,一直玩到深夜十点多才休息。

第二天一大早,我就被外面的脚步声吵醒,救援队到了!

chapter 24

救 援 队

　　早上八点半,第一组消防队员带着各种应急救援的工具过来了,他们是连夜赶过来的,天没亮就出发了。带路的人就是昨天借给我卫星电话的那个领队,见面之后来不及寒暄,我就带着他们去看奔驰车的司机大哥。

　　吕胜、顾瑶她们听到了声音,也纷纷起床,从车里下来。

　　司机大哥见到救援队后早已泣不成声,尤其是看到副驾驶已经去世的爱人被抬走,更是哭得撕心裂肺,早已忘记自己可能要双腿截肢……这一幕让我久久无法忘却,生离死别也不过如此吧,人世间最大的痛莫过于此了吧。

　　吕胜和孙淼都临时加入了医护组,帮着救援。

　　消防组用液压钳夹断了奔驰车的座椅,将司机大哥放在提前准备好的担架上,医护组马上给司机大哥测量血压、心率等。

　　救援人员把副驾驶上死去的爱人抬下来之后,所有人都自觉的站成了一排,脱帽默哀一分钟。纵使见过了太多的死亡,他们的脸上仍旧带着无尽悲伤。

　　救援结束之后,消防组的组长又问我是不是亲眼看到了有一辆车被山体滑坡冲到了峡谷里面?

　　我很确定,又找了当天的行车记录仪的画面给他们看,确定我没看错之后,他们又开始商量着接下来的救援计划,在我们这里往下吊绳索有点不现实,只能从另外一个地方救援。

　　当前最紧要的还是把奔驰车的司机大哥送到医院去救治,前面那段路塌方还没修好,只能是轮番抬着担架走上二十多千米,救护车已经在那边等着了。

汉兰达后面那塌方的地方,都要大家抬着担架齐心协力地走过去。

李思娇和乔丽听说走到那边就有车,两个人说什么都要跟着救援队徒步一起走出去。

昨天借给我电话的领队大哥也劝我弃车跟他们一起走,对我说道:"那边的路最快今天晚上可以修通,但是这里的山体滑坡也很严重,至少也要一天才能处理好。你们不如先跟我回去,我安排车把你们送到六库休息一下。"

我想了想问道:"你看我说得对不对,今天晚上那边的路能修通,明天一早你们就要来修这里了,大概后天早上我们就能把车开走了,对吗?"

领队大哥点头说道:"后天早上通车一点问题都没有,我们都是三班倒日夜抢修的。"

经过短暂的思考之后,我对领队大哥说道:"我就不跟着救援队添麻烦了,反正也在这里被困了四天,再多两天也无所谓,我现在跟着救援队徒步出去,后天还是要过来开车。"

领队大哥问道:"你确定不跟着救援队徒步出去了?"

"嗯!"我坚持道,"我要在这里守着车,不能给修路保通的你们添麻烦,路通了之后我马上把车挪开。"

领队大哥说道:"好吧,那我也不劝你了,我又带了一些食物和水过来,足够你们坚持两天的了。"

"那麻烦您带着她们几个一起出去……"

顾瑶突然开口说道:"我也不走了,留下来陪你。"

李思娇和乔丽都惊呆了,看着顾瑶问道:"你真的不走了? 你留下来陪着他干什么?"

顾瑶瞪了李思娇一眼,说道:"你们走吧,不用管我,我留下来陪着方旭。"

吕胜也做了选择说道:"我也不走了,我和孙淼也留下来,看到某人就烦,根本不想同路走。"

李思娇狠狠地瞪了吕胜一眼,挽着乔丽的胳膊说道:"别管他们,我们走。"

74

领队大哥和我握手道别,对我说:"那我先回去了,明天见。"

躺在担架上的奔驰车司机向我和吕胜挥手道别,这是一场跟死神的较量,他赢得十分彻底。我目送整个救援队艰难地通过不远处的山体滑坡,内心感慨挺多的,不知道为什么在最后的时刻,顾瑶会主动留下来陪我,是心疼她的车?

救援队给我们带来了充足的食物和水,再也不用担心饿肚子了。

吕胜在一大堆食物里面找到了几罐八宝粥,这便成了我们今天的早餐……不对!也可以说是午餐了,毕竟已经临近中午了。

八宝粥放在了我购买的套锅中,在炉头上加热,为了防止黏锅,吕胜还在里面倒了一瓶矿泉水。

这应该是我们被困以来吃得最舒服的一顿饭了。

午餐之后,我把自己的行李箱当成凳子坐在了上面,面前是已经被泥浆浸泡过的服务器,盯着这些已经废掉的服务器,心里各种难受。

顾瑶来到我面前蹲下来问道:"这些服务器你带到拉萨能卖多少钱?"

我随口笑着问道:"怎么?你要补偿我的损失吗?"

顾瑶很认真地点头说道:"是的,我之前就跟你说过了,这些服务器的损失算我的,我补给你。"

我微笑地看着顾瑶说道："这钱我肯定不能让你补给我的,那天晚上我既然决定把服务器放在地上腾空间给你们,就已经意识到潜在的危险了,你不是说过了嘛,我们成年人都应该有为自己行为负责的能力。"

"可是你的服务器是为了我们才被泥水泡了的。"

"那也是我自己的选择,与你们无关。"

顾瑶听后,没有再继续和我说要赔偿的事。她把目光投向了远方,独龙江峡谷对面又是绵延起伏的高山,丙察察这条路我们连丙中洛都没走到就要打道回府了,听起来很讽刺,或许这就是丙察察公路的魅力所在吧。

午后,吕胜拿着扑克过来找我和顾瑶,大家闲着无聊,玩起了"斗牛",或许是因为看到了救援队的原因,彼此的心情都比前两天轻松了不少,唯一喜怒不形于色的也只有顾瑶了。

她应该是本次旅行中最难受的一个,李思娇是她的朋友,她跟乔丽也不是很熟。李思娇跟吕胜算是彻底闹翻了,夹在其中的顾瑶有些尴尬,她替李思娇向吕胜道歉:"娇娇性格不好,给你们添麻烦了。"

吕胜和我的反应差不多,对顾瑶说道:"这事跟你真没关系,你可别代替她道歉什么的。我也有做得不对的地方,我不如旭哥那么沉稳,遇事还是容易冲动,还打了她一巴掌,事后想想挺不应该的。"

孙淼责备吕胜道:"你这种好冲动的脾气什么时候能改一改?你学学旭哥不行?"

我苦笑道:"别学我了!我倒是很羡慕吕胜的率性,经历的人和事多了,受的委屈多了,你自然就会变得'沉稳'了。"

吕胜好奇地问道:"旭哥,你以前是做什么的?"

我说:"我大学时候是计算机专业的,酷爱写程序,就是大家口中的'程序猿',毕业作品是设计了一套酒店的管理程序,卖掉赚了第一桶金,带着几个同学筹办了一家网络公司,一路顺风顺水,也算是小有成就。"

说到这,我忍不住轻叹,继续说道:"前几年金融危机,我的公司破产了,合伙人一个个撤资离去,写字楼的铺租交不起,最后变卖了所有的办公用品,这十二台服务器放在网上被拉萨的一家公司预定了,要求我送过去,没承想现在变成了这样。算了!一切从头开始吧。"

吕胜听得入迷,孙淼更是用崇拜的眼神看着我,安慰道:"男人就是要经历一番浮沉,否则永远都成长不起来。"

顾瑶微笑着对孙淼说:"可是有些人倒下去一次就再也爬不起来了,不是谁都能有勇气去扛起这一切的。都说由俭入奢易,由奢入俭难啊。"

我苦笑着说道:"那是没有被逼到一定程度,就像现在的我,想要再次由俭入奢都没这条件。"

顾瑶转过头看着我问道:"你以前学过酒店的管理程序? 我上次听我们经理说要给酒店客户做一个信息库,保留每一个客户的信息资料,又担心放在共享网络上有风险,你能写一个独立的程序供我们使用吗?"

"这太简单了,无非就是一些代码的事,应用于局域网独立使用就可以了。"

顾瑶开心地说道:"那太好了,回昆明我和经理推荐一下,到时候你们聊一聊,希望能帮到你。"

没想到这次旅行竟然有意外收获,至于是否能成,我也不好说,总之是挺感谢顾瑶的。午后的天气格外地晴朗,现在的我们也不用担心被困,有更多的心思琢磨生活了。

我把折叠水桶装满了水,用几根简易的树枝搭建了一个架子,吊起水桶之后在下面用炉头烧水,温度上来之后,我把折叠水桶摆放在顾瑶和孙淼面前,让她们在这里泡个脚,缓解一下疲惫。

吕胜看得惊奇不已！

我又开始秀我的户外生存技能，把自热米饭加热待米粒膨胀，又将自热米饭里面的配菜用套锅炒了一下。最后把火腿肠用树枝串起来，放在火上烤一下，变成了传说中的"烤肠"。

一顿丰盛的晚餐搞定，成了这些天中最美味的一顿饭。晚餐之后，西边的天空出现了一道彩霞，为被困的第四天画上了圆满的句号。

晚上，顾瑶主动让我跟她一起睡在陆巡车的后备厢里面，她说这话的时候吕胜和孙淼都在场，她还有点害羞。

孙淼情商特别高，看到这一幕就拉着吕胜陪她去厕所，故意避开我们。

顾瑶红着脸对我说道："来吧，帮忙整理一下后备厢，今晚咱们俩就凑合睡吧。"

来到车边，我看到自己的睡袋前几天都被几个女孩子当成褥子铺在了后备厢里面，真是浪费！睡袋上面有好多衣服，顾瑶提醒我道："睡在车里晚上很冷，只能多盖一些衣服了。"

我特无语，对顾瑶说道："你们的户外生存技能真的是零，睡袋根本不是这么用的，是让你们钻里面去睡。"

顾瑶傻傻地看着我问道："钻进去？可是我们三个人啊。"

"我这个睡袋本来就是双人睡袋，超大的。你们三个女孩子都不胖，钻进去睡绰绰有余，睡袋两侧的拉链是可以拉开的，这就是信封睡袋的好处。如果觉得冷，还能拉起来保暖，怪不得第一天夜里李思娇还发动车子吹暖风。"

顾瑶略带委屈地说道："这些我真不懂。"

我对顾瑶说道："听我的，你先换了睡衣钻进去，我去上个厕所，很快回来。"

再次回到车上，顾瑶已经换好了睡衣，乖乖地钻进了睡袋里。她看到我开门后，脸色微红对我说道："这个睡袋真的很大，你也上来睡吧，好好休息一下。"

我站在车门边对顾瑶说道："我已经好几天没洗澡，没换衣服了，你不嫌弃我脏啊。"

顾瑶嘟起小嘴道："我也一样，头发都好多天没洗了，你也不许嫌弃我。"

我笑着把外面的冲锋衣脱掉，从行李箱里面找到了一套棉睡衣换上，虽然这套睡衣昨天被丢到地上沾染了泥土，这应该比我身上穿了好几天没换过的衣服要好一些吧。

顾瑶把自己不穿的衣服叠起来放在身边给我当枕头,还把自己的一件T恤当枕套。

我钻进睡袋里面后老老实实的平躺着,眼睛一眨不眨地盯着车顶,车内安静得有些尴尬。

顾瑶和我一样是平躺,她小声问道:"你好像很紧张?"

"没有!"我否认道,"我怕自己乱动,让你觉得紧张。"

顾瑶竟然笑起来,对我说道:"我的确是有些紧张,一点不骗你,这是我第一次跟一个异性朋友以这种方式过夜。"

"嗯……"我应声说道,"条件的确是简陋了点,和你跟别人去酒店过夜肯定不同。"

听我这么说,顾瑶当时就急了,辩解道:"你乱说,我从来就没有跟异性朋友同处一室过夜。"

这话倒是让我有点意外,不禁试探着问道:"你没有跟男朋友一起在外面过夜的经历?"

顾瑶很认真地回答道:"没有,从未有过。"

我笑着问道:"你是从未有过男朋友,还是从未跟男朋友在外面过夜的经历?"

顾瑶用一种"你已被我看穿"的语气说道:"你何必问得那么委婉? 我很认真负责地告诉你,没有!"

"哎!"我忍不住轻叹起来。

顾瑶追问道:"你这一声长叹是什么意思?"

"你男朋友真无能!"

顾瑶嘟囔道:"你脑洞还真大! 我以前的男朋友暗示过我,他有这方面的需求。可是我觉得自己跟他还没到那一步,然后我们就分手了。"

我笑着说道:"替你男朋友……不对! 是替你的前男友感到委屈。"

顾瑶不以为然地说道:"这种事我觉得应该是双方自愿的才可以。"

我越听越想笑,实际上我也真的笑出声来。顾瑶听到我的笑声后问道:

"你干吗笑？我说的不对吗？"

我解释道："我只是同情你的前男友而已，有这么漂亮的一个女朋友，却因为这种事被分手，你不觉得你前男友很无辜吗？"

顾瑶很聪明，反问道："我可以理解为你这是在夸我漂亮吗？"

"嗯！可以这么认为。"

"男人的嘴都这么会哄人开心吗？那你给我讲个笑话吧，让我更开心一点。"

我想了想说道："我不太会讲笑话，就给你讲个我经历过很好笑的事吧。"

"行啊。"顾瑶满不在乎地说道，"只要你能让我笑就行。"

　　我望着车顶说道："睡吧，明天救援队就到了，后天我们就可以返回六库，在六库住一夜，次日就能回到昆明。这次西藏之行没能如愿，等有机会再陪你走一趟。"

　　"真的？"顾瑶面对着我问道，"你说话算数吗？以后有机会还愿意跟我组队去西藏？"

　　"嗯，愿意！只要你不怕跟着我这人走霉运就行。"

　　顾瑶特别心安地说道："跟着你遇见了这种意外都从容地应付过来了，我还有什么好怕的呢？你给了我满满的安全感，以后旅行只要有你在，我都会很安心。"

　　我微笑说道："睡吧，希望明天是个艳阳天。"

　　顾瑶在我耳边轻声说道："晚安。"

　　没过多久，我明显察觉到顾瑶已经进入了睡眠状态，她的呼吸变得均匀，手脚也开始变得不老实，似乎是把我当成了自己床上的抱枕，或者是某个大型毛绒玩具，把一只胳膊一只脚搭在我身上。我又不敢乱动，怕吵醒她！

　　上一个在我身边睡觉的女孩是杨曼，想到杨曼，我又是一阵莫名的心痛，如果她怀孕是真的，我又该如何选择？真的像梦中一样和她分道扬镳？此时此刻的我无比清醒，在清醒的状态下做这样的决定，我似乎还有些不忍心。

　　可我也不甘心被杨曼如此对待。

如果假离婚那天没有遇见薛磊,或许我还没有那么憎恨杨曼,而她跟薛磊去泰国度假,这是我没办法容忍的。

这一夜我失眠了,一方面是自己在不停地思考这些事,想着回去之后如何处理这个烂摊子。另一方面是因为顾瑶睡觉真的不太老实!

次日清晨,路政的清障队来到这里抢修保通,也吵醒了我们的清梦。

顾瑶小心翼翼地把头上扬,想要看我是不是还在睡梦中。

很不巧的是我正在盯着她看,彼此对视的瞬间,顾瑶的脸红了,她特别害羞地道歉说:"对不起啊,我可能是把你当成我的迪迪了。"

"迪迪? 迪迪是什么?"

顾瑶红着脸很不好意思地说道:"迪迪是我床上的一个毛绒玩具……金毛犬的造型。"

我知道到分开的时候了,我在车里她不方便换衣服起床,于是先爬起来,到车下面套上自己的冲锋裤和冲锋衣,这一套睡衣就当是秋衣秋裤穿在里面了。

吕胜从车上下来,先是看了看不远处的施工队,然后走向我道:"昨晚睡得还好吗?"

这话绝对是一语双关,因为他在问这个问题的时候,表情都有些不自然,一直想笑又忍着不笑,整得我都不知道怎么回答了。

吕胜见我不说话,拍着我的肩膀说道:"顾瑶现在是单身,好机会别错过。"

我说:"得了吧,她哪里是我的菜啊,还是想想今天早上吃什么吧? 煮面还是喝八宝粥?"

"喝粥!"

清障队的动作很快,一个上午的时间就把山体滑坡的那一段清理掉了三分之一,我和吕胜很想上去帮忙,但人家都是大型的装载机、挖掘机在作业,根本不需要我手里的工兵铲。中午休息吃饭的时候,清障队的人叫我们过去一起吃午饭,毕竟他们有专业的"火头军"随行。

午餐是六菜一汤,这对于我们来说异常奢华了,我和吕胜都吃得特别多，但顾瑶却只吃了几小口，开始我还以为她要减肥保持身材不敢多吃呢，吃过午饭回到车上休息的时候她才告诉我说，她觉得大厨做的饭还不如我昨晚把罐头、自热米饭加工的晚餐好吃，真的是太抬举我了。

下午两点，山体滑坡的地方终于清理完毕，我们比原计划提前半天离开这里，临走的时候，我们还兴奋地和路政清障队的工作人员热情合影，纪念这一次非凡的旅程。

返程回六库开了三个多小时就到了。下午五点到达六库，孙淼提议直接去大理，已经委屈这么多天了，不如今天就努力赶路回到大理，找个好一点的客栈住下，一觉睡个自然醒，明天直接返程回昆明。

我们几个一拍即合连夜返程回大理，在去大理的路上，顾瑶预订了大理希尔顿酒店，真是下了血本要好好享受一番。

返程路上我的手机都没敢开机，到了希尔顿办理入住来到房间之后，我把手机切换成正常模式，瞬间几百条信息如炸了锅一样填满了我的手机，还没来得及逐条看上一遍呢，顾瑶就过来敲门了。

顾瑶站在门口微笑说:"换上浴袍,把你所有的衣服整理出来,我叫了酒店的洗衣服务。"

我挠着头有点不好意思地说道:"这么麻烦不太好吧?"

顾瑶抿着嘴说道:"没什么不好的,我已经安排了,你照办就行了。今晚睡个好觉,我们明天……"

她的话刚说到这,我的手机铃声就响起来了,顾瑶不得不停止自己的话,从简说道:"我就住你隔壁,明天联系。"

送走顾瑶,我回到房间内拿起电话,竟然是我爸打来的,突然有一丝愧疚,自己失联前前后后差不多一个星期,竟然都没有给家里打个电话通风报信,我爸妈肯定着急。

接听电话之后,我爸第一句话就很不高兴地问道:"你这几天干啥去了?手机不是关机就是无法接通,你是不是怕我找你借钱给你二叔家?"

我真是无语了,没想到我爸跟我说这事,我耐心地解释道:"前几天跟朋友开车去拉萨,走丙察察公路的时候遇见了山体滑坡,今天刚刚被救出来。"

"少扯!"我爸应该是喝了酒,在电话那边根本不相信我的解释,一口咬定说:"你就是怕我打电话找你要钱,才故意关机的,你开个那么大的公司,替我借给你二叔家一些钱怎么了?你知道邻居怎么说我们?全都在背后戳脊梁骨,骂咱们家没人情味你知道吗?"

我忍着怒气问道:"又是二婶那个大嘴巴对街坊邻居说的呗。"

我爸反问道:"怎么着?人家说错了?你还有理了?从小我就教育你对

亲人要好一些,你看看你是怎么做的?"

"爸,我不想跟你说这事了,反正我是拿不出钱来了,他们一家人就是被惯坏的,总是指望着别人无偿帮助,什么时候是个头? 这事你也别怕街坊邻居议论,明眼人都看着呢。不和你说了,我要睡觉了。"

说完,我就把电话给挂了,手机上却多了一条我妈发来的微信:儿子,做得对,不要给你爸钱。

其实我爸这个人不坏,他注重亲情,却有些过分了。他认为我混得好了,就有义务去拉一拉身边的人。这可能跟他是长子有一定的关系,我爸小的时候家里很穷,我爷爷就一直教育他要当家、要帮兄弟姐妹。这种思想贯穿了他的整个人生,以至于这些年他都在想着怎么帮我二叔、姑姑家里过得更好一些。

尤其是我爷爷去世之后,他在这方面花的心思更多了。

但有些人根本不懂得感恩,接受久了就认为这是理所应当的。

或许这就是"劣根性"吧。

挂断电话,我又给桃子拨了过去,桃子得知我们平安回到大理也算是松了一口气,然后话题就扯到了杨曼怀孕这件事上,桃子在电话那边对我说道:"我努力帮你调查了,甚至还亲自找过杨曼,但是你要原谅我能力不够,她是不是真的怀孕了,我真不清楚。"

我惊讶地问道:"你还主动去找杨曼了? 你跟她见面了? 貌似你俩也不熟嘛,你不会是直接叫她出来,问她有没有怀孕吧?"

桃子说道:"我能约她出来问这种事? 我是把你当初让我去公证处做的房产公证原始文件拿给她,以这个为借口跟她见面的。见面的时候我还特别留意她的肚子,真看不出来是不是怀孕一个半月了。"

"废话! 怀孕一个半月,胎儿不过是一颗花生那么大,多吃一粒花生就能看出来怀孕? 什么逻辑?"脑海中浮现出一个胎儿在母亲肚子中的画面,我竟然有了一些期待,期待这是真的。

桃子轻叹道:"怀没怀孕我不知道,不过杨曼看到那份原文件的时候,的确是后悔地哭了。当时在我们公证处,好多同事都看到了,看来她可能是真的后悔跟你离婚了。如果她怀孕是真的,你会跟她复婚吗?"

说起这件事我就头大,不复婚,对孩子是残忍的;复婚,对我是残忍的!我不想和桃子聊这个话题,草草地结束了通话,坐在沙发上发呆。

手机上那么多信息都懒得逐条看了,年近三十岁的男人,生活真是一地鸡毛。这个本应因脱困而开怀畅饮的夜晚,我却没能找到应有的开心与快乐。反之感觉回到现实世界,那些生活的压力汹涌而来。

这一刻,我甚至有点怀念被困的那几天。

每天只需要想着吃什么,看风景就行了,哪有那么多的琐事烦心呢?

我去冲了个澡,夜深人静躺在床上开始查看手机上的信息,杨曼一个人就给我发了八十条。

chapter 29
杨 曼 打 来 的 电 话

我把杨曼所有的信息都看完之后,只回了一句:你让我怎么相信这个孩子是我的?

回完这条信息,我把手机关机,躺在床上想要睡个安稳觉,对于杨曼的所作所为,我是打心底反感,我觉得这应该是一个男人正常的反应吧,还是我在逃避现实?

我越想越觉得有些乱,我和杨曼迟早要坐下来好好聊聊的。于是我又打开手机,准备跟她约个时间见面聊。

这一次我直接拨通了杨曼的电话,对杨曼说:"我明天回昆明,咱们碰个面好好聊聊吧。"

杨曼说:"回家吧,在家里说话方便。"

"算了!我现在对那个家有本能的抵触感,随便在外面找个地方坐下来聊一聊就行了。"

杨曼听我这么说,明显感觉到我的情绪,她有点恼火地问道:"你还是要坚持跟我离婚吗?你不打算要这个孩子吗?"

"明晚见面聊吧,时间、地点再联系。"说完我就把电话给挂了。

这个夜过得相安无事,却又各怀心事。我给自己画了一个大大的问号,如果这个孩子真的存在,我又要做什么样的选择呢?真的是没办法做决定。

这几天太过疲惫,直接睡到次日上午十一点才醒来。

手机上有顾瑶在群里发的消息,让我们醒来后告诉她一声,约着一起去吃饭,特别注明这顿饭她要请客。

吕胜和孙淼在半小时之前回复了一句："我和孙淼醒了,中午一起吃饭,但给我们个机会,我来请。"

顾瑶："说好了我来请的,你不要跟我争了,等方旭起来我们就去。"

吕胜："我给旭哥打个电话问一问他睡醒没有。"

顾瑶："电话就别打了吧,这几天他太累了,让他多休息一下,他睡醒了会看手机的。"

吕胜回了一个OK的手势："那我跟孙淼先洗漱。"

看完消息之后,我在下面回复："我睡醒了,洗漱完就可以退房了,我们在停车场见吧? 吃了午饭就返程回昆明?"

顾瑶："我没问题。"

吕胜："我和淼淼还有假期,吃过饭我们就暂时分开吧,我和淼淼去丽江玩两天,你们俩要不要跟我们一起去丽江?"

顾瑶："你们俩是情侣去丽江度假,我和方旭就不凑热闹了吧。"

孙淼在群里发了一个害羞的表情。

午饭是顾瑶选的地方,在大理吃特色生皮、洱海的弓鱼,这才是大理的特色。饭吃到一半的时候,吕胜就悄悄地把单给买了,回来的时候端起面前的可乐对我说道："旭哥,正式的、认真的、以水代酒敬你一杯,这次旅行意外重重,多亏了有你一直照顾我们,感谢你这一路的照顾。"

这话说得我有点不好意思了,端起杯子对吕胜说道："大家一起出发就是一个团队,各尽所能吧,我在昆明等你,等你和孙淼从丽江回来,我们再聚。"

顾瑶也端起杯子,对我和吕胜说道："回昆明我们一起再聚,千万不能忘了我。"

最后是四个人一起喝了杯雪碧当酒了。在饭店门口我们道别,吕胜和孙淼去丽江继续度假,而我和顾瑶开始返程回昆明。

不知道我们人品有问题还是运气有问题,从大理出来刚过云南驿服务区没多久就遇到了大堵车,整整堵车了五个小时,下午六点才通车。

七点一刻的时候,杨曼的电话就打了过来,问我今晚在什么地方见面。

当时我正在开车,所以直接开了免提,对杨曼说道："今晚我几点到昆明还不知道呢,改天再约吧。"

杨曼在电话那边很不高兴地问道:"方旭你到底什么意思?我现在跟你说我怀孕了,你知道对于我来说怀孕意味着什么吗?我……"

当着顾瑶的面,我不太想和杨曼说太多,所以我打断她的话说道:"我们见面聊行吗?"

"不行!"杨曼固执地说道,"见面聊和在电话里面聊都是一个样的,我现在就要听你给我一个准信,你是一定要抛弃我和孩子吗?我现在放下骄傲、自尊,求你跟我复婚,我们重新过以前的生活好吗?"

我一边开车一边对杨曼说道:"我心里过不去这个坎……"

杨曼冷冷地问道:"你过不去哪个坎?我主动找你离婚的这个坎吗?我都给你道歉了,你为什么不能原谅我?我们这么多年的感情,你是不爱我了,对吗?"

我不知道为什么,本应该愤怒的我此刻却特别地冷静,对杨曼说道:"咱们好好回忆一下整个过程,公司破产你在我身上看不到希望,想跟我离婚你却没直说,让你父母陪你演戏,让咱们先办个假离婚,然后你父母买房放在你名下,做个婚前财产公证后再复婚。你不觉得这已经是对我的一种侮辱了吗? 那行,没问题,我大度地接受……"

一边的顾瑶不经意间流露出一个吃惊的表情,仿佛难以相信这是真的。

"是,作为一个男人,我不能让你看到未来是我无能,你在这个时候选择霸占家里的房子,跟我离婚寻找新的发展,我都可以理解,毕竟你是个女孩子,对吧? 但是我不能理解的是,为什么你出了民政局就能跟薛磊一起去泰国度假? 我暂且不说你跟薛磊有什么,但他能在民政局门口等着你拿离婚证出来,并且已经预订了你们两人去泰国的机票,你让我怎么想?"

杨曼直接无视了我的话,态度强硬地说道:"我现在告诉你的是我怀孕了,已经一个半月了,你不是一直想要个孩子吗? 现在有了! 你能不能看在孩子的分上,跟我复婚?"

讲真,这一刻我犹豫了,我不知道该怎么办。身为一个快三十岁的男人,听到有了自己的孩子,那种心情怎么去形容? 要一个我们的孩子曾经是我最渴望的,现在仿佛是触手可及,难道我要毁掉他?

可我又真没办法原谅杨曼的所作所为,被戴绿帽子是男人最不能容忍的背叛。

我是为了孩子选择跟杨曼复婚? 还是铁石心肠一样放弃我的孩子? 似

乎怎么选,受委屈的都是我。

我不知道自己犹豫了多久。终于,杨曼还是忍不住了,低声对我说道:"你犹豫得太久了,看来孩子也无法让你原谅我,我懂你的选择,谢谢这个电话让我看清了你的真实内心。没有你,我一个人也能把孩子带大!"

说完,杨曼就把电话挂了。

车内飘荡着刘若英的那首《后来》,多么讽刺!

我打开车窗,吹进驾驶室的风吹落了我的眼泪。我不确定自己是哭了还是被风吹落了眼泪,总之,这一刻很难受。

我匆匆忙忙地关上车窗,却没能关上眼里滑落的泪。

顾瑶递给我一张纸巾,我接过来的时候还自嘲地笑着说道:"风太大了,吹得眼睛不舒服。"

顾瑶给了我一个友善的微笑,这让我反而更不好意思了,对顾瑶说道:"对不起啊,让你见笑了。"

顾瑶却说:"该说对不起的是我,以前我不知道你跟你爱人离婚的事这么复杂,在双廊那晚我听到你打电话,还以为是你抛弃了怀孕的妻子,我还跟娇娇她们说你坏,导致她们对你的印象都不好,对不起啊。"

我苦笑道:"没什么,都过去了。"

话音刚落,手机屏幕再次亮起来,上面出现了"薛磊"两个字。短暂的犹豫之后我还是接听了电话,仍旧是开了免提,我想薛磊知道给我打电话干什么。

电话接通之后,薛磊就开口对我说道:"方旭……不好意思啊,我知道现在的你一定恨透了我,我从上学的时候就喜欢杨曼,你应该怪我,她离开你是因为我挑拨的,这事我认。可你别怪曼曼啊,你要怪就怪我吧……"

我打断薛磊的话道:"我不想听你废话,直接说重点吧。"

薛磊讪笑了两声,说道:"其实,杨曼没有怀孕,她之所以给你打电话说自己怀孕了,是我让她这么干的。你一定很好奇我为什么这样做对吗?你别急,我解释给你听……"

我差一点就没忍住破口大骂,但是我更想知道其中的原因。

薛磊尽量装作很随和地陈述这件事,但他的声调中却难以掩饰自己内心的得意与激动,解释说:"咱们是大学同学,这些年又在一起共事,所以我很了解你,即便是杨曼说自己怀了你的孩子,以你的性格来分析,也未必会跟她复婚。不瞒你说,我带杨曼去泰国度假的时候,她每天都生活在后悔和自责中,我很难走进她的心,所以我给杨曼出了这么个主意,你的回绝让我很满意,现在杨曼已经彻底对你死心了……"

我破口大骂道:"你为什么要破坏我的家庭?你这么做不觉得自己卑鄙吗?你就是个小人……"

我的咒骂非但没有让薛磊自惭形秽,反而让他觉得自己是个成功者,他低声说道:"是不是小人我觉得不重要,重要的是我得到了自己想要的女人,这对于我来说就是最大的收获。兄弟,对不起了。"

说罢,薛磊就把电话给挂了。

我被气得不停地喘着粗气,右脚的油门也不知不觉地踩深了很多,车速已经到了一百五十迈,自己却浑然不觉。

我问顾瑶:"你是不是认为我的人生特别失败?"

chapter 31

顾瑶的引荐

顾瑶很会给我找台阶，委婉地说道："我又不了解你的全部人生，凭什么觉得你失败呢？关于一个人生活的失败与成功，也不是别人能判断的，主要看你自己怎么认为。"

我倾诉说："一直以来我都觉得自己是年少有为的那一类人，大学毕业就开了自己的工作室，后来变成公司。我也一度成为家长口中的'别人家的孩子'，我爸妈也因为我而骄傲。直到现在我才明白，原来成功与失败仅仅是一步之遥……人啊！要是不落魄一次，真的看不清身边的人究竟谁是真朋友，谁是酒肉朋友……"

这条寂寞的高速路上，顾瑶安静地听我倾诉，扮演了一位最好的倾听者，陪我一起回忆、品味着生活的酸甜苦辣。

这个夜，寂寞而又疲惫。

回到昆明西收费站已经是十一点多了，顾瑶告诉我把她送到官渡古镇就行了，她的家人去那里接她，我开的这辆陆巡明天中午送到阳光假日酒店，那是她上班的地方。她帮我联系酒店的一位领导，见个面聊一聊做管理程序的事。

我本想主动送顾瑶回家，但想到顾瑶竟然让她家人来官渡古镇接她，而并不是让我直接送她回去，应该是有自己的目的。

到嘴边的话也就憋回去了。

半小时后，我把顾瑶送到了官渡古镇，接她的人开着一辆老款的帕萨特，帮着顾瑶把李思娇、乔丽两个人的行李箱全都拿到了帕萨特的车上。

临别的时候,顾瑶还提醒我不要忘了明天来阳光假日酒店找她。

我开着车回到桃子住的小区门外,找了个露天的车位,此时已经晚上十二点多了。我有点不忍心这个时候回去打扰桃子,掏出手机开始搜附近的酒店,准备先找个地方对付一夜,桃子也需要有属于自己的生活。

车窗外突然出现个人,正在用手轻轻敲着车窗,我转过头透过窗子看到了桃子的脸。

我急忙按下车窗,桃子特别意外地问道:"我就觉得这车有点像顾瑶的,没承想还真的是,你们什么时候回来的? 顾瑶呢?"

"她回家了。"

"那你坐在车里干吗呢? 怎么不上去呢?"

"我怕你已经休息了,这个时间回去会吵醒你,这不正在美团看附近的酒店嘛。"

桃子狠狠地瞪了我一眼,拉开车门说道:"下车,锁门,跟我上楼去休息,顺便给我讲讲你们这一趟惊心动魄的经历。"

我拉着行李箱有气无力地说道:"何止是惊心动魄? 简直是震撼人心……"

这一路,我把经历的事跟桃子说了一遍,桃子听后也没觉得怎么样,倒是聊起来我的婚姻,尤其是"杨曼怀孕"这件事,桃子听得很感兴趣。特别是听到薛磊让杨曼和我说以怀孕为借口复婚的时候,她都惊呆了。

没想到还有这种操作!

聊到晚上一点半,我实在是累了,桃子让我洗个澡好好休息。

我洗完澡后开始在电脑里面查自己曾经做的酒店管理后台,明天顾瑶要引荐阳光假日酒店的领导,希望能拿下一单让我赚点辛苦费。准备睡觉的时候,我发现隔壁桃子的卧室灯还在亮着,她在忙啥呢? 竟然比我睡得还晚!

清晨,我把闹钟设定在八点,起床洗漱之后还把早点给煮了,就是最简单的粥。出门的时候,桃子的卧室门关着,我给桃子留了一张便条,告诉她厨房有早点后就匆匆出门了。

先去洗车店把顾瑶的车里里外外清洗了一遍,这才开车去阳光假日酒店。

联系顾瑶的时候,她告诉我正在开会,让我在停车场稍等一下。结果过去了半个小时,顾瑶才穿着一身前台接待的工作正装出来,微笑说道:"对不起啊,让你久等了,我们总经理已经在等你了,我能做的只是帮你引荐一下,至于能否谈成,就看你自己的了。"

我点头说道:"我懂,不管能不能谈成,我都要谢谢你给我创造了这次机会。"

顾瑶微笑说道:"我们可是共患难的队友,你要是这么客气,那就有点说不过去了。"

顾瑶把我带到了总经理的办公室门口,小心翼翼地对口型说道:"我只能把你送到这,剩下的靠你自己了,加油!"

我比了一个"OK"的手势,轻轻地敲响了门。

得到允许之后,我推门进去,看到办公室里面有三个人,正坐在沙发边喝茶聊天。进去之后我也不知道哪个是顾瑶说的王总啊,只能站在门口自我介绍道:"我叫方旭,是做网络服务的,顾瑶小姐介绍过来的,请问哪位是王总?"

一个四十多岁的微胖男子打量了我一翻,对我说道:"你先去那边坐吧,我等下就过来。"

王总所谓的"那边"就是他写字台外面的两把椅子,他说完这句就不再理我了,继续跟那两个人喝茶聊天。

我来到他的写字台边坐下,将自己电脑包放在腿上,这一刻,我俨然变成了一个"销售",在等着金主爸爸给口饭吃。

这王总明显是没把我当回事,整整晾了我一个多小时才闲聊完,挺着肚子回到了自己的写字台里面,装模作样地说了句不好意思,然后推了推鼻梁上的眼镜问道:"你叫什么来着,你找我有什么事吗?"

chapter 32

我 写 的 程 序

　　一句话就看出来这王总对我的到访并不重视,我又把自己的来意说了一遍,他这才反应过来,说道:"是小顾让你来的啊,你和小顾是什么关系?"

　　我心里有点反感,他不问我能给他带来什么样的产品,竟然先问起来我跟顾瑶的关系,我也没隐瞒,如实说道:"普通朋友的关系。"

　　王总看了我一眼,这才无比轻松地问道:"那你介绍一下你的产品吧,有什么优势? 报价如何? 我又为什么要选择你的产品?"

　　此时我已经又有一点反感了,但我还是耐着性子开始介绍曾经写的一套酒店管理系统,并且把我自己的电脑打开,让他亲自尝试着操作。

　　这套操作系统里分为很多个模块,简单地介绍客户管理的这个模块,入住酒店的客户都会被保留信息,系统自带一个"客户关怀"的提醒,到客户生日送短信祝福,旅游旺季自动送出酒店优惠券等等。全都不需要人工做操作,程序后台自助完成。

　　当我介绍到这儿的时候,王总的眼睛已经开始放光了,对我的态度和先前也有了明显的不同,他看着我问道:"这套程序是你们公司独立完成的?"

　　我强调说道:"这是我在几年前就写出来的一个程序,现在可以做更多的优化,甚至可以绑定自己酒店的微信小程序,如果您有需要,做一个App(应用程序)都不成问题,不过我不建议您做,投资有点大了。"

　　王总盯着我的电脑问:"除了这一套程序,你还有其他的吗?"

　　"还有酒店工作人员的管理程序,很多公司都有自己的人员管理程序,而我这套程序的优势是在人员管理的基础上,添加了更多人性化的关爱程序,对每一个员工的资料做更加详细的备注。我认为一个好的企业,一定是对员工关爱有加的,员工父母的生日,程序会自动给员工发一条短信,提醒她给父母打个电话、每天实时发布天气预报,甚至是在下班的时候,采集当前城市实时路况,把有用的信息发到员工的手机上。"

王总打断我的话道:"这个怎么说? 具体点。"

我忍着口渴继续说道:"比如王总您住在官渡区,每天下班要走彩云路,程序会每天通过互联网地图帮您了解最新的路况,下午五点下班,四点五十五分的时候,短信给您发送彩云路的实时路况,如果发生堵车,可以提前做个提醒。"

王总高兴地拍手说道:"这个好啊,这个好,你的程序还可以满足这些需求?"

我自信满满地说道:"不仅是这些,还有更多人性化的服务,只要你能想到的,我们都可以提供。"

"价钱。"王总直奔主题说,"开个价吧,我觉得我们可以谈一谈。"

我从包里拿出一份报价单,递给他说道:"王总您看一下,这是我们公司业务的报价单,酒店客户管理程序一年是二十万,包后期维护,员工管理程序是二十万,也是包一年的维护,如果两套程序您都要,我给您打个八折。当然,这个价钱是程序基础款,添加服务项目,费用也是要相应提高的。"

一听这价钱,他的脸色就有点变了,拿着报价单的手也不往回拿了,直接将报价单放在了桌面,看着我说道:"方总,你的程序报价可不低啊,你要知道现在网上有很多免费的程序供使用的,好一点的也只是收费几千到一两万不等,你这价钱……我凭什么用你的呢?"

我自信地微笑着说道:"两个字,'安全'! 网上的那些程序,你敢放心地把客户信息输入进去? 现在客户信息的含金量有多大,您不会不清楚吧? 我接触酒店行业的客户也有几个,我清楚你们这个行业最在乎的是什么。王总您也别急着回绝我,报价单我先放在这,您再考虑考虑吧,上面有我的联系方式。"

他摸着下巴饶有兴致地看着我说道:"别人推销东西巴不得多赖在这说

98

几句等着成交，你竟然在没谈成之前要提前离开，我真怀疑你的销售能力。"

我起身笑着说道："产品好，销售能力差一点也没关系，您慢慢品。"

这家伙一脸吃惊地看着我离开，我之所以想走得这么快，是因为我已经把自己想要表达的都说清楚了，产品介绍、报价等等，他已经清楚我能提供什么样的产品与服务，而这也是我自认为很有优势的地方。相比那些网上免费下载的程序，完全是两码事。

离开阳光假日酒店的办公层，我又去了一趟酒店的大堂，顾瑶正穿着工作服在前台给客人办理入住等。我跟顾瑶聊了几句，主要是表示感谢，约着有时间一起吃顿饭。

顾瑶也欣然同意，告诉我有空联系。

离开阳光假日酒店正不知去哪的时候，手机响了，是杨曼打电话过来，我不知道她这个时候给我打电话干吗，但还是耐心接听了。杨曼直截了当的一句话丢了过来："我要见你，现在！"

我苦笑着问道："干吗？你还有见我的必要？薛磊都告诉我了，你怀孕是假的，不过是想试探我对你的感情。现在你知道了，你撒谎说自己有孩子，我都不愿意跟你复婚，你还见我干什么？就算你闲着没事找人消遣，那你能不能换一个人？"

杨曼完全不理我说的话，坚持说道："我今天中午一定要见到你，地点你选，我来找你，我有东西给你看，你不能这么对我。"

"什么东西？我怎么对你了？自始至终我都是那个被你当猴耍的人，你还想我怎么对你？"

杨曼说道："见面你就知道了。"

"巴蜀鱼捞见，我没钱请你吃午饭。"

chapter 33
一团糟的生活

巴蜀鱼捞是一家吃黑鱼火锅的小店,属于大众消费的那种,人均消费在六十元左右。我打车到这的时候,杨曼已经在这里等我了。

服务员把菜单递过来,我看都没看,对服务员说道:"我要一份蛋炒饭,菜单给她就行了。"

杨曼接过去菜单,对服务员说道:"要清汤锅底,乌鱼你们看着办就行了,另外洋芋片、鸡脚筋、掌中宝这些都要,再点一份鲜奶嫩牛肉,虾滑也要一份。"

服务员友善地提醒道:"我们店的乌鱼都有三四斤了,你们二位点这么多,恐怕要吃不完。"

"没关系!"杨曼又对服务员说道:"金银馒头要一份,娃娃菜也上一盘……"

我对杨曼说道:"你是不是故意坑我?知道我没钱还点这么多,你是想一顿饭把我的钱都吸干净了?我告诉你,我就点了一份蛋炒饭,你点的我不吃,买单各买各的。"

杨曼瞪了我一眼,说道:"这顿我请你。"

我一点都不领情地说道:"用不着,你的钱我花不起,我吃自己的蛋炒饭就行了。"

服务员此时对我们俩的关系肯定很好奇,因为她的眼里写满了疑问,拿着菜单往回走的时候,还一步三回头地看我和杨曼。

杨曼是我们学校当年的校花,从小被娇生惯养长大的那种,结婚这些年也是一直被宠着,被偏爱的那个总是有恃无恐,可能在我刚破产的时候,她就已经给自己想好了退路!

服务员走后,杨曼冷冷地看着我说道:"就算你不在乎我的身体,也考虑一下我肚子里的孩子吧?这可是你的骨肉。"

听到这话,我突然间就没忍住笑了起来,盯着杨曼问道:"我的骨肉?在你肚子里?忽悠我,你得有个度吧?薛磊没告诉你,他全都和我说了吗?"

杨曼眼里闪过一丝愤恨的目光,也不知道是恨我还是恨薛磊。

她异常冷静地看着我说道:"我肚子里有没有孩子我清楚,今天我来找你也不是想跟你吵架。你明明白白地告诉我,究竟我怎么样你才能跟我复婚,一起把这个孩子养大?"

我被杨曼的话气笑了!如果薛磊没有跟我说那些,我可能还会信以为真,但是已经知道事情真相的我,又怎么可能被杨曼欺骗?

我似笑非笑地看着杨曼说道:"你这是在羞辱我的智商,好歹也是夫妻一场,既然都离婚了就别相互纠缠了,各自安好不行吗?我已经净身出户了,房子、车、存款都是你的,我现在连一万块钱都拿不出,你放过我好吗?"

杨曼没理我的话,盯着我问道:"要我怎么样,你才能跟我复婚把孩子养大?"

我真是忍无可忍了,对杨曼说道:"我不信你了。"

这是我认识的杨曼?

是的!这就是我认识的杨曼,为达自己的目的可以不择手段的杨曼。只不过这本来就是一个谎言,她至于演得如此逼真吗?难道还有其他的想法?

一群不明是非的吃瓜群众吵得人心烦,这顿饭是没法吃了,我起身对杨曼说道:"离婚协议书是你写的,房子、车都归你,让我净身出户,我忍了!从民政局出来你也上了别的男人的车,跟着人家去泰国度假,我也忍了,但是你也必须意识到,从你跟那个男人走的一刻起,我们就不可能回到从前了。"

我从兜里掏出一百块钱放在桌子上,对杨曼说道:"我点的蛋炒饭钱我自己付,不需要你可怜我。"说完,我转身就走。

杨曼在我身后哭着问道："究竟要我怎么做,你才能原谅我? 你知道我有多想要这个孩子。"

我背对着杨曼冷笑道："入戏太深了,省省吧!"

这顿饭没吃成,倒是惹了一肚子的气。我没想到都这个时候了,杨曼还跟我打苦情牌,这也让我开始怀疑杨曼着急和我复婚的真正目的是什么,难道我名下还有什么财产是她看重的? 我怎么想都琢磨不透。

说真的,我也没心思去琢磨这些,我现在过着寄人篱下的生活,还有心思琢磨跟别人走的前妻图我什么? 我又有什么是值得她贪图的?

找了个路边的小面馆吃了一份米线,这个下午又闲下来了,人真的是一个奇怪的动物,前几年公司业绩好的时候,每天都忙得焦头烂额,渴望休息。现在可以休息了,又会莫名地心慌。

下午在公园的长椅上坐了几个小时,总觉得此时的自己更像是一具行尸走肉。生活一团糟,需要钱,却又没有什么赚钱的渠道,自以为在擅长的领域是一个佼佼者,但事实上啥都不是。

下午四点,离开公园回到了家,今天是周末,桃子整整在家窝了一天。我回来的时候,她还穿着居家服,连妆都没化。但是这并不影响桃子的颜值,她给人的感觉就是那种"邻家女孩"的真实。

进门后,桃子坐在客厅的沙发上招呼我过去吃水果。

我对桃子说道："给我几天时间,等我缓一缓,有合适的房子我就出去。"

"哎呀!"桃子大叫道,"你真是开不起玩笑,我又没说要赖上你,你至于逃跑?"

我不好意思地笑了笑,好像自己的确是表现得太敏感了,再次转移话题道:"你昨晚怎么睡那么晚?"

"对了!"桃子突然想起来什么,拿起手机对我说道,"有件事我和你说一下啊,我没想到能有这么大的反响,本以为只是自娱自乐。"

"怎么了?"我看着桃子问道,"什么自娱自乐?"

桃子想了想说道:"是这样的,这些年我一直都有玩情感论坛的习惯,你是知道的,当初我们也是因为这个认识的嘛。我把你和杨曼的经历改编成了一个情感帖子发在了网上，当然，我用的是假名，也没有具体到城市，没想到在论坛上火了，这几天读者回复特别多。你要是不高兴，我马上删除。"

我突然发现在桃子面前，我是那么纯粹的自己，随心所欲地做自己喜欢做的事，仿佛在我的潜意识里，桃子就不会嫌弃我一样。

我对桃子说道："你都没用真实的地名和人名，干吗还删除呢？就算大街上有人看到我，也不会联想到我就是你帖子里面的主角。你要素材我再给你一点，今天我跟杨曼见面了，她竟然还和我说自己怀了孩子，为了让我跟她复婚，不择手段，你说她这是图什么呢？"

桃子无比吃惊地问道："你是说，此时的杨曼还惦记着跟你复婚？难道薛磊把事情真相告诉你的事，杨曼不知道？"

我十分肯定地说道："杨曼不会不知道的，所以这就是我想不通的地方，你觉得杨曼是想干吗？"

桃子摇头，对我说："你放过我吧，我真搞不懂你们家杨曼的想法，你跟她在一起快十年了，你应该更了解她才对啊。"

"你这是讽刺我吧？我要是了解杨曼，当初就不会跟她在一起。还不是因为那时年轻，被杨曼的美貌吸引了，婚后我们经常吵架，你又不是不知道。哪个生活幸福的男人会没事去情感论坛找博主倾诉生活的辛酸？"

桃子身子一歪，靠在我肩上说："你要是生活幸福，咱俩也不可能在论坛上认识，咱们第一次见面是什么时候？我记得是你找我咨询公证合同的事吧？"

"对啊，那是我们第一次见面，第一次见面就是求你帮我办事，说起来我都有点不好意思。"

桃子哈哈大笑道："没关系，工作的事而已，你来找我，还是提高我的业绩呢，我和顾瑶也是这么认识的。"

"你和顾瑶认识很久了？"

"两年左右吧！你和顾瑶聊得怎么样了？阳光假日酒店的业务敲定了？"

"没！"我伸了伸懒腰说道，"顾瑶今天把我送到他们王总办公室门口就溜了，不管这笔生意能不能谈成，我都要感谢顾瑶。我把自己的产品给对方做了详细介绍，现在等消息吧。"

桃子意味深长地"哦"了一声，然后对我说："那你就乖乖等消息吧，我先去电脑边看看帖子，再把你刚刚给我说的这些加工一下发上去，为了答谢你提供的素材，晚上我请你吃饭，火锅怎么样？"

"随意啊,我先去睡一会儿,你忙完叫我。"

回到房间,本以为满身疲惫的我会很快睡着,可事与愿违,我躺在床上满脑子都是杨曼站在巴蜀鱼捞内的画面。

有那么一瞬间我很后悔、很自责。

可下一秒又释然了,因为薛磊的电话打了过来,他把我一顿骂,骂我没有人性,欺负杨曼,等等。我拿着电话听着他的各种谩骂,听着听着就累了,也不知道怎么睡着的。

醒来之后发现薛磊给我打的那个电话,竟然有十几分钟的通话时间。

来到客厅,发现桃子还在自己的卧室忙碌着,敲击键盘的声音富有节奏感。我突然很好奇她在情感论坛上是怎么写的这个帖子。

点开之后才发现,三天还不到,竟然有两百多万点击了,回复也超过一千多条。

在这个帖子里,我和杨曼是一对从大学走到一起的恋人,和同学一起创业,然后结婚,后来因一起创业的同学对杨曼的念念不忘以及我生意的破产,导致杨曼以假离婚为借口和我真的离婚,跟着同学跑了,而这时又发现自己怀孕……这个帖子的槽点真的不少,或许这才是引起热议的原因吧。

我也是第一次在别人的文字中品味我那残破不堪的爱情和友情。

九点一刻,桃子才从自己的卧室出来,看到我在沙发上玩手机,笑着道歉道:"不好意思啊,让你等了这么久,我主要是不想化妆了,所以天黑才去找吃的,这样吓不到别人。"

我特认真地对桃子说道:"桃子,真的,你不化妆也是个九十分的美女。"

或许女孩子天生就有攀比的心理,尤其是在颜值上,得知我给她的评价是九十分,她也不问为什么,直接把话题扯到顾瑶的身上,问道:"那你告诉我,顾瑶是多少分的美女?"

我想了想说道:"桃子你别打我啊,我给顾瑶九十九分。"

桃子嘟嘴问道:"凭什么?凭什么给我九十分,却给顾瑶九十九分啊?我就比顾瑶差那么多?"

我心虚不已,早该意识到女孩子都是天生的醋坛子,急忙给自己找话题圆场:"你和顾瑶给人的感觉完全不同,你是那种需要长时间接触细品的女孩子,越看越漂亮。顾瑶是那种第一眼看上去就很惊艳的女孩。"

桃子问道:"那你的意思是,顾瑶看久了就没有第一眼好看了?"

"看久了也好看!"

桃子送给了我一个大大的白眼,对我说道:"走吧,你的女神已经在等我们了。"

"什么?"我没明白桃子的话。

桃子拿起自己的包说道:"走啦,我跟顾瑶约好了一起去官渡古镇吃夜宵,带你去见你的九十九分女神。"

chapter 35

救命的稻草

出门后,我开着桃子的车带着她去官渡古镇,顾瑶的家应该就住在附近,否则昨天晚上她也不会让我把她送到这里。但官渡古镇附近好像没有什么商品房小区,难道顾瑶住在城中村? 一纸拆迁令就能让她身家过千万的那种?

此时我仿佛能理解为什么顾瑶虽然是个酒店的前台,却买得起陆巡了。

在官渡古镇门口,我们俩见到了顾瑶,她穿着一条紧身的牛仔裤,两条长腿尽显无余,过往的人都忍不住多看几眼。

顾瑶似乎已经习惯了这种欣赏的目光。

就连走在我身边的桃子都忍不住感叹道:"我的腿要是和顾瑶的腿一样长就好了。"

我随口说道:"加油,你还是个孩子,努力发育。"

桃子撇嘴问道:"你当长高那么容易?"

我有点无语。好在我们俩此时已经距离顾瑶很近了,顾瑶微笑问道:"你们俩在聊什么呢?"

桃子对顾瑶说道:"在聊你这个九十九分女神的大长腿呢。"

顾瑶明显没听懂,追问道:"什么女神?"

桃子看了我一眼,然后对顾瑶说道:"某人评价你是个九十九分的大美女。"

顾瑶很聪明,马上就知道这话是我说的了,她看着我问:"我哪得罪你了? 为什么不是一百分?"

桃子差点吐血,说道:"你知足吧,他才给我九十分。"

顾瑶挽着桃子的胳膊理直气壮地说道："他说错话了，今晚必须让他请客，就这么愉快地决定了。"

烧烤摊边，我点了一大堆吃的，还顺带给自己要了一瓶啤酒。

来到桌边，顾瑶看着我手里的啤酒问道："就这一瓶啤酒够谁喝的啊？"

"嗯？"我看着顾瑶问道，"你也要喝？"

顾瑶点头道："我陪你喝一点吧，虽然我酒量不好，但怎么都要表示一下。你在被困那几天对我很照顾，象征性的喝一点就好。"

我把啤酒打开，给顾瑶倒了一杯说道："喝多了难受，就这一杯吧，我还得谢谢你帮我引荐王总呢。"

"对！"顾瑶问道："你和王总聊得怎么样？公司很多人都在反馈操作后台不好用，想要换一套新的，这种需求已经存在很久了。"

我没有跟顾瑶说王总的态度有些冷漠，说出来反而会让她觉得尴尬，毕竟她也是出于好心，奈何自己的职位有限。所以顾瑶和我聊这个的时候，我就净挑好的说。比如王总看了我的管理程序，又聊了一些新奇的想法，等等。

顾瑶听后特别兴奋，对我说道："放心吧，这么好的程序肯定会得到重用的。"

我却有点心虚，看着自己的酒杯说道："等了一天了，你们的那个王总也没联系我。"

桃子意味深长地说道："瑶瑶都说让你放心了，你还有什么好担忧的？等着就行了。"

我仿佛在这话里听到了一丝别的味道，不禁把目光投向了桃子，桃子急忙改口道："我的意思是……瑶瑶知道她们酒店的需求，你的程序又正好可以满足她们，她们没有理由不用的。"

顾瑶也给我一个肯定的答复说："我们经理去年就说要更换客户管理系统和员工管理系统了，现在用的这套系统有很多漏洞，而且特别陈旧，根本做不到后期的客户维护，想要维护客户全都是要人工打电话维护。给你举个最简单的例子，张先生来我们酒店入住过，当我们想做回访的时候，系统上只能查到张先生的入住时间和离去时间，就连消费多少、客户满意度、在酒店叫过什么服务都不能一次性查到,要多个部门核实才行。"

我笑着说道:"那你们酒店的管理系统的确是太弱了,都不如网上随便下载个应用程序。"

顾瑶分析道:"考虑到安全这方面,一直没有在网上下载程序,毕竟客户信息对于一个酒店来说,是至关重要的。"

我理解顾瑶说的"至关重要"是什么意思,客户信息的重要性不言而喻。

这天晚上我们聊到一点多才散去,临走的时候顾瑶还安慰我,让我别着急,慢慢等消息,我的产品可以解决她们的实际需求,王总一定会同意的。

临别的时候,我跟桃子说先送顾瑶回家,顾瑶拒绝了,告诉我们有人来接她,我们俩在路边陪着顾瑶,这一次接她的人是一个四十多岁的男子,开着顾瑶的那辆陆巡。

次日上午,我刚刚起床没多久,阳光假日酒店的王总电话就打了过来,约我下午过去当面聊聊。

一笔三四十万的生意在向我招手,虽然这三四十万对于曾经的我来说根本不算什么,但是这一刻,它仿佛是根救命的稻草,是我在这个城市活下去的唯一希望。

chapter 36

刘洁的诉求

十点半,我来酒店找王总聊正事,让我意外的是顾瑶也在王总的办公室。

这家伙对我的态度和昨天明显不同,在我进门的时候,他就格外地热情,招呼我去茶几边坐,他亲自泡茶,而顾瑶就在旁边。

王总笑着说道:"方总,是这样的,经过我们公司高层的讨论,最后决定请您来给我们酒店做两套专业的管理程序,一套是客户新信息管理程序,另外一套是人事管理程序。在研发这两套管理程序的时候,我希望我们公司的人员也能参与进来。"

我有点不解地看着他问道:"贵公司的人参与进来是什么意思?难道贵公司还有程序员?"

顾瑶微笑说道:"王总不是这个意思,他是希望在写程序的时候,加入我们的意见。"

"是的,是的!"王总一边给我倒茶一边解释道,"客户管理程序基本上都是酒店的前台工作人员在用,也就是顾瑶她们在用,所以我安排顾瑶跟着你一起研发这套程序,毕竟她们才是最终的使用者,可以给你更多实用性的建议。另外,人事部那边我已经通知人过来了,一起跟着你研发程序。"

我点头说道:"没问题,听取客户的要求是应该的。"

聊完这些就直接跳转到了钱的问题上,他拿着我昨天给他的报价单说道:"这个费用问题,我们需要好好协商一下。"

在费用这一块我一点都没让步,因为涉及一个后期维护的问题,当然维护不可能是我亲自维护,我还是要组建自己的团队、开自己的公司。

王总坚持了一会儿见我不肯松口，最后想方设法在我身上赚点小钱，一口价四十万，在基础款上增加的额外服务项目不收费。次年开始，每年维护费五万，预付款十五万，尾款二十五万。

顺利地签了合同后，我又跟人事部的经理沟通了一下，列出他提出来的意见，基本上都是一些常规的东西。顾瑶被委派跟我沟通，她的确是给了一些很重要的建议，这些也都是我之前没有想到的。

离开阳光假日酒店之后，我在路边给禾丰打了个电话，得知禾丰已经找了一家公司做程序维护之后，我就放弃了重新拉他入伙的想法，毕竟我这边的收入并不稳定。

但禾丰听出来我有话要跟他说，他追问道："你跟我说个实话吧，你是不是又拿到业务了？需要我帮忙？"

我笑着说道："的确是这样，刚刚接了一单酒店的生意，写两个程序出来，拿到了一笔预付款，我打算重新租个小一点的写字楼，继续从一个工作室做起来，能不能成功我也不知道，所以我不打算拉你入伙，你要是有空就来帮帮忙，做个后期的日常维护。"

"你等等，"禾丰对我如是说道，"我晚点打电话给你。"

没有经历过绝望，又怎么知道希望的可贵？顾瑶给我介绍的这笔生意是我救命的稻草，更是我对生活的希望。

走过马路，刘洁的电话打了过来，她是禾丰的老婆，两个人通过相亲认识的，刘洁家是玉溪下面一个县城的，很朴实的一个姑娘，家里没什么背景。

因为禾丰比我大，我客气地称呼她为嫂子，刘洁在电话里支支吾吾地对我说："方旭啊，嫂子跟你说句掏心窝的话，你看我和禾丰现在有两个孩子要养着，家里还有生病的老人，生活已经很不容易了。我知道当年你创业的时候带着禾丰，让我们赚了不少钱。但这几年金融危机，大家过得都很辛苦。现在禾丰好不容易找了一家外企上班，薪资也不算低……"

我安静地听着刘洁的话，但是并没听太懂，她说了很长一段铺垫的话，最后才表达了自己的意思，说："你能不能劝一劝禾丰？他刚刚给我打电话说要辞去外企的工作，让我支持他重新跟着你一起创业。我……我也想支持你们,但你也看到了,我们家这情况,目前还是需要他有一个稳定的工作保证稳定的收入。"

听到这儿,我明白刘洁是什么意思了,急忙对她说道:"嫂子你放心,我也是支持禾丰在外企工作的,就像你说的那样,你们目前太需要一份稳定的收入,我刚刚和禾丰聊这件事并不是让他辞职跟着我干,我这就打电话和他说去。"

刘洁感激地对我说道:"谢谢你能理解嫂子,你也劝劝禾丰,你能不能不要跟禾丰说我给你打过这个电话? 以禾丰的脾气,他知道的话肯定要骂我。"

chapter 37

人 情 冷 暖

"嫂子你放心,我知道怎么说,我现在就给禾丰打个电话。"

"那嫂子谢谢你啦,我这边在上班呢,先不跟你聊了,有空来家里吃饭。"

挂断刘洁的电话,我马上回拨给禾丰,我真担心这家伙已经起草辞呈了,这种事禾丰做得出来,我太了解他重情重义的性格了。

电话接通后,禾丰就告诉我他已经准备辞职的事了,当即被我浇了一盆冷水道:"你辞职干什么?跟着我创业?我不过是拿下了一单而已。"

禾丰在电话那边振振有词地说道:"这是最近两年唯一的一单,和当初我们做工作室是一样的,有希望就行。"

我毫不客气地打击禾丰道:"这两年大环境不好,下一单是什么时候还不知道呢,你好不容易找了一份外企的高薪工作,就好好做吧。"

禾丰信心满满地说道:"你不用管我,你给我的那些钱足够我日常开销了,你要东山再起怎么能少得了我?我跟你干!"

我深深地吸了口气,发现自己跟禾丰讲道理已经是讲不通了,我只好换个思路,对禾丰道:"兄弟,你原谅我也有私心吧,当初咱们的公司为什么最后做到散伙?就是因为管理上的问题,股东太多,有好的决策也不能得到落实。散伙之后我想了很久,东山再起的时候,我不想让自己有那么多的负担。我给你打电话,只是希望你能利用下班后的时间帮我做做维护,我给你工资,这一次……我不想带任何人一起干了。"

果然,禾丰听后有些落寞,他在电话那边木木地问道:"你是觉得我们曾经失败,是跟每一个股东都有关系吗?"

"不然呢?"我反问道,"销售部一年半没有业绩,我屡次跟郭少阳说这事,他都以大环境不好为借口。售后维护这边一直是你在负责,你让你的小舅子来公司,他啥都不懂还不是照样拿工资?所以这一次,我只想自己当老板,如果你愿意做兼职,我雇你,给你工资,但是我不会带着你一起创业,我不想任何人或事成为我的牵绊,我……"

后面的话还没说完呢,禾丰就把电话给挂了。

我知道自己说这些挺伤人的,但面对禾丰那个死脑筋,我别无选择。禾丰应该是生我的气了,可我又不能解释什么。站在我的角度,我也是真的难受,早知道是这样的结果,我就不应该联系禾丰,事没办成,还跟最好的兄弟产生了隔阂。

第二个电话打给郭少阳,也是曾经的合伙人之一,郭少阳倒是问了几句,得知这只是一个几十万的小生意,便没有了兴趣,挂断电话之前还客气地跟我说了一句,有事需要帮忙可以随时打给他。

难道我现在打电话给他就不是找他帮忙吗?

他看不上这几十万的小生意也正常,毕竟郭少阳家里本来就很有钱,当初跟我们一起创业也不过是以玩的心态掺和进来的,禾丰是技术入股,而郭少阳是资金入股,租了写字楼给我们折腾。

突然发现原来我已经到了举目无亲的地步。

回到家,我打算和桃子分享一下今天的喜悦,并且认认真真地请桃子吃顿饭,桃子也欣然接受了我的感谢。

席间,我和桃子说我要租个写字楼当自己的工作室,一切都要重新开始。

桃子却不建议我这么做,她很诚恳地给我建议道:"我不建议你马上就租写字楼,毕竟现在只有顾瑶这一单生意,你自己也能独立完成。不如先把这一桶金赚到手,等你决定扩建的时候,再继续自己的梦想也不迟啊。"

"梦想!"我突然觉得这词有点奢侈,看着面前的桃子问道:"你的梦想是什么?"

桃子撇嘴说道:"咱们这个年龄谈梦想有点奢侈了,我只不过是在努力活成自己想要的样子而已。"

"那你对现在的生活满意吗？"

桃子摇头说道："还算可以吧，就缺一个靠谱的男朋友，我妈都说我要成大龄'剩女'了。"

我笑道："哪有那么夸张，你还早着呢。"

桃子不好意思地笑了笑，突然神秘兮兮地对我说道："其实有个男孩子追我，但我不太喜欢他。想到以后那么多年，跟一个不太喜欢的人在一起生活，应该是很辛苦的事。你觉得两个人生活在一起，应该是什么样？"

聊到婚姻，我感触颇深，端起面前的啤酒喝了一小口，然后对桃子说道："你和一个被赶出家的人聊婚姻？是不是有点太残忍了？"

桃子吐吐舌头，道歉说："对不起啊，我不是故意的。关于婚姻这件事你要往前看，下一个会更好。"

我轻叹道："我现在是不想这些了，先把手头的事做好吧，干杯，预祝我早日脱离现在的困境。"

"干杯……"

成年人的酒杯碰在一起，听到的都是梦想破碎的声音。

不知从什么时候起，我们都不敢再窥探自己的梦想，更不敢跟身边的人聊起"梦想"这个词。别人会觉得你天真，觉得你傻，都什么时候了，还谈梦想？

而桃子愿意跟我聊"梦想"，那她一定是把我当成值得信赖的朋友，我发自内心的感动。我不会忘记在我人生最落魄的时候，是桃子收留了我。

倘若我有东山再起、飞黄腾达的时候，我一定不会忘了桃子对我的好。

回到家，我就开始写程序，将无数个代码组合在一起，整整三天没出门，第四天这一套程序已经初具雏形，我联系顾瑶要把程序发给她，让她先看一看。

顾瑶却说不用发给她了，她直接来找我，当面交流会比较容易沟通，有什么问题当面反馈。

我以为顾瑶说的"当面交流"是约个时间当面聊呢，谁知道她在几个小时后就出现在了桃子的住处。

一起出现的还有桃子。

chapter 38

顾 瑶 的 建 议

　　中午十一点半，我还穿着大裤衩、小背心盘膝坐在电脑前写代码呢，桃子竟然带着顾瑶回来了，当时真的把我尴尬死了。首先自己这身装束就有点太不尊重人了，再加上几天都没刮胡子……

　　我住的卧室跟外面的客厅相比，简直就是两个世界。

　　在顾瑶和桃子进来的一瞬间，我赶紧去把卧室的门关上。

　　这个动作可把桃子逗笑了，她推开门问道："干吗这么紧张？是怕你的女神嫌弃你邋遢吗？"

　　我讪笑着说道："不是怕人家嫌弃，是我自己都嫌弃自己这个样子，这几天一直埋头写代码，都没收拾这里，给我十分钟，让我好好收拾一下行吗？"

　　桃子微笑道："早上我出门的时候帮你买的早点你也没吃，肯定是起床就坐在这里写代码，脸没洗牙没刷吧？"

　　我被桃子说得有点不好意思了，想不到她对我竟然是那么了解。

　　见我有点害羞，桃子笑着说道："先去洗漱吧，我和顾瑶买了午饭回来，洗漱完先吃个饭，一会儿打包回来的饭菜凉了就不好了。你也不舍得让我们俩因为等你而吃凉掉的饭菜，对吧？"

　　话都说到这份上了，我压根就没有反驳的余地，抱着自己的浴巾灰溜溜钻进了洗手间，在进洗手间之前还不忘跟顾瑶打个招呼，厚着脸皮让顾瑶稍等一下。

　　顾瑶只剩下捂嘴偷笑的份了。

　　洗手间内，我听到桃子对顾瑶说道："方旭自从接了你介绍的项目，没日没夜地写程序,每天都是两三点才睡觉,睡醒了饭也不吃,就是坐在电脑前写代码,你可千万别嫌弃不修边幅的方旭。"

顾瑶甜美的声音也同时传来,她对桃子说道:"我觉得做事投入的男人是很有魅力的……"

我打开淋浴的花洒,潺潺的水声让我听不到外面的对话,心里对桃子的感激又加深了几分。

洗澡、刷牙、刮胡子……尽量把自己收拾得清爽一些。

我从洗手间出来的时候,桃子已经帮我把次卧收拾干净了,床上的被子也帮我叠整齐了。

午餐是桃子打包回来的干锅牛肉和米饭,两个人已经在餐桌边等着我了。

我主动给顾瑶道歉:"对不起啊,我没想到你这么快就过来了,我还想着你说的见面聊,是改天约个时间见面聊呢,早知道你这么快过来,我不可能让房间这么乱的,实在是太丢人了。"

顾瑶微笑说道:"道歉的应该是我,我没有提前跟你说,就让桃子带我回来,是我唐突了。"

桃子坐在餐桌边拿着筷子轻叹道:"你们俩有完没完了? 都在一起睡过的人了,还这么客气干什么?"

一句话让顾瑶瞬间有些尴尬了,她红着脸解释道:"我们俩只是迫不得已一起睡在后备厢里面而已,才不是你说得那么暧昧呢。"

桃子翻着白眼说道:"我可是知道某些人睡觉特别不老实,还总是喜欢把胳膊、腿搭在别人的身上……"

顾瑶红着脸,用筷子夹起一块牛肉放在了桃子的碗里,催促桃子道:"快吃饭,快吃饭,吃饭你就没空说话了。"

桃子意味深长地看了我一眼,脸上还带着淡淡笑意。

我有点羡慕桃子和顾瑶的友情,可以肆无忌惮地开玩笑,享受这一刻的轻松与愉悦,对于成年的我们来说,这种轻松与愉悦是一种昂贵的奢侈品。

吃过午饭,我邀请顾瑶来我的电脑边看一下我写的程序,桃子收拾完餐桌也过来一起研究,她们两个女孩子肆无忌惮地盘膝坐在我睡的那张床上,面前放着好多零食。

瓜子、薯片、果冻……

而我就坐在电脑前给顾瑶演示这个程序的功能以及如何使用。

顾瑶看得特别认真，也会提出一些疑问。我自认为这个程序写得很好，完全可以满足酒店的要求了，结果呢？顾瑶看完之后很委婉地对我说道："整体上看倒是没什么问题，但我希望你能帮我改进一下，我需要把一个客户留言、评价的系统加入进来，有办法实现吗？"

"嗯？"我看着顾瑶说道，"我不太明白你的意思，你说的客户留言、评价加进来是什么意思？"

顾瑶抱着怀里的薯片看着我解释道："比如你是我们酒店的一个客户，在离开酒店的时候，我们的程序会自动给客户发一条祝福的短信，一般这种短信都是默认信息，是自动发出去的，对于客户来说，就是一个可有可无的东西。对于酒店来说，也就是表达一些礼貌而已，我的想法是让这条信息变成一次双向的互动。"

"双向的互动？"我重复顾瑶的话，好像突然明白了什么，"你的意思是，要让客户回复这条信息对吗？类似于一个服务点评，回复数字，然后有个评分？"

顾瑶摇头说道:"不只是回复个数字来评分那么简单,我希望顾客离开之后,我们系统发给顾客的信息,是一条能让顾客引起回复欲望的信息。比如我们发给顾客的信息,包含了这次酒店消费的全部明细,这样让顾客看到信息会清楚自己的消费,从细节上让顾客满意。"

不得不承认,顾瑶在细节上想得的确比我周到,我向顾瑶竖起大拇指说道:"这个想法好,你继续说,还有什么要完善的吗?"

顾瑶继续说道:"我们在信息的最后留言,引导顾客对我们的酒店设施、服务等方面做一个回馈,我们后台收集到客户的回馈,自动把回馈信息采集到我们的程序里。当我们第二次接到顾客订单的时候,会弹跳出顾客第一次留言的评价、第一次的消费金额、有哪些消费、需要酒店提供哪些服务。我们根据上一次的反馈信息,对客户进行更好的服务。抓住客户的消费习惯,推荐类似的更高端的服务项目。"

一边的桃子忍不住对顾瑶说道:"瑶瑶啊,你的这些想法真的是太超前了。这就是所谓的大数据吗?"

顾瑶很谦虚地说道:"大数据算不上,这只能算是我们酒店的一个小数据吧。"说到这,顾瑶又把目光投向我问道:"这个有办法实现吗?"

我打个响指自信地说道:"只要你有好的想法,没有我写不出来的程序。你要是了解我的专业,就会知道这东西并不难,无非就是一些代码组合而已,你还有什么好的想法一起告诉我,两天后把第一套程序搞出来,拿给你们使用。"

顾瑶又提了几个特别好的建议,这些都是我未曾想到的,从顾瑶提出的这些建议中不难看出来,她对酒店的客户维护与运营上下了很大的功夫。

这一刻我有点羡慕她酒店的老板,竟然能有顾瑶这种员工,真是打着灯笼都找不到。现在的顾瑶只是一个前台经理,用不了多久,以她的能力与才华,迟早会被重用的。

我把顾瑶的建议都记录完,已经是下午三点半了。

桃子提议出去找个地方放松一下,哪怕是喝杯咖啡也行,就是不让我继续坐在电脑前写代码了,她说我要是继续写下去会变傻的。

想想自己也的确好几天都没出门了,应该看看外面的阳光,于是我就说请她们俩去喝咖啡,但是去一个"神秘的地方"喝。

"神秘的地方"是一个隐藏在文化巷深处的咖啡店。老板是一个美国人,多年前来中国旅游便深深地爱上了云南,索性直接办了长期签证,到云南大学当外教,后来自己在云南大学附近的文化巷开了这间酒吧,深受欢迎! 整条文化巷都洋溢着艺术气息,这是我跟杨曼以前常来的地方。

每次走在文化巷都能找回当年上学的感觉。

美国人给自己取了一个自认为很洋气的中文名"尤里"。是不是看起来很平常? 就是一个普通的外国人姓名对吧?

实际上尤里的中国驾驶证名字是"有理"这两个字,那会儿我还开玩笑问他,为什么要给自己取名叫"有理",他说因为中国有一句话叫"有理走遍天下",所以他的名字叫"有理"。

因为是外籍,再加上刚认识他的那会儿,他普通话还说得不太好,自我介绍的时候,大家都以为他说自己叫"尤里"。

下午时分,尤里酒吧的客人并不是很多,有两桌卡座边坐着外籍的留学生在闲聊。

我带着桃子和顾瑶选了一个靠窗的卡座,尤里看到我之后主动过来和我打招呼,当他看到顾瑶的时候,惊讶地叫道:"我的天啊,怎么会有这么漂亮的女孩? 她是不是天上的仙女?"

我和尤里开玩笑道:"有这么漂亮的女孩,是不是今天要给我们打折?"

"我请,我请!"尤里兴奋地说道,"这么漂亮的女孩来我的小店是我的荣幸,今天我请客,你们喝什么,随便点。"

我笑着说:"真没想到,带着你们出来喝咖啡竟然有免单的待遇,看来颜值是很重要。"

顾瑶撇嘴道:"你这算是把我们卖了换咖啡?"

尤里急忙摆手说道:"不算,不算!我只是想认识仙女,你是我在中国见到的最漂亮的女孩子。"

我摸着下巴对尤里说道:"同样的话,你好像也对其他女孩子说过。"

尤里信誓旦旦地说道:"这次我是发自内心的,我要唱歌,我要唱歌给仙女听,你们等着,我一会儿就唱。"

说完,尤里就回到酒吧的小舞台上,拿起挂在墙上的吉他开始找感觉。尤里说是唱歌给顾瑶听,实际上他每天都会自娱自乐地在小酒吧唱歌,这也是这里的特色。

我微笑对顾瑶说道:"尤里完全把家乡的幽默带到了这里,在这里治疗各种不开心。"

顾瑶微笑问道:"你和这个尤里算是朋友吗?"

我想了想之后摇头说道:"算不上朋友,最多算是这里的一个顾客,我和尤里彼此都有对方的微信,但很少聊天交流,偶尔朋友圈彼此点个赞都算是奢侈的。这样清淡的关系,应该不算是友情吧。"

桃子分析道:"我的微信里面百分之八十都是这样的人,暂且叫这种关系是'点赞之交'吧。朋友圈留言回复几乎都没有,我需要帮忙的时候,不会想到他们。他们需要帮忙的时候,也不会想到我,拼多多砍价除外。"

顾瑶很理性地分析道:"这就是我们生活的现状了吧,每个人的微信里面都有上千的好友,实际能算得上朋友的,有那么十几个就不错了。"

桃子起身道:"十几个都算奢侈的了!你们先聊着,我去一趟洗手间。"

服务员端上来我们要的咖啡,门外走进来两个客人,走在前面的进门就大声喊道:"老板,给我们找个最好的位置,我们要靠窗的卡座……"

这个声音有点熟悉,我本能地抬起头向门口望去,果然是薛磊带着杨曼来了,想不到我们会在这个酒吧不期而遇。

chapter 40

原 来 我 们 都 在 怀 念

　　其实想想也能想得通,曾经我和杨曼最喜欢来的酒吧就是这里,现在我能带顾瑶和桃子来,那为什么杨曼就不能带薛磊来呢?

　　此时我有点后悔为什么头脑一热要来这里。

　　薛磊一边大叫一边把目光投向了这里,当他看到我和顾瑶面对面坐着的时候,他直接推开了服务员向我们走了过来。

　　走到我们的卡座边,薛磊的脸上闪过一丝惊喜的神色,转过头对杨曼说道:"你看到了吧? 我早就跟你说过方旭在外面有人,现在被抓个正着,你不相信我没事,但是你得相信自己的眼睛吧?"

　　杨曼踩着高跟鞋走了过来,她的视线始终没有离开顾瑶的那张脸。的确,顾瑶的这张脸有点美得让人嫉妒。

　　杨曼心灰意冷地把目光转移到了我的脸上,对我说道:"我现在知道你为什么不愿意跟我复婚了。在你看来,自己的孩子远没有自己的桃花重要吧。"

　　顾瑶努力地解释道:"你……误会我们了……我……"

　　"瑶瑶……"我故意装作跟顾瑶很亲密的样子,开口说道,"不需要跟她解释什么,我跟她已经离婚了。我追求你是我的自由,和她没有任何关系。"

　　"看到没? 看到没?"薛磊指着我对杨曼说道,"这可不是我胡编乱造,是你亲眼看到、亲耳听到的吧,方旭对你已经没有任何感情了,你又何必苦苦想着他呢?"

　　杨曼的脸上写满了绝望,薛磊还在她身边喋喋不休地说道:"当初你跟方旭离婚是这辈子做得非常正确的一件事,你不需要后悔什么,以后的生活有我陪着你足够了。"

杨曼似乎没有把薛磊的话听进去,她盯着我无比失望地说道:"方旭你记住了,无论我做出什么样的事,都是你对不起我,事已至此,我不会再求着你跟我复婚,也不会干涉你的私生活。我承认,让我爸妈从丽江来昆明就是为了骗你跟我假离婚。可你知道我为什么要假戏真做?我希望你能理性地投资,顾一顾我们的家,你再这么肆意地折腾下去,房子迟早被你折腾没了。我不得已才这么做的,好吗?"

不知道什么时候,桃子从洗手间出来了,她站在杨曼的身边替我辩解道:"方旭不肯原谅你,是因为你从民政局出来就跟别的男人去泰国度假了,你能怪方旭不接受你的复婚提议吗?"

杨曼很委屈地说道:"如果我不让薛磊配合我,又怎么能把这出戏演得淋漓尽致呢?"

我深深地吸了口气,不耐烦地对杨曼说道:"行了,别在这给我讲故事听了,你看我都有新的追求目标了,你行行好,离我远点,行吗?"

杨曼抿着嘴点头说道:"行,我不打扰你,但是你也记住我刚刚说的,无论我做出什么样的事,都是你对不起我。"

说完,杨曼转身就走,薛磊在她身后跟了出去。

我有点难受,却又不知道自己究竟难受什么。或许这一次之后,我跟杨曼就彻底失去彼此了吧。

我给顾瑶道歉道:"对不起,刚刚不小心把你拉下水了。"

顾瑶表情复杂地说了声没关系。

桃子帮我向顾瑶解释道:"杨曼骗方旭以买房为借口办个假离婚,然后假戏真做,从民政局出来就跟着别的男人去泰国度假了,这事真不能怪方旭,换作是谁,谁不生气难受啊?关键是现在杨曼又在这自圆其说,竟然说这么做是为了方旭好,听起来都有点可笑。"

我端起面前的咖啡喝了一大口,起身对桃子说道:"你们聊吧,我有事先走了。"

桃子还想挽留我,但是见我那么坚决,就放弃了挽留,任由我提前离开了。

这个下午的阳光有些刺眼,晃得我看不见来时的路,也看不清未来的路。

关于杨曼,我还是愿意相信她在怀念我们的旧情,否则也不会来这条街的这个酒吧。当我们失去的时候,怀念似乎成了对曾经唯一的祭奠。

我以为我能洒脱地忘记杨曼、忘记曾有过的生活,但是看到杨曼出现在尤里酒吧的那一刻,我才看到自己内心的不舍与煎熬。

如果我已然放下曾经,为什么又会对这里情有独钟呢?原来我们都在怀念。

回到家,把自己埋到无尽的代码中,才勉强让自己暂时忘记了那些烦乱的心事。桃子很晚才回来,她回到家的时候还给我带了一份外卖,放在我的电脑桌边对我说道:"我就知道你没吃晚饭,再怎么不开心,也别拿自己的身体发泄啊,先把晚饭吃了。"

chapter 41
追 求 自 己 的 梦 想

　　我已经忘记了肚子饿这回事,但桃子把饭菜都买回来了,我要是不吃会让桃子心寒吧,何况在这个既熟悉又陌生的城市中,愿意关心我、照顾我的也只有桃子了。

　　桃子给我端了一杯水进来,放在桌边对我说道:"方旭,我有件事要跟你说一下。"

　　"嗯?"我看着桃子问道,"是不是今天在酒吧我让顾瑶背锅的事? 顾瑶生气了吧?"

　　桃子不屑地说道:"顾瑶没那么小气,这点事不值得她生气。我要跟你说的事跟顾瑶无关。"

　　我放下了碗筷,认真地看着桃子,我还是很了解桃子的,如果不是什么大事,她不会如此认真,"你说,我听着呢。"

　　桃子想了片刻才开口说道:"我把公证处的工作辞了。"

　　"辞职了?"桃子是一个特别理性的女孩,她突然辞去工作,这倒让我有些意外,"好好的怎么就辞了呢? 工作上受委屈了?"

　　桃子摇头,对我说道:"你还记得前几天我在论坛上发的帖子吧。"

　　"嗯,怎么了?"

　　"一家影视公司看上了这个故事,他们希望我把这个帖子改编成剧本,要买过去拍网剧。"

　　我听后大笑道:"桃子啊,你什么时候也变得这么不理性了? 网上随便一个账号就能把自己说成是一个影视公司,这种话你也信? 这好像不是我认识的桃子。"

桃子没理会我说的话,继续说道:"对方联系我的时候,希望我把帖子改成网络大电影的剧本,还承诺给我除了原著的版权费之外的改编费,一共是十三万,其中原著的版权费十万元,改编费三万元。"

我笑着说道:"别异想天开了……"

桃子打断我的话说道:"版权费和改编费我全都收到了,十三万已经存入了我的卡里。我也调查了这家影视公司,拍过几部网络大电影,网上也搜得到,我跟他们的总经理也视频聊过,他希望我能去北京试镜,当这个故事中的女主角,也就是杨曼这个角色,所以……"说到这的时候,桃子声音变得特别小,"所以我把工作给辞了。"

我呆呆地看着桃子问道:"你是认真的?"

桃子用力地点头,对我说道:"我是认真的,工作也是真的辞掉了,这两天我就准备去北京试镜。你知道的,这些年我为什么一直坚持在情感论坛写帖子,其实在写每一个情感帖子的时候,我都是把自己的真情实感带入其中,所以才会有那么多的共鸣。这一次我有机会出镜饰演我笔下的人物。所以我想试一试,你能不责怪我把你的人生给卖了吗?"

我沉默,我不知道应该说些什么。

桃子低着头道歉道:"我知道这对于你来说是一件很残忍的事,我不应该去接受,可是我又不想错过这样的机会,我……"

我打断桃子的话,温柔地说道:"傻瓜,我责怪你干什么? 我替你高兴还来不及呢,既然你确定对方不是骗子,而且这也是一个你愿意抓住的机会,那你就去吧,放手的去做、去尝试,我好奇你在剧本里面把杨曼的结局写成了什么样?"

桃子故意卖关子说道:"我不能告诉你,我担心你会责怪我。站在女孩子的角度,我还是挺心疼杨曼的。在剧本中她只是一个做错事的女孩,在婚姻里,又有谁没犯过错呢? 导演说这才是整个本子最大的亮点,容易引起当代都市男女的共鸣。"

我鼓励桃子说道:"去吧,我支持你追求自己的梦想,拍这个要多久呢?"

桃子竖起两根手指说道:"最多两个月,剧本的长度也才六十分钟,是个网络大电影,小成本的投资制作,都市爱情片又没有什么后期的特效,网络大电影的审核也没那么复杂。如果快的话,三个月就能上银幕了。"

看着桃子满怀期待的眼神,我真的不忍心再说什么打击她的话了,每个人要有自己为之奋斗的目标,不是吗?桃子现在找到了自己的方向,作为朋友,我除了鼓励与祝福之外,真的不应该说任何打击她的话。

我告诉桃子不要有心理负担,我不怪她把我惨痛的婚姻当成一个素材来表演,我也很期待在"别人的故事"中寻找自己的影子。

桃子第二天就收拾行李准备去北京了,临走的时候,她把自己车钥匙交给了我,美其名曰让我帮忙看车,实际上是照顾我的生活出行。她总是在帮助我的同时又特别注意顾及我的自尊。

第三天清晨,我开车送桃子到昆明长水机场,帮桃子拖着行李箱去办理登机牌,把桃子送到安检口,临近分别的时候,桃子突然胆怯了,她站在原地木木地看着我,眼眶微润。

我低头看着桃子问道:"怎么了? 你看起来不是很高兴?"

桃子略带委屈与胆怯地说道:"我以前从未去过北京,我不知道北京是什么样子,这一刻我突然有点怕,我不确定自己的选择对不对,有一种很茫然的感觉。想到要自己面对陌生的环境、陌生的朋友,我心里有点恐惧,是对未来生活不确定的恐惧。"

我张开双臂把桃子抱在怀里,在她耳边轻声说道:"我们都一样要面对未知生活的恐惧,加油,至少你找到了自己的方向,去做自己愿意做的事吧。"

桃子调整好情绪,拉着行李箱走向安检通道,在最后一个转弯处,她停下脚步回头向我挥手后,踏上了寻梦的旅程。

四个小时以后,我看到了桃子到北京发的第一条朋友圈,只有简简单单的几个字:北京,你好,请对我温柔一点。

时间又过了两天,阳光假日酒店的管理程序已经完全搞定,我提前约了顾瑶测试了一下,顾瑶非常满意后,帮我约了王总,当天下午两点在阳光假日酒店见面,做产品的交接以及尾款支付等。

我原本以为一切都会很顺利,结果,我把事情想得太简单了。

当天中午我跟顾瑶吃过午饭后早早地来到阳光假日酒店，以免迟到。以顾瑶的说法是整个酒店的管理层都很重视，下午要在会议室将这两套程序的使用方法演示一遍。

对于这套客户管理程序我倒是充满了自信，因为顾瑶作为体验官已经给了很高的评价，至于内部人员管理程序……我无法预测对方的满意度。

在进入会议室之前，顾瑶问我有没有些紧张？

我摇头，顾瑶见状欣慰地说道："你有着同龄人少有的成熟，我们公司有很多二十八九岁的部门小领导，每次开会的时候，我都感觉他们说话自带紧张感。今天你要面对的是整个酒店的高层，真的一点都不紧张吗？"

我嘴角扬起一丝淡淡的微笑，对顾瑶说道："多年以前我也会紧张，人多的时候说话会表现得不自信，但这几年经历得多了，脸皮也就厚了，所以紧张感也就没有那么强烈了。"

顾瑶提醒我说："会议室里面是整个公司的中高层，加油吧。"

顾瑶带着我走进了会议室，电脑、投影仪都已经准备好了。我把自己的移动硬盘连接到电脑上，一切准备就绪之后，王总来主持这次会议。后来我才知道，这个王总只是公司的一个副总，在他上面还有更高的管理者。

简单的介绍之后，我开始演示自己的这两套程序如何使用，以及其中的亮点。

第一套是客户管理程序，这个自然不用说，没什么问题。以顾瑶为代表的客户运营团队给予了一致好评。当我介绍完酒店内部人员管理程序的时候，反对的声音就响起了。

人事部总监徐凡凯打断了我的话，发言道："王总，这套内部人员管理系统我看就没必要使用了，我的顾虑是安全问题。说实在的，我很反对前面那一套客户管理程序，职责所限，我没资格出言反对，但人事部是我在负责，我是坚决不会使用这套程序的。"

一时间，徐凡凯成了整个会议室的焦点，王总看着他问道："安全问题！具体聊聊吧。"

徐凡凯指着投影仪上的画面说道："这套人事管理程序记录的内容太过全面，已经涉及了个人隐私，比如这一项，员工直系亲属的姓名、关系、出生年月日、联系方式。这不等于是窥探员工的个人隐私吗？"

我解释道："一个企业应该有完善的员工关爱文化，记录这些信息的目的也不是窥探隐私，单纯是想在亲人生日的时候，我们公司给员工的亲人送上一份关怀祝福，仅此而已。"

徐凡凯根本不听我在讲什么，特别没礼貌地对我说道："请你闭嘴，我没有向你提问。"

那一瞬间太尴尬了，会议室里面十几个人，我被无情地数落，多少年都没有被这样对待过了。

曾几何时，我也是一个公司的老板，轮得到他一个小小的部门总监对我这样说话？巨大的心理落差让我有点烦躁，仅存的一点理性告诉我绝对不能冲动。

我忍着不反驳，这不是一种懦弱，而是修养。

徐凡凯继续滔滔不绝地对众人说道："这么多私密信息放在一个系统里，我认为这是对公司员工的不负责。你们有没有了解过写程序的这个人是什么背景？我来告诉你们，他以前是一家网络服务公司的老板，也不知道是偷取了客户信息卖钱还是怎么回事，现在公司原来的办公地点已经人去楼空，我是亲自过去做过调查的。其他的我就不多说了，这样一个人写的程序拿给我们用，我们敢用吗？"

刹那间，整个办公室内开始乱起来……

"怎么会找一个这样的人给我们酒店写程序?"

"公司都倒闭了,难道真的和泄露客户信息有关?"

"这样的程序别说花钱,就是免费给我们用,我们也不敢用啊。"

"这究竟是谁介绍来的? 会不会有其他的目的?"

各种不和谐的讨论声此起彼伏,作为客户运营代表的顾瑶脸色十分难看,而此时的王总也把目光投向了顾瑶,仿佛是在责备她,为什么要把像我这样的人介绍到公司来。

我身处一个特别尴尬的位置,徐凡凯说的某些话的确是事实,公司倒闭,曾经的办公场所人去楼空,这一切都给人一种"跑路"的感觉,也不怪这些人听到后的反应如此夸张。

在众人的议论声中,一个苍劲有力的声音突然问道:"王副总,徐凡凯反映的事情是真的吗?"

听到这个声音后,所有人都安静下来,目光投向了王总。

王总的额头上瞬间渗出了汗珠,支支吾吾地说道:"董事长……我……我不清楚,是顾瑶推荐的这个人,我……我不是很清楚……"

这下好了,所有人的目光又集中到了顾瑶的身上,此时我有点痛恨自己为什么会有这样一个不争气的"背景"。

顾瑶眼神空洞且无助,脸上的表情有点恐惧,同样也有点愤怒,盯着对面的徐凡凯。

徐凡凯却似乎很享受顾瑶的这种眼神。

chapter 43

水深

我不忍心看徐凡凯如此为难顾瑶,主动开口道:"你说得没错,我的公司的确因为经营不善,已经倒闭。但绝不是因为程序的安全问题,这一点我可以用人格保证。我既然敢接你们的单,就一定会有职业操守。"

徐凡凯指着我说道:"请你闭嘴,这里没有你说话的份,就算是说破天,我们人事部也不会用你提供的程序。"

刚刚说话的董事长再次开口,对我说道:"抱歉,你开发的程序很好,我们很认可,我们也不会违约。"说到这,董事长又把头转向了王总,对王总说道:"王副总,你安排一下财务按照约定给对方打款,这两套程序我们暂且收下,麻烦你先送这位先生离开吧,接下来我们公司内部开个会议。"

王总起身恭敬地说道:"明白。"

说完之后,他又来到我身边,对我说道:"方先生不好意思了,这边请。"

我这算是被赶出来了吗?好像的确是这么回事。

出门前我还看了一眼顾瑶,她坐在椭圆形会议桌的末端,抿着唇一脸歉意地看着我,眼睛里写满了委屈。

走出会议室,王总的态度还算说得过去,无比懊悔地抱怨道:"你怎么不早说你的公司已经倒闭了呢?哎!你可真是坑死我了。"

我给自己辩解道:"王总……我公司倒不倒闭跟我写程序卖给贵酒店不冲突吧?我的程序……"

"算了,算了!"王总打断我的话道,"我去安排财务把钱打给你,程序我们买了,用不用是我们自己的事,你就别给我添乱了。我也就是个在这打工的,和那些人玩不起。"

我完全不懂了,看着王总问道:"你不是这里的总经理吗?"

王总纠正道:"副总!副总!我就是个副总,所有活都我干,所有奖都别人拿的那种。兄弟啊,我权力有限,你也别问我什么了,更别为难我什么了,就这样吧。"

我真是搞不懂阳光假日酒店的管理了,怎么那么复杂呢? 我小心翼翼地问道:"顾瑶会不会因为我的问题受到处罚? 会不会影响她在这里的发展?"

王总不耐烦地说道:"这些就不是你需要担心的了,拿钱走你的吧,有什么事,等董事长发完火之后,你再去问顾瑶吧。"

我左右思量之后对王总说道:"尾款先不急着付给我,等我和顾瑶见面之后问清楚再说吧,如果你们确定不用这两套程序,那费用上也会减免一些,因为程序后期有个维护费用,我会给你们抹去的,先这样吧,我回去等消息。"

离开阳光假日酒店,我开着桃子留下的代步车回家,怎么想都想不通,为什么好端端的会变成这样? 这事看起来似乎没有表面那么简单。

凭借我多年在职场的经验分析,这里面肯定触碰了某些人的利益。

事已至此,我只能等顾瑶联系我,告诉我这里面到底发生了什么。

开车回到桃子租来的房子,把车停在地下停车场,听着车内的音乐,突然想起《这个杀手不太冷》中的一句经典台词:"人生总是如此痛苦吗? 还是只有小时候是这样?""总是如此! 是的,生活一直很艰辛,无论在哪个年龄!"

好像生活对谁都不是那么友善。

手机上突然收到禾丰发来的一条短信,让我得空的时候看一看邮箱。

我回到楼上打开电脑查看邮箱,里面是禾丰发来的一组代码,在末端还标注了一句:这是我每天下班后利用业余时间帮你写的一组加密代码,你肯定用得到。

一直以为那天挂断电话后禾丰是真的生气了,但是看到这些,一切都释然了。

拿出手机在微信上回了一句:有空地摊撸串。

禾丰很默契地回了我一句:我带夺命大乌苏(我国西北的一种啤酒,在

133

兰州、格尔木比较常见,后劲特别大)。

下午四点半,顾瑶终于联系我了,她打电话约我见面聊。我本想让顾瑶直接来桃子家,但是她得知桃子去北京之后,就很委婉地表示在外面见面吧。

跟顾瑶约好了时间地点后,我便收拾东西出门,迫不及待地想要知道到底是怎么回事。

半小时后，我来到顾瑶约我见面的地方，见面之后顾瑶先是道歉说："不好意思啊，让你受委屈了，我没想到今天会发生这样的事。你一定也看得出来，徐凡凯不是针对你，而是针对公司的某些人。"

我微笑说道："我能看得出来，今天我就是个炮灰，按照今天的情况分析，这个徐凡凯攻击的是你啊。但是我又有点想不通了，你在阳光假日酒店就是个前台的接待人员，徐凡凯身为人事部总监，你们相差好几个等级，他至于攻击你吗？"

顾瑶把挡在面前的长发捋到了耳后，对我说道："三言两语说不清楚，这附近有一家不错的火锅店，一起吃个晚饭吧，边吃边聊。"

火锅店内，顾瑶连点餐的心情都没有了，直接把菜单给了我，还特别强调说她请客。

我也只是随意点了些吃的，够我们俩填饱肚子就行了。

原本吃火锅是一件挺开心的事，此时在我们两人的脸上却看不到轻松，空气中弥漫着让人压抑的气息。

顾瑶低着头道歉道："对不起啊，其实我一直隐瞒了自己的身份，我在阳光假日酒店不是普通的前台经理，我是客户运营部的总监。"

"客户运营部？"我倒是第一次听说酒店还有这个部门，"客户运营部主要管什么？"

顾瑶解释道："其他集团的酒店应该没有这个部门，我所处的这个部门是新成立的，客户运营这个概念很广，主要还是做一些老客户的维护。前厅部算是我部门下的子部门,我们公司内部因为股东的不同,各个部门之间的明争暗斗也有些激烈。我要求更换公司的管理系统,王总是同意并且支持我的,包括人事部那边也是支持更换管理程序的。我们第一次见面聊的时候,你也见到徐凡凯了,他也是同意的。但今天突然反对,应该是事后打听到我们认识,而且程序又是你来写的,他担心我在程序上做手脚吧,所以……"

说到这,顾瑶就没有继续说下去,而我也听明白顾瑶所要表达的意思。

徐凡凯担心我在程序中做手脚,暗中让顾瑶掌控了公司人事的命脉,所以他才不惜诽谤、贬低我,达到不让新程序在公司使用的目的。想明白后,我苦笑着端起面前的柠檬水对顾瑶说道:"我听明白是怎么回事了,徐凡凯担心你让我在程序上做手脚,事实上你并没有这方面的心思。"

顾瑶轻叹道:"没办法,谁让我们本来就是两个对立的阵营呢,他处处提防着我,我也能理解他的这种心理。我让你帮我写程序,真的是希望酒店越来越好,我没心思跟他们搞什么内斗,客户运营部涉及的东西太多了,住店客人投诉酒店用品不好,我就要去找采购部了解;反映食物不好,我又要去食品部找原因;投诉服务不好,我还要去前厅部调查……想想都累。"

我笑着说道:"我现在明白了,在你们酒店内,你这个部门是凌驾于其他部门之上的。"

顾瑶也不否认,对我说道:"客户运营本来就是重中之重,现在满大街都是酒店,凭什么让客户变成回头客呢?又凭什么让客户帮忙做宣传?还不是要做好服务,注重用户体验,我的压力也很大的。"

这时服务员端着火锅底料上来,又陆陆续续地把我们点的菜品上齐,顾瑶照顾我的感受说道:"你放心,承诺给你的钱一分都不会少,客户管理这套程序我肯定是会用的,今天公司开会也是在集中讨论这件事,过两天还得麻烦你为这个事来公司,你等我消息。"

我带着怀疑的态度问道:"你确定这套程序还会继续使用?"

顾瑶十分肯定地点头说道:"这套程序我肯定会坚持使用的,这里面不仅仅是你的心血,还有我的期待在里面。"

我不知道这是顾瑶顾及我的感受,还是她真的打算使用,总之,我很感谢顾瑶给了我这样一个机会。

吃过晚饭，顾瑶说时间还早，提议去海埂大坝吹吹风，我欣然接受。两个人开着一辆车去了海埂大坝。

海埂大坝的一侧就是滇池，在滇池的另外一侧是昆明的西山，号称"睡美人"，还有一个美丽的传说，女子的丈夫进京赶考后再也没回来，女人等丈夫的时候就躺下睡着了，变成了昆明的西山。

每天晚上，海埂大坝都特别热闹，各种小地摊，偶尔还能看到几个流浪歌手在这里卖唱。

我和顾瑶宛如一对情侣，并肩散步，路边有个老人推着自行车，在自行车的上方飘着好多卡通人物的气球。顾瑶的目光在飘着的气球上停留了几秒钟，才缓缓地移开，不远处滇池的水面上漂着几艘渔船，闪烁着微弱的渔火。

顾瑶幽幽地问道："你猜那个渔船上的渔夫是不是每天捕到足够多的鱼，他就会生活得很开心？"

我想了想反问道："那你猜一猜，如果渔夫没有打到很多鱼，他会不会很沮丧呢？"

顾瑶摇头，抿嘴说道："没打到很多鱼，可能捕到了虾，那样他也会开心的。可是我为工作忙碌了那么久，好像什么都没得到。"

"等我一下。"说完，我转身跑开，留下顾瑶一个人在海埂大坝的护栏边等待。

顾瑶也没问我要去干什么，乖乖地待在原地等我，她的长发披在背上，整个背影是这海埂大坝上最靓丽的风景线，令人过目不忘。

chapter 45

夜色与你都很美

　　我在推自行车的老人那买了一个维尼熊的卡通气球,递给顾瑶说道:"喏!送给你,忙碌了一天,得到了一个可爱的维尼熊。"

　　顾瑶用一种不敢相信的语气问道:"这个……气球……维尼熊……真的是送给我的?"

　　"当然。"我把手里的线递给顾瑶说道,"它属于你了。"

　　顾瑶激动地用双手捂着嘴,看着我说道:"好多年都没有人送我这么可爱的礼物了,我都二十六岁了,还能像小孩子一样收到气球当礼物,你还真的把我当小孩子一样宠着啊,那我能不能再要一个棉花糖?"

　　我看着她说道:"好,你等我。"

　　在海埂大坝上有好几个卖棉花糖的小商贩,那种骑着一辆自行车就能做出来的棉花糖都是好大一团,三块钱一个。

　　记得上初中那会儿哄女孩子开心,都是买棉花糖。收到棉花糖的女孩子都会拿在手里炫耀,多年之后才明白,她们炫耀的并不是棉花糖有多好吃,而是在炫耀自己有人喜欢。

　　时隔多年,再一次买棉花糖送给顾瑶,仿佛又找回了初中时的感觉。

　　顾瑶左手拿着棉花糖,右手拉着气球的线,成了海埂大坝上最大的一个"孩子",走到哪都特别吸引眼球。

　　起初顾瑶还有点不好意思,不过没多久就习惯了,而且特别享受这一刻。

　　天色渐暗,路灯下那个抱着吉他唱歌的流浪歌手在演绎着自己的人生。我和顾瑶在人群中驻足,片刻之后,顾瑶又满怀惆怅地拉着我说要回去。

回到家没多久,我发现顾瑶发了一条朋友圈,配图就是那个气球和棉花糖,还搭配了一段很有童趣的文字:会飞的维尼熊会守护我和我的棉花糖,晚安。

图片是精修过的,很美! 就在我犹豫是否点个赞的时候,发现桃子在下面评论了一句:你是把自己当成小孩子了吗? 竟然还买气球和棉花糖,太过分了,我也要!

顾瑶回复桃子:哈哈哈,不是我买的,是别人把我当成小孩子送我的。

桃子再次回复:……

一串省略号的背后任谁都看出来,是无尽的羡慕。

我最终还是放弃了点赞的想法,洗个澡之后躺在床上给桃子打了个电话,电话那边的桃子似乎还没休息,我问道:"没打扰你吧?"

"没啊。"桃子开心地说道,"你给我打电话,什么时候都不算打扰。我早就想跟你聊聊了,分享我在北京的生活。"

"怎么样? 北京的生活和你想象中的一样吗?"

桃子犹豫了一下说道:"这个要怎么说呢? 和想象中的肯定有差距,不过生活倒是挺充实的。"

"你说的那个网络大电影已经开始拍摄了?"

"是的,已经开始拍摄了,而且进度挺快的,用不了多久就能在电脑上看了。导演一直在夸我演得很有灵性,能充分的把人物的性格表现出来。我没告诉他我认识这个角色的原型。"说到这,桃子好像意识到了什么,尴尬地转移话题道:"你那边怎么样了? 还顺利吗?"

我把今天的事跟桃子说了一遍,她听后轻叹道:"这事也怪我之前没有跟你说清楚,主要是顾瑶不希望我把她的身份暴露给太多人。其实顾瑶是阳光假日酒店集团董事长顾明顺的女儿。"

"啊?"我怎么都没想到,今天那个董事长竟然是顾瑶的父亲,"难怪顾瑶在酒店有那么大的权力,对了,今天我还看到顾瑶的父亲了。"

"什么?"这回轮到桃子意外了,"你见到顾瑶的父亲了? 怎么可能?"

"我没骗你,今天我的确在阳光假日酒店见到了董事长,一个五十多岁的男子,带着金丝框眼镜,别人都称呼他董事长。"

"我虽然不知道你说的这个人是谁,但是我可以肯定地告诉你,这绝对不是顾瑶的父亲,顾瑶的父亲顾明顺在三个月前因受贿被抓起来了,现在都没有个确切消息。"

"什么?被抓了?"我差点以为自己听错了。

"是的,这件事很蹊跷。顾明顺被抓之后,顾瑶才不得不提前从英国回来,接管顾明顺的工作。你好好研发你的程序,争取多帮帮顾瑶,她的压力太大了。"

"我知道了,我肯定会尽力的……"

如果不是和桃子打电话闲聊起这些,我还真不知道顾瑶面临的环境如此复杂,阳光假日酒店会议室内的被针对,徐凡凯咄咄逼人的语气,无一不证明顾瑶现在的处境很被动。

突然有一个很大的问号闪现在我脑海中,今天那个被称为"董事长"的男人是谁?他和顾瑶之间又是怎样的一种关系?

我和桃子打电话不知不觉地聊了半个小时,挂断电话之后也想不起我们都聊了什么,或许这就是朋友之间的闲聊吧,轻松且随意。

又过了两天,刚好是周五,禾丰给我打电话,约我晚上一起聚聚,都是曾经一起创业的几个哥们,公司虽然散了,但是兄弟之间的情谊不能散。

chapter 46
同学聚会

我爽快地答应了禾丰的邀请,告诉他我晚点到,写完手上的一组代码就出门。

这大半年,兄弟们各自谋生,基本上都找到了体面的工作,有了新的发展,只有我还在飘,曾经的公司也倒闭了。上个月我还有个所谓的"办公地点",现在……没法说了!要是客户说来我公司谈业务,我都无法提供。

我来到饭店的包间,本以为自己来得很早了,进门才发现已经到了十来个人了,差不多是总人数的三分之二。

"师兄……"大学的学弟陆涛起身喊道,"师兄里面坐,主位空着没人敢坐。"

禾丰开玩笑说:"哪里是没人敢坐?分明是你霸占位置留给你师兄,不让我们坐。"

陆涛笑道:"这位置只能是我师兄坐,大家都没意见吧?"

包间里这些都是昔日一起打拼的"家人",彼此相处得都还不错。其实我不是一个好的管理者,在工作室我很难做到公私分明,即便是他们做得不够好,我也拉不下脸来骂他们。虽然这样做把公司给搞没了,但确确实实在大家嘴里混了一个"老好人"的称号。

我被陆涛让来到了主位,同在一桌的还有几个女孩子,陆涛的女朋友也在其中,现在两个人租了个门面在电影院外面卖炸鸡,听说收入也挺不错的。

门外又陆陆续续的有人到场,杨曼的身影突然出现在包间内,让我有点措手不及。

原本坐在我身边的陆涛急忙起身说道:"我得给我嫂子让位置,嫂子这边坐。"

杨曼看了看我,又把目光投向陆涛,对他说道:"我和你师兄离婚了,那个位置留给你吧,你多陪你师兄喝两杯。"

顿时,整个包间变得安静无比,所有人都很震惊,只有郭少阳和禾丰知道点皮毛,不过这两个人也没吭气。

这时薛磊从包间外面走进来,他进门就站在了杨曼身后,对众人说道:"不好意思迟到了,刚刚上了一趟卫生间,我给大家重新介绍一下吧,我这个'备胎'终于有转正的机会了,熬了这么多年,实属不易,今天这顿饭算我请大家的。"

禾丰当时就激动了,站起来指着薛磊骂道:"你说什么呢? 你这做的是人事吗?"

薛磊对禾丰说:"你骂我干什么啊? 方旭在这呢,你问问方旭,是杨曼要跟他复婚,他不同意,这事怪得了我吗?"

禾丰、郭少阳、陆涛等人一起把目光投向了我,我也没否认,对众人说道:"今天不是说大家好久没见,出来聚一聚吗? 别让我跟杨曼那点事影响到大家聚餐的兴致好不好? 今天到场的都是老同学、老朋友,谁都别聊家事,都坐吧,招呼服务员拿酒上菜,喝起来!"

听我这么说,禾丰才坐了下来,仍旧用愤恨的眼神看了一眼薛磊。

薛磊也发现禾丰这不友善的眼神了,他选择无视,后退一步帮杨曼把椅子拉出来,尽量表现得自己对杨曼很体贴。

我和杨曼的事,似有似无地影响了大家的心情,尽管所有人都在刻意的回避,但这种微妙的压抑感始终存在。

酒水和菜品都上齐了,我第一个举杯,对众人说道:"大家好久都没聚了,这第一杯酒我先敬大家,公司没有了,很对不起兄弟。我曾经说过要带你们一起在这个城市立足,一起买房买车奔小康,我说过要把公司做大、做到上市……但现在什么都没了,是我能力不足,是我对不起兄弟。这杯酒祝你们在拼搏的路上前程似锦,我干了。"

禾丰深深地看了我一眼说道："我陪你。"

白酒入喉，火辣辣的感觉顺着咽喉一直到胃里，在没有食物的胃中翻腾。身边的陆涛好意提醒道："师兄，慢点喝，这杯我也陪你干了。"

郭少阳放下酒杯问道："你那天给我打电话说签下的单子有眉目了？"

"嗯，四十万的一个小项目……"

我们的话题终于没那么压抑了，杯中酒也越喝越多。聊到各自的现状，真的是所有人都有了工作。看似最没出息的陆涛，收入应该是最高的。

他把我们这一屋子人都当成亲人一样，毫不避讳地跟我们说他的生意，供货商的鸡腿一包二十块钱，有十个，折合两块钱一个，油炸一下卖给客人，就是八九块钱一个。奶茶一杯卖到十二块钱，成本不到一块钱，全都是香精调出来的。

坐在门口的薛磊说道："看看你那点出息，这辈子就卖你的炸鸡和奶茶吧，我来提杯酒，正式和各位同学、朋友宣布我跟杨曼的关系，我们在一起了！希望能得到大家的祝福，谢谢各位家人……"

禾丰突然站了起来，红着眼眶怒目看着杨曼说道："弟妹……今天我再叫你一次弟妹，我就想问一句……你为什么要跟方旭离婚？是不是因为方旭他把卖车的八十八万都给我了？是不是？"

chapter 47

外遇

禾丰突然说出这样的话，郭少阳最先有了反应，他问道："八十八万是什么鬼？公司是我们三个撑到最后的，不是说账上一分钱都没有了吗？方旭哪来的钱给你？就算最后分账，也应该有我的那一份吧？"

禾丰没理会郭少阳的提问，我还没来得及解释这八十八万的来历呢，禾丰就继续发飙，掏出一张银行卡，拿在手里对杨曼说道："弟妹啊，别闹了行吗？这笔钱我一分都没用，我现在还给方旭，你们别闹了，行吗？好好过日子吧，行吗？算我这个当哥哥的求你们了。"

薛磊很不满地看着禾丰道："禾丰，你啥意思啊？是杨曼没给方旭机会吗？杨曼哭着求他复婚，是方旭有新欢不要杨曼，你不懂就别在这瞎掺和。"

禾丰指着薛磊骂道："你给我闭嘴，从现在开始，我没你这个兄弟。"

"吵什么啊？"郭少阳起身道，"都喝几两酒不知道自己是谁了吧？全都飘了吧？吃饭前方旭不是说了吗，今天不谈家事，兄弟们凑到一起容易吗？你先把那八十八万给我解释清楚，公司到底还有多少烂账？"

"烂账？"禾丰冷笑道，"公司有烂账吗？账目上有多少钱你不清楚？方旭给我的钱是他把自己去年买的宝马车卖掉了给我的，他说我爸常年有病要治疗，又有两个孩子等着我抚养，我半年没给家里拿一分钱……我老婆自己打三份工……是方旭看不下去我的现状，把车卖掉给我的……"说到这，禾丰看着我问道："方旭，今天你给我说清楚，是不是因为这八十八万，才导致你们感情破裂的？算我求你，把这钱拿回去，你们好好过日子，行吗？别让我心里这么难受。"

我深深地吸了口气,看着禾丰说道:"钱你拿着,我跟杨曼离婚和你手里这笔钱没任何关系。你要是真的认为我们是因为这钱才离婚的,那你未免有些太看不起杨曼了,难道在你心里,杨曼就是那么不懂事的人吗?"

听我这么一说,禾丰愣住了,同时愣住的还有杨曼,她没想到这时候我还在维护她的面子。这笔钱的确给我们造成了一点分歧,但这绝对不是我们离婚的主要原因。

我继续对禾丰说道:"你当我是兄弟,这张卡你就收好,这钱我不是给你的,是给你爸看病,给你儿子、女儿上学读书的,你没有权力支配它,好好给我收着。我再怎么穷,也不差这几十万,我和杨曼离婚也绝对不是因为这笔钱,是另有原因。"

薛磊指着我说道:"你们都听到了吧?方旭自己承认他们离婚根本不是因为这笔钱,是另有原因。杨曼亲自抓到他跟别的女人约会。禾丰,我告诉你,'未经他人苦,莫劝他人善',他们夫妻之间的事,你瞎掺和什么?你有什么资格掺和?"

禾丰的酒量一般,此时他的确是喝多了,两只眼睛布满了血丝,他再一次把目光投向我,逼着我说道:"方旭你说,你跟杨曼为什么离婚?今天我不是你同学,我是你亲哥,你告诉我。"

我知道这些年禾丰一直把我当亲兄弟一样对待,否则也不会陪我坚持到最后,把自己全家的存款都拿出来跟我一起维持公司,这份情谊是我一辈子都还不上的,现在他用"亲哥"的身份逼问我,如果我什么都不说,未免会让他心寒,但是我又不想让自己那么难看。

假离婚变成真离婚,老婆从民政局出门就跟昔日的朋友去出国度假,这说出来也太丢人,更重要的是,我要是真的这么说了,杨曼在这个圈子里就彻底抬不起头了。不管她有多少错,这一次我选择照顾她的面子,低声说道:"是因为我有外遇了,是我对不起杨曼。"

禾丰的手顿时颤抖了,指着我半天没说出一句话来。

震惊的不止禾丰一个人,似乎包间内的所有人都很意外。

杨曼凝视我数秒钟,从椅子上起身,头也不回地离开了包间,薛磊大叫杨曼的名字,可是杨曼头都不曾回一下。

薛磊没办法,拿起外套追了出去。

包间里面有两个跟杨曼关系比较好的女同学也跟着追了出去。

过了好半天,郭少阳才回过神,当着所有人的面对我说:"方旭,算了吧,别哄骗大家了,说一说你们到底为什么离婚,是不是薛磊破坏你们之间的感情? 说你有外遇,我一百个不信。"

我苦笑着说道:"你要我怎么证明给你看? 把我看上的姑娘叫过来?"

郭少阳一脸不信地说道:"你叫吧,你能叫来算你牛。"

"你还真是把我往绝路上逼啊,我只是有了追求的目标,她又不是我的女朋友。"

郭少阳不依不饶地说道:"把你电话给我,找到这个妹子,我们就说你喝多了,让她来接你,给你创造一个独处的机会,怎么样? 兄弟做到这份上,够支持你了吧。"

其他几个老同学也都起哄,让我把电话给郭少阳。

为了在昔日同学面前维护杨曼的尊严,我把自己推向万劫不复的境地。

掏出手机,我给顾瑶打了电话。

电话响了两声就接听了，我这边变得异常安静，所有人的注意力都集中在了我的手机上。电话那边传来顾瑶温柔的嗓音，轻声的"喂"了一声。

我拿着电话故作淡定地问道："你忙完了吗？我在和朋友吃饭，都是以前一起开公司的。他们知道我到了山穷水尽的地步时，你送我一单生意，都想见一见你，当面表示感谢，你有空吗？过来一起聊聊天。"

顾瑶突然接到我这个电话，应该是有些莫名其妙吧，她笑着问道："见我干吗啊？就因为我帮你拿了一单生意？"

郭少阳突然把我手里的电话抢了过去，对着电话说道："妹子，我是方旭的兄弟，你救我兄弟于水火之中，我们没别的意思，就是想当面表示一下感谢。方旭说你像仙女一样漂亮，他都魂不守舍了，怎么样？仙女愿意亲临我们凡人聚会的场所吗？"

电话那边突然格外安静，大概过了三秒钟，顾瑶"嗯"了一声，然后对郭少阳说道："你把电话给方旭吧，我和他说。"

郭少阳把电话还给了我，顾瑶确定是我之后，疑惑地问道："我怎么有种怪怪的感觉呢？好像哪里不对的样子。"

我低声对顾瑶说道："过来吧，江湖救急，让他们看一看救我于水火的女孩到底是谁。"

当我说"江湖救急"的时候，顾瑶就已经联想到前面郭少阳那些话了，她犹豫了几秒钟后说道："你发个定位给我吧，我现在过来。"

挂断电话之后，我给顾瑶发了一个位置。

郭少阳一把将我的手机抢走，理由是防止我给顾瑶发暗示，他们就想知道我跟顾瑶是不是那种关系。

我深信顾瑶已经明白我所表达的意思了，她是个特别聪明的女孩子，而且很注重细节的那种。我们之间的关系只能算是普通朋友，我在电话里面说我的朋友要见她，她能不懂是什么意思？

郭少阳又把我们的包间号发给了顾瑶，之后就拿着我的手机，说什么都不肯给我了。

身边的陆涛给我倒酒，然后端起酒杯，大声说道："忘掉刚刚的不愉快，我旭哥还是那个旭哥，不管他和谁在一起，他都是我旭哥，这杯酒我干了，你们随意。"

包间里面没有了杨曼跟薛磊，格外和谐，热闹的气氛又恢复如初。男人们的酒局，就是这么容易把气氛搞起来吧！

大概过了半个小时，包间门被推开，当顾瑶穿着紧身裙出现在包间门口那一刻，所有人都愣住了，尤其是郭少阳，拿着酒杯的手就那么悬在空中，半天没回过神。

美得不像话的顾瑶踩着红色高跟鞋，落落大方地走向我，来到我身边后，微笑对众人说道："不好意思，我来晚了。"

陆涛深深地吸了一口气，喃喃道："我好像能理解师兄为什么跟杨曼离婚了。"

这句话无疑是又给了顾瑶一种暗示，她的脸上闪过一丝反感的表情。

我起身，拿起杯子对众人说道："你们不是好奇吗？现在都看到了吧……"我一语双关地说道，"在我最难的时候，是顾瑶愿意相信我，给公司活下去的希望。"

郭少阳回过神，笑着说道："行！兄弟你有眼光，我服！咱都是兄弟，兄弟就应该有酒一起喝，有事一起扛。兄弟认准哪个是自己的女人，那我们就认哪个女人是嫂子，没毛病！我敬你们天长地久，我干了，是不是介绍给我们认识一下？"

我没说话，因为我真的不打算把顾瑶介绍给他们认识。

陆涛见我没答话,就明白我的心思了,端起酒杯说道:"喝酒……喝酒……"

"旭哥果然有眼光……"

另外几个人开始起哄,只有禾丰一个人很沉默,他盯着顾瑶看了好半天,最后实在忍不住了,起身对我说道:"方旭我不知道你在搞什么,我也不知道你到底在隐瞒什么,要说你是因为有了外遇才跟杨曼离婚的,打死我都不信。我更愿意相信你这么做是在维护杨曼的面子。"

说完,禾丰转身拿起挂在椅背上的西装,头也不回地就往外走。

陆涛急忙大声喊道:"丰哥,丰哥你去哪?"

我深深地吸了口气,这才发现最了解自己的还是禾丰,当所有人都随波逐流说好听的话,只有禾丰保持了最初的理性。他喝醉了仍旧对我的人品了如指掌,这样的兄弟我也只有这一个了。

郭少阳也放下酒杯追了出去。

包间内的人所剩无几,我担心让顾瑶停留得太久她会反感,就主动结束了今晚的聚餐,让他们都散了吧,我来买单。

包间内只剩下了我跟顾瑶两个人,气氛变得有些尴尬,最后还是顾瑶先开口打破了这种尴尬,她关切地问道:"你还好吗?喝了不少酒吧?我去让服务员给你煮一碗醒酒汤吧?"

我摇头,看着顾瑶道歉说:"对不起啊,这么晚了还麻烦你过来帮我挡枪。如果桃子在昆明,我就叫桃子来了,实在抱歉。"

顾瑶有点委屈地看着我问道:"我和桃子同样都是你的朋友,你说这话是故意暗示我在你心里的位置不如桃子?"

　　我急忙用手拍着脑袋说道："对不起，我不是这个意思。我的意思是我和桃子认识久了，我拿她挡枪她不会生气。我担心你觉得我做得太过分，所以……对不起，我不是说你们的关系谁远谁近。"

　　顾瑶见我道歉，便没有再跟我计较，说道："好吧，我知道你说错话了。我刚刚也感觉到你叫我来是有些别的目的，至于你说的挡枪，到底是怎么回事？"

　　我向顾瑶解释道："今天是同学聚会，到场的都是多年前一起创业的同学，杨曼也来了。大家也都知道我们离婚了，他们追问离婚的原因，我说我遇见了一个让我心动的女人，所以要跟杨曼离婚。他们就强烈要求这个女人到场，要看一看究竟是什么神仙颜值的女孩子，能让我动心到这种程度，所以我就给你打电话了。"

　　顾瑶的眼里写满了纠结，我忙解释道："你放心，我只是跟他们说我有欣赏的女孩子，并没有说我们在一起。"

　　顾瑶没有理会我的解释，而是更加不理解地问道："我想不通，杨曼那么对你，你还要在昔日的同学面前维护她的面子，是对她还念旧情吗？"

　　我对杨曼念旧情？这个问题我都不曾问过自己，当顾瑶用"念旧情"这三个字提问的时候，我才发现自己可能真的是念旧情吧，至少我没办法看着杨曼在我面前被别人看不起，所以我才会编造一个自己出轨的理由。

　　顾瑶见我没说话，十分不理解地自言自语道："搞不懂你是怎么想的。"

　　我靠在椅背上望着天花板，发自内心地对顾瑶说道："杨曼和我离婚是因为她经不起折腾了。正如她说的那样，她没有安全感，她和我离婚只是想保护好现在拥有的一切，给自己留一份安全感。"

顾瑶在我身边安静地听着，并没有发表自己的想法。我继续说道："我不怪杨曼，因为我的确也挺能折腾的，我曾经住三层独栋别墅，开宝马，这些都被我折腾没了。杨曼的做法虽然有些自私，但是我能理解。是我不够优秀，不能给她足够的安全感，要怪就怪自己无能吧。毕竟是夫妻一场，我能为她做的也就这些了吧，只不过今天做这事有点对不住你了。"

顾瑶无所谓地耸耸肩说道："还好吧，你别有什么负担，朋友之间帮忙救场而已。这次我帮了你，下次我需要帮忙的时候……"

我信誓旦旦道："赴汤蹈火，在所不辞。"

顾瑶突然就笑了，捂着嘴说道："哪有你说得那么夸张？走吧，我们也别在这坐着了，你喝了不少酒，我陪你出去走走吧，散散步能舒服一点，前提是你还能站得起来。"

"废话！"我从椅子上起身，指着桌面的酒说道："两斤没问题。"

刚吹完牛，我就一阵头晕，要不是顾瑶扶着我，我就重新倒在椅子上了。

顾瑶脸上浮现出一丝欢快的微笑，这笑容在我看来，倍感尴尬。

为了证明我没有喝多，我主动拿开了被顾瑶扶着的胳膊，另外一只手扶着桌面往外走。

结账的时候，服务员告诉我刚刚包间有个人打包了两瓶酒。我真想问一句是谁吃饭还带打包带酒的？真以为我喝醉了买单都不看账单？我真想调取监控看一下是谁。不过当着顾瑶的面，我没好意思！男人嘛，有时候还是挺爱面子的。

这顿饭总共花了六千多块钱，其中那两瓶被带走的酒占了一大半，这虽然是件小事，但可以看出来那人的人品如何。

傍晚的风拂面，我转过头看着身边的顾瑶问道："我给你打电话的时候你是不是在公司？还没有吃晚饭吧？我请你吃点东西吧，你想吃什么？"

顾瑶怀疑地看着我问道："你还能陪我吃东西？"

"当然！"我自信十足地说道，"你看我现在很清醒，又不是喝到烂醉如泥,今天这事……怎么也要请你吃顿饭,补偿你一下。"

顾瑶双手抱在胸前对我说:"我真不忍心让你陪我在外面折腾了,我开车送你回家吧。到桃子那你看有什么东西是我能吃的,随便给我弄点吃的就行了,实在不行叫外卖也能接受。"

我打个响指说道:"好,必须安排,回去给你做我最拿手的菜。"

"什么啊?"顾瑶好奇地问道,"你最拿手的是什么? 不会是给我煮方便面吧?"

我假装生气道:"看不起人啊? 谁还没有个拿手的菜了? 走着,给你露一手。"

chapter 50
生 活 应 有 的 样 子

饭店门前的停车场,顾瑶拉开了一辆保时捷帕拉梅拉的车门,车内被布置得各种小清新,不难看出这才是顾瑶平时的代步车。

在城市里开一辆五米多长的陆巡,的确不方便,尤其是对于顾瑶来说,这种流线型超好的轿跑才更符合她的气质。

回到家,我让顾瑶在客厅暂时休息一下,茶几上还有我前几天买的橘子,我就一头扎进了厨房,决心好好给顾瑶做一顿简单的晚餐。

高压锅焖米饭,火腿肠、胡萝卜、青豆、瘦肉全部切成小块,又打了三个鸡蛋。待米饭熟透之后,把所有切好的蔬菜下锅,一盘色彩斑斓的蛋炒饭就这么诞生了。

当我端着盘子把蛋炒饭送到顾瑶面前的时候,她惊呆了,问道:"你做的?"

"是啊。"我坐在茶几的另一边,把勺子递给顾瑶道,"快快品尝一下,这就是我做的超级蛋炒饭,色彩斑斓、食欲无穷。"

顾瑶接过我递给她的勺子说道:"我的口味可是很挑剔的,尤其是对于炒饭,格外地挑剔。不要以为你做得颜色鲜艳,我就会夸你做得好吃。"

"尝尝! 你都没吃呢,怎么能说不好吃?"

顾瑶半信半疑地吃了一口饭,我则认真地凝视她那张毫无瑕疵的脸,想要在她的脸上看到肯定的表情。

那一勺蛋炒饭放入口中之后,顾瑶嚼得很慢,过了半天,她都没有给我任何评价。

这让我有点意外,心里捉摸着就算顾瑶觉得我做的蛋炒饭好吃,也不至

153

于这么演吧？

我尝试着在顾瑶面前挥手问："怎么样？味道还可以吧？"

顾瑶被我吓了一跳，猛然回过神，给了我一个尴尬的微笑，低声说道："嗯，挺好吃的。"

我有些失望，她这几个字明显带着敷衍的感觉，难道是我做得不好吃？我自认为自己做的蛋炒饭都可以摆地摊卖钱了，没想到她竟然如此轻描淡写地来了一句，这让我不免有些失望，脸上的表情可能也表现出来了吧。

顾瑶是个很注重细节的女孩子，我脸上的表情应该是被她捕捉到了，她忙向我解释道："蛋炒饭很好吃，我刚刚想到了一些事情，有点走神，不好意思。"

我见顾瑶道歉，反而有点不适应了，急忙说道："你先吃，我去给你倒杯水。"

顾瑶点头。

当我把水放在她面前的时候，她又解释道："你做的蛋炒饭很好吃，和我爸爸做的一样好吃，刚刚吃到的时候，突然间就想起我爸爸给我做的蛋炒饭。小时候记忆特别深刻，他为了哄我吃饭，总是在蛋炒饭里面加各种颜色鲜艳的蔬菜，卖相特别好。"

我问："就是这样？他也是这样给你搭配吗？"

顾瑶重重地点头道："他还会额外煎一个荷包蛋，用模具做成心形，抑或是一朵小花的形状，总之小的时候，爸爸为了哄我吃饭，费尽心思。刚刚看到你这盘蛋炒饭，我就情不自禁地想到了这些，有些失神了。"

满满一盘蛋炒饭，顾瑶全都吃掉了，最后还意犹未尽地看着我问："以后还能吃到这种色彩斑斓的蛋炒饭吗？"

"当然！"我十分确定地对顾瑶说道："只要你有空，随时过来，我做给你吃。你喝点水，我去把盘子洗一下。"

顾瑶起身说道："我来吧，做饭我不会，洗碗我还是可以的。"

我站在厨房门口，看着顾瑶站在洗碗池前面，纤纤玉指拿着盘子在水龙头下面冲刷……这一刻我突然心动了，是对生活的向往。

我和杨曼结婚那么多年,在家里做饭的次数少之又少,早些年是忙公司的事,每天晚上都要加班到八九点才回家,晚餐都是在公司叫外卖,或者是各种应酬。早餐都是蛋糕店买的牛奶面包,午餐更不用说,上班族的午餐有几个是回家吃的?尤其是省会城市,家到公司往返一趟要一两个小时,能在家吃午饭基本上是奢望。

偶尔周末或者假期休息,杨曼都是拉着我去旅游,时间长就出国游,时间短就国内飞来飞去,我们在一起的时光,仿佛找不到这种属于家的感觉。

顾瑶洗完盘子,发现我正在门口看着她,她以为自己哪里做得不够好,紧张地看着我问道:"怎么了?"

"没什么!"我说,"我只是看到了生活应有的样子。"

顾瑶不是很理解地问道:"见到了生活应有的样子?什么意思?"

我没有向顾瑶解释什么才是生活应有的样子,每个人的理解不同,不能一概而论。那天晚上我们很随意地聊了很多无关紧要的话题,一直到聊十点多,顾瑶才离开。我把顾瑶送到小区门口,看着她上了车远去,转身准备回小区的时候,意外地看到了杨曼。

chapter 51

奔驰司机谢楠

　　杨曼走到我面前停住了脚步,彼此近在咫尺,却找不到要说的话,就这么沉默了片刻,最后还是杨曼率先开口对我说道:"她很漂亮。"

　　"嗯。"我没否认,"有什么话你就说吧,好歹夫妻一场,你别再哄我就行。"

　　杨曼自然明白我这话的意思,说道:"你放心,我不会再跟你说我肚子里的孩子……"

　　我打断杨曼的话说道:"又来了! 你到底有完没完?"

　　杨曼从包里拿出一张银行卡递给我,对我说:"这里有一百万,是我们一起生活的时候,我攒的私房钱,我知道你一心想把公司重新做起来,这笔钱你拿去用,希望能帮到你。"

　　我看着杨曼手里的银行卡,凝视了几秒钟,没有去接。

　　我问道:"你不是最在乎钱吗? 现在怎么又舍得把自己的私房钱拿给我了?"

　　杨曼不带任何语气地说道:"这一百万算是感谢你今天聚餐时对我的维护。"

　　"用不着! 我维护你并不是想要从你这要什么报酬,夫妻一场我能给你做得不多。早点回去吧,我今天喝多了,要休息了。"

　　说完,我转身走向小区,留下杨曼一个人站在那,我想回头看一眼她,但硬是忍住了。

　　我始终没办法原谅杨曼从民政局出来就跟着薛磊去度假,何况两个人是提前约好的,这对于我来说已经触及了底线。

人是一种奇怪的动物,比如现在的我,不能接受杨曼犯的错,却愿意主动去维护她的尊严,这是一种怎样的心理? 我解释不清!

　　次日上午,许久没联系的吕胜给我打了个电话,他和孙森的年假终于休完了,今天是他们俩第一天回医院上班。

　　寒暄过后,吕胜客气地问道:"旭哥你什么时候有时间来一趟医院呗,我今天查房,发现我们在路上救助的那个司机大哥在我们医院休养呢。早上他见到我的时候特别激动,委托我一定要联系到你,他想见你一面。我也不知道你忙不忙,就没敢答应他。"

　　这个消息对于我来说也算是意外惊喜,我忙问道:"司机大哥现在的情况怎么样?"

　　吕胜很遗憾地说道:"司机大哥左腿没保住,已经做了截肢手术,其他倒是没什么,住院观察一段时间再看,人倒是很乐观。"

　　"你今天都在医院吧? 我一个小时左右到,到了联系你。"

　　"那行,我等你,一会儿我们一起过去看看他。"

　　挂断电话之后我便起床洗漱,出门的时候又去水果店买了个果篮,自始至终我都不知道司机大哥的姓名。

　　我到医院后联系了吕胜,吕胜来停车场接我,身后还跟了顾瑶和孙森,吕胜解释说他也给顾瑶打了电话,顾瑶听说我要来,就也过来一起看司机大哥了。

　　我们四个人一起去住院部看望这个"患难之交"。

　　司机大哥名叫谢楠,今年三十岁。吕胜走在前面,进了病房就笑着对谢楠说道:"谢大哥,你想见的人来了。"

　　躺在床上的谢楠看到我们进来,挣扎着用两只手支撑起上半身,激动地说道:"兄弟,总算见到你了,谢谢你救了我的命……"

　　我急忙上前安抚他道:"大哥你躺好,谈什么救不救的啊,这不是赶上了嘛。我们尽自己所能,帮个忙而已。"

　　顾瑶也对谢楠说道:"谢大哥你别客气,大家都是同路人,相互帮忙是应该的。"

孙淼上前帮谢楠把枕头竖起来，扶着他靠在床头，照顾谢楠的家人是他的亲妹妹，名叫谢婷婷，她一脸感激地看着我们道："我大哥多亏了遇见你们几个人，回来之后他一直让我们四处打探你们的消息，没想到吕医生和孙医生竟然是云大医院的，你们不知道，我大哥看到吕医生的时候多激动。"

　　谢楠发自肺腑地说道："在遇见泥石流的那一刻，我以为自己挺不过来了。兄弟啊，谢谢你那几天的照顾和鼓励，感谢，以后有机会自驾游，我一定与你同行，跟着你太有安全感了。我庆幸自己截肢的是左腿，右腿还给我留着踩刹车和油门，我能行，我还可以走路。"

　　我笑着说道："行，谢大哥等你身体养好了，咱们再一起出发自驾游，走更多的路，看更好的风景。"

　　谢婷婷热情地对我们说道："我哥是做服装生意的，昆明很多大型商场里都有我们家开的店面，主打休闲服饰，几位哥哥姐姐要是不嫌弃，有空来店里坐一坐，我来给你们选几套衣服。"

　　我本想委婉地谢绝，但顾瑶却欣然同意。

　　我们陪着谢楠坐了一个小时左右，顾瑶接了个电话，要赶回酒店开会，与是否使用我写的程序有关，现在公司内部只有少数人赞成使用我写的程序，顾瑶现在做的就是让更多的人认可。

　　在利益纷争下，这件事挺难的。

　　中午我跟吕胜还有孙淼一起在医院吃工作餐，下午不到两点，顾瑶就给我打电话，让我去假日酒店一趟，集团董事长要亲自见我。

我查了一下酒店集团的资料，发现他们有十几个股东，其中最大的股东就是顾瑶的父亲——顾明顺，占股接近百分之三十，其次是顾瑶的叔叔顾明发，也就是现任董事长，兄弟两人占股竟然高达百分之四十九。

这个比例很有意思！

查这些的时候，我顺便查了一下顾明顺的信息，因为受贿罪被逮捕调查，至今被关押在呈贡看守所，因为案情复杂，缺少证据，顾明顺就一直被关押着，没有开庭的机会。

熟悉法律程序的人都知道，关押期间只有代理律师能见当事人，其余人是没办法见的，这也就是说，顾瑶至少有三个月没见到她爸爸了。

看到这，我突然联想起那天我给顾瑶做蛋炒饭的时候，她盯着那一盘色彩斑斓的蛋炒饭发呆，这就是所谓的睹物思人吧！

顾明发应该就是上一次我在会议室见到的那个男人，我对他还是有点印象的，话不多，但是每一次开口都极具威严。

一路无话。

我来到阳光假日酒店后给顾瑶打了个电话，顾瑶亲自接我去顾明发的办公室，这远比上次那个王总的办公室气派多了。

办公室内没有其他人，在我和顾瑶进去以后，顾明发就告诉自己的助理，暂时不接待任何人，有事晚点再上报。这个小小的举动让我有一种被重视的感觉，至少不像上次那样，被那个王总晾了一个多小时。

简单寒暄之后，顾明发客气地说道："你写的两套程序，我反复琢磨了很久,我们不得不承认这是两套不错的程序,尤其是客户管理程序,细节做得很好。这两套程序之所以迟迟没有使用,是因为我们考虑安全方面的问题。你是瑶瑶的朋友,我又是瑶瑶的长辈,我就不跟你转弯抹角了,你要怎么证明你能确保程序的安全呢?毕竟我对你持有怀疑的态度。"

我想了想说道:"我很想向你证明我的人品没问题,我写的程序也足够完善,但奈何人品这个东西,都是接触久了,了解过才能产生信任。你和我素未相识,我贸然让你相信我,这也有点说不过去,咱这是现实生活,毕竟不是电视剧。我要让你完全放下戒心,除非我把整个程序的源代码给你,你找信得过、懂代码的程序员帮你测试一遍。"

顾瑶对顾明发说道:"叔叔您看,方旭说得十分诚恳,我对他的人品是绝对放心的。如果您愿意相信我,就应该像相信我一样相信方旭。"

顾明发轻叹道:"瑶瑶啊,你要知道这套程序是用在阳光假日酒店的,这也是我们酒店集团最豪华的高端酒店,入住这里的客户都是高消费人群,我们必须保证客户的信息安全,不是你随便说两句,我就能相信你的。就算我相信你也没有用,董事会那么多股东呢,要让所有人都信服。"

顾瑶被顾明发几句话说得哑口无言,沉默了片刻道:"要不就用第二个方案吧,方旭把源代码交出来,你找人验证一下安全性。"

我提醒顾瑶道:"一个程序的源代码对于一个程序员而言,就像是作家和作品之间的关系,作家写一本书,出版后可以卖给很多人。但没有哪个读者会要求作家把买到的书更换作者名字,我这个比喻你能理解吗?"

顾瑶沉默了,她不是程序员,不了解源代码对于一个程序员的意义,沉默之后,顾瑶道歉道:"对不起,是我唐突了。"

我对顾瑶说道:"没关系,但是为了你我可以破例,我愿意把这两套程序的源代码交给你,至于怎么验证就随你们了。但行有行规,有些话我必须说在前面,我把源代码交出来之后就不负责后期的维护了,等于是一次性把程序卖给你们,你们后期怎么更改、维护,就是你们自己的事了。"

顾明发爽快地说道:"没问题,只要能验证程序的安全性,至于维护的事,都不在话下,我们会安排专人维护的。如果方总觉得没问题,我们就把合同更改成一次性买断合同吧,至于价钱……"

我看了看顾瑶,爽快地说道:"看在顾瑶的面子上,价钱不变了。"

顾明发爽快地同意了,当着我的面写了一张批款单递给了顾瑶,对顾瑶说道:"把这个给财务,安排今天打款。"

顾瑶接过打款单,眼里闪过一丝欣喜,开心地对顾明发说道:"叔叔,谢谢你肯信任方旭,他一定不会辜负您。"

顾明发笑呵呵地说道:"不是我相信他,是我相信你,相信你不会看错人。行了!你们去忙吧。"

我跟顾瑶辞别顾明发,一起去了财务部,顾瑶亲自把打款单给了财务总监,还叮嘱财务总监尽快打款。

安排完打款的事,顾瑶带着我来到她的办公室,虽然面积不是很大,但布置得很精致。

进门后,顾瑶轻松地说道:"这件事终于敲定了,你都不知道这前前后后费了多少周折,不过……"说到这的时候,顾瑶脸上闪过一丝歉意,她十分诚恳地对我说道,"我知道让你交出源代码一定很难受。这次真的谢谢你,我能帮你做点什么吗? 来弥补一下我的愧疚。"

　　我故作轻松地说道:"没事,你就当我得便宜卖乖! 明明是我赚到了钱,还有什么不满足的呢? 你也不要有愧疚的心理,你们公司出钱了,我交出源代码也是理所应当的。"

　　顾瑶看出来我是有意安慰她,抿着嘴想了想说:"我以前不懂程序对于一个程序员是什么样的意义,当我听了你的比喻之后,我才知道我叔叔的要求是多么过分,可你还是同意了。"

　　我嘴角扬起一丝苦涩的微笑,不想让顾瑶有太多负担,装作无所谓地说道:"我同意是因为钱。"

　　话刚说完,手机收到了银行短信提示,卖程序的钱已经全部到账,我拿着手机在顾瑶面前晃动说道:"你看,尾款全部到账,这里少不了你的功劳,我要怎么感谢你呢?"

　　顾瑶撇撇嘴说道:"算了,你就别感谢我了。我有点迫不及待地想体验新程序上线了。"

　　"跟我走,我带你去拿程序。"

　　离开酒店,我开着车带顾瑶回桃子家,这一路顾瑶的心情不错,她说顾明发有意推荐她当阳光假日酒店的执行总裁,但被其他股东以资历不够给否了。

　　于是顾明发就搞出了这么一个"客户运营"的部门,打着"做好客户运营服务""发展公司业绩"的旗号,凌驾于公司其他部门之上。

　　回到桃子的住处,我当着顾瑶的面打开了自己的电脑,然后拿出了一个全新的移动硬盘,把我写好的程序以及全部的资料都剪切到了这个移动硬盘里,我把移动硬盘交给顾瑶,对她说道:"你看到了,电脑里面关于这两套程序的全部东西都放在这个移动硬盘里面了,我这里就不做保留了,既然卖给你们,就要遵守契约精神。"

顾瑶感激地接过移动硬盘说道:"谢谢,我不知道要怎么感谢你了。"

我说:"不要客气了,你把这个移动硬盘带回去交给你叔叔,让他们去找靠谱的程序员检测安全性吧。其实我心疼的不是一个程序代码,而是里面的加密程序,算了,不说这些了。"

顾瑶似懂非懂地问道:"是不是这里的加密程序可以用在多个程序中?比如其他公司要写自己需要的软件程序,也涉及安全性的东西,你就可以用这套加密程序放进去,类似于一个款式的锁,源代码就是钥匙,只有你自己知道钥匙,别人就无法进入程序盗取里面的资料。现在你把这套程序给了我们,源代码也就公开给了我们,以后其他公司找你做程序,你就不能用这套加密系统了吧?"

"对于一个不懂代码的人来说,你这么理解也没什么错,里面涉及很多专业知识,解释起来也很麻烦,你拿去用就是了!"说到这,我突然想起什么,对顾瑶说道:"我建议你把这套程序源代码交给顾明发之前,再准备一个移动硬盘拷贝一份,你自己留一份压箱底的东西。"

顾瑶点头说道:"好,我知道怎么做,你接下来有什么打算?"

"最近我打算四处看一看,有合适的写字楼还是要租一间,在哪跌倒就在哪爬起来。"

顾瑶鼓励我说道:"加油,有什么需要我帮忙的你别客气。"顾瑶的话还没说完呢,她的手机传来一声提示音,她拿起手机点开微信一看,是一个添加好友的请求。

顾瑶皱着眉头道:"这人是谁啊?怎么在好友添加请求里面说是你朋友?你认识吗?"

说着,顾瑶就把她的手机递给我看。

我接过顾瑶的手机,特别意外地看到添加顾瑶手机的人竟然是郭少阳。

顾瑶站在我身边问道："这人你认识？"

"郭少阳！"

"郭少阳是谁？我没印象啊，是你把我的手机号给他的？他是通过手机号查找添加的。"

我把顾瑶的手机还给她，说："还记得我们同学聚餐那天吧？郭少阳就是在你进门的时候,让我把你介绍给大家的那个人。"

顾瑶努力地回忆之后说道："好像有点印象,是你把我的手机号给他的？他找我有什么事？"

我否认道："我没给他,我也不知道他是从哪找到你的手机号的,更不知道他加你干什么。"

顾瑶若有所思地想了想,最后还是把手机放在了兜里,看样子她并不打算同意郭少阳的添加请求,偏偏这时,顾瑶的手机响了,打电话过来的人正是郭少阳。

顾瑶看到是陌生号码,但并不知道是郭少阳,她接听了电话,礼貌地说道:"你好,哪位?"

电话那边传来郭少阳的声音,他笑呵呵地对顾瑶说:"是我啊,我是郭少阳,你不记得我吗?刚刚我添加你微信好友了,你怎么没通过?"

顾瑶拿着电话把目光投向我,眼里写满了疑问。

我做了一个不关我事的表情,示意她自己随便聊。郭少阳见顾瑶没回话,以为顾瑶不知道他是谁,就又开口对顾瑶说道:"我啊,你忘了?我和方旭是大学同学,睡在一个宿舍的哥们,后来又一起创业,那天吃饭的时候我们还见面了呢。"

顾瑶拿着电话歉意地说道:"不好意思,我刚刚想起来。您是怎么知道我的电话的?有什么事吗?"

郭少阳故意卖关子说道:"想知道你的电话号码还不容易?只要用心就一定找得到,我没什么重要的事,就是想跟你说一下,我和方旭是老同学,我也是做IT行业的,有用得着我的地方,随时联系我就行,免费为美女服务。"

顾瑶客气地说道:"好的,谢谢。"

"谢什么啊?大家都是朋友,有什么事你直接吩咐就好了,一会儿挂了电话,点个同意加好友呗。"

顾瑶还在犹豫,郭少阳先入为主对顾瑶说道:"我先挂电话了,等你加我。"

顾瑶看着已经挂断的电话,无奈地对我说道:"你这个同学还真有意思。"

我和郭少阳同窗多年,太了解他是一个什么样的人了,我很委婉地提醒顾瑶道:"郭少阳未婚,单身。"

顾瑶看了我一眼,不知道她是如何理解我的这句话,把移动硬盘放在包里对我说道:"我先回公司了,有空联系。"

"好,我送你。"

我把顾瑶送到小区门口,像普通朋友一样挥手道别。这个午后我赚到了自己离婚之后的第一笔钱,我站在人生的十字路口,仿佛又回到了多年前临近毕业的那段时光。和那时相比,我有了太多的人生阅历。

为了庆祝自己独立卖掉两套程序,我去便利店买了一包芙蓉王,算是给自己的奖励,盘算着接下来要用这笔钱做什么。

开过公司的我很清楚,单枪匹马很难成事,所以我还是要找合适的写字楼,还是要找靠谱的人跟我一起创业。

创业——简简单单的两个字,说起来容易,做起来却比登天还难。

我手机上收到了顾瑶发来的一条信息:以后不要随便把我的电话号码给别人了好吗?我还不是很想谈恋爱。

我看着这条信息有点懵!这分明就是顾瑶认为是我把电话号码给郭少阳的,再结合我刚刚说的那句"郭少阳未婚,单身",她误以为是我在撮合她和郭少阳。

是的,以顾瑶的角度来分析,她的确就是这么认为的。

我想要解释,字都在屏幕上输入了一半,发现这种解释显得很苍白无力,也刚好桃子的电话打了进来,让我不得不停止输入。

桃子在电话那边兴奋地问道:"方旭你在忙吗?快点告诉我,你是不是在忙?"

"怎么了?"我问道,"你好像很兴奋的样子啊,拍戏遇见什么好事了?喜欢上男主角了?"

桃子不屑地说道:"我高兴是因为我回云南了,给你打个电话问你忙不忙,不忙的话过来找我。"

"你回云南了?你在哪呢?我过来找你。"

"丽江!"

"丽江,你跑丽江干什么?"

"剧本需要啊,有几个镜头要在丽江取景,我不得已才过来的,下午刚到。要在这里两三天的时间,我听顾瑶说你已经忙完了那套程序的事,你不忙的话就来丽江找我呗,就当给自己放几天假,顺便来看一看剧组的男主角,他演的可是你本人这个角色。你想啊,看着别人在努力地演自己,是不是一件挺好玩的事?"

我的确被桃子说得心动了,尤其是最后一句话。我想以一个旁观者的角度来看一看自己。

桃子见我没有回应,又换了一个理由说道:"其实剧组这些人都跟我不熟,在北京这段时间也没有朋友能敞开心扉聊天,好不容易回丽江几天,你要是有空就过来吧。"说到这,桃子还替我着想道:"如果你忙就算了,正事重要。"

"等我,我收拾一下马上出发,我开你的车过来,预计晚上八九点能到。"

"嗯嗯,你路上慢点,到了我请你吃丽江腊排骨。"

"桃子啊! 你饶了我吧,丽江腊排骨那都是忽悠外地游客的东西,我好歹也在云南十余载了,丽江去过多次了,那腊排骨真不是人吃的东西,你放过我吧,请我吃烧烤喝啤酒就行。"

桃子爽快地说道:"安排! 等你来。"

我忙着收拾行李去丽江,忘记给顾瑶回消息解释,在顾瑶看来,我似乎是默认了。

chapter 55

桃 子 的 变 化

我是下午四点从昆明出发的,导航显示晚上十一点到丽江,但以我的开车速度来看,应该十点就能到,甚至更快。

一个人开车的时候,思绪总是很活跃。曾几何时,我感觉自己也算是年少有为的,只不过那些曾经取得的成就都像镜中花水中月一样,一点都不真实。

我至今都没有把破产的消息告诉父母,在他们眼里,我还是那个足以让他们骄傲的好儿子。

殊不知,他们眼里的好儿子差点混到走投无路。

到达丽江的时候已经是十点一刻了,我联系桃子,才知道桃子为了等我一直没吃晚饭,这让我有点愧疚。

见到桃子的第一件事就是问她为什么不先吃点东西?

桃子很委屈地看着我说道:"我要是吃饱了,谁陪你吃纳西族的烧烤啊。"(纳西族是丽江本地的少数民族,纳西文化也是丽江的本土文化)

我真是不知道说什么好,无奈地说道:"你傻不傻? 如果我今晚不来,你是不是整晚都不吃东西了?"

桃子满不在乎地说道:"就当减肥了呗。"

我超级无语,继续问道:"你为什么不打个电话给我,问一下我到什么地方了?"

桃子翻着白眼说道:"给你打电话干什么? 我明知道你在开车,接电话多不安全! 反正你都会来,我在这等着就行了呗。"

这话说得我有点感动,又有些无奈,低声对桃子说:"怪我了,我应该在服务区上厕所的时候给你打个电话,告诉你我几点到。"

　　"没关系。"桃子挽着我的胳膊说道,"你这不是都到了吗,我先带你去客栈,把你的行李丢到房间之后去吃东西,今晚我请客。"

　　夜晚的丽江是一个可以让你忘记时间的地方,无论是酒吧街还是通幽小巷,几乎都是人满为患,即便淡季也是如此。

　　桃子请我吃路边的烧烤,品尝纳西的特色风味,隔壁桌是四个年轻人,看起来像大学刚刚毕业的学生,满怀憧憬地讨论着一会儿去哪。

　　桃子很有兴趣地看着我问道:"你第一次来丽江是不是也期待去酒吧?"

　　"看你说的,好像我现在就不期待一样。"

　　桃子差点喷血,翻着白眼说道:"你们男人都一样。"

　　"我跟你说,我怕的是被仙人跳,酒吧里面的美女都是托。"

　　桃子说道:"看来你很了解,吃完东西我们要不要去酒吧坐一坐?"

　　"算了吧,你明天不是还要拍戏,我坐飞机过来也挺累的,今天早点休息,明天我看你拍戏,有空的话明天晚上再去酒吧。"

　　桃子想了想说道:"那也行吧,明天有两场戏要拍,一场是在白天我们入住的客栈拍,另外一场是要找个酒吧拍。你想不想知道大概的剧情?"

　　"说说呗。"

　　"剧中的你被离婚之后来到丽江疗伤,我饰演的杨曼从昆明追到丽江,而你在丽江遇见了女二号,白天的戏是我们同住在一个客栈,我求着你复合,晚上的戏是你去酒吧,杨曼跟着你去酒吧捣乱。"

　　我发自内心地嘟囔了一句:"真不咋地!"

　　"怎么?"桃子问道,"剧情不好? 不会让人引起共鸣?"

　　"不好评价,可能观众就喜欢看这种矛盾冲突比较强烈的情感剧吧。"

　　桃子双手托着下巴说道:"可能是吧,我的剧本被另外一个人修改了,现在那个人就变成编剧了,我也挺无奈。明明绝大多数情节是我写的,怎么他随便修改几章,就把编剧挂上他的大名了呢?"

　　"这不是侵权吗?"

"不!"桃子纠正我说道,"这是行业规则,别看公司没多大,剧组没多少人,但各种规则一样都不少。"

chapter 56
庸 人 自 扰

我听后一阵唏嘘,说道:"不知道说什么好,我还是喝酒吧。"

桃子不知道突然发了什么神经,特别好奇地问道:"男人都喜欢喝酒,尤其是喝好酒。你觉得在美女和美酒之间让你放弃一样,你会放弃什么?"

我想了想说道:"这得看年份!"

桃子没理解这话,嘟囔着重复道:"看年份……"

说到一半的时候,她猛然反应过来,撇嘴说道:"这还真是一个看年份才能做决定的事。"

吃完东西,我和桃子又在束河古镇内逛了半个小时,穿梭在小商贩和游客中间,感受着这里的喧嚣。

回到客栈洗漱睡觉,睡梦中我竟然梦到了杨曼来丽江找我,关键是她还挺着个大肚子,感觉有七八个月那么大,口口声声说孩子就是我的。

即便是在梦里,我对这件事也是耿耿于怀,以至于到最后,我根本都不知道自己是在做梦还是在现实中了。

就这么半梦半醒地挣扎了很久,要不是客栈老板养的狗大叫两声,我都不知道天已经亮了。

桃子她们已经开工,客栈的院子被清场,布置了各种道具。

我走出房间,趴在客栈二楼的护栏上往下看,男主角和我想象中的大不一样,竟然是一个二十岁出头的小伙子,后来我才知道,这个男主角是制片人的儿子,名叫马晓爽,导演是制片人的堂弟,也姓马。

搞了半天这就是一个家族小公司,怪不得桃子看不上呢。

马晓爽虽然年轻,但是家教不错,对谁都挺有礼貌的,在拍戏的时候,他一直称呼桃子为"桃子姐",叫得特别亲切。

得知我是桃子的朋友,马晓爽也主动叫我旭哥,别看年轻,但是给人留下的印象相当不错。

在拍戏休息的时候,马晓爽和我闲聊道:"这个剧中的男主角是不是傻?他这么优柔寡断地始终断不了联系,我演得都憋屈。"

桃子见马晓爽和我说这些,急忙过来准备岔开话题,我却以一个旁观者的角度问:"那你觉得怎么演才符合人物的内心呢?"

马晓爽当机立断地说道:"从民政局出来,老婆就上了别人的车,把自己的老公丢在路边,这明显就是提前出轨,老婆怀孕了又能怎么样?谁能证明肚子里的孩子就是男主的?就算是男主的又能怎么样?夫妻感情都破裂了,还指望一个孩子重归于好?不可能!"

我饶有深意地看着马晓爽,他继续说道:"如果没到离婚的那一幕,我觉得我可以原谅女主,毕竟这一辈子谁能保证自己不被诱惑呢?我自己都无法保证。但是作为一个男人,家是我生命中最重要的。女主已经触及底线了,所以我不会原谅。"

桃子实在不敢让马晓爽继续跟我聊这个话题了,走上前随便找个借口对马晓爽说道:"你去马导演那边看一看镜头里的你,如果马导觉得不合适,我们还得重来一遍。"

马晓爽客气地对我说道:"旭哥,你先坐一会儿,我过去看一眼。"

我点头,微笑说道:"去忙吧。"

桃子来到我身边安慰我道:"你别介意啊,这小伙子口无遮拦,他没什么恶意。"

我看着桃子轻声问道:"你觉得杨曼是真的怀孕了吗?还是她为了和我复婚编造的谎言?"

桃子也不敢确定,劝我道:"你要是真的想知道,就约着杨曼去医院一起做个检查。"说到这,桃子又犹豫了,补充道,"常规B超检查倒是容易,但这也不能确定孩子就是你的,除非……"

"怎么？"我问道，"你想说什么继续说好啦。"

"现在有一种检测办法，好像是抽出子宫中的羊水来做亲子鉴定，但是这么做对女性伤害特别大，还容易造成胎儿流产……我是说如果真的怀孕了，是容易造成流产的，而且对女性的伤害也是不可逆的。"

我轻叹道："杨曼身体不好，这么多年我们一直没有孩子也是有原因的。"

桃子抿着嘴，继续说道："我觉得这么做伤害的不仅仅是杨曼的身体，更是她的内心。如果她没有婚内出轨，你要求她做这种鉴定手术，那无疑是对她自尊的一种践踏，所以你还是慎重吧。"

我开玩笑道："算了，我就是想想，杨曼是不是真的怀孕我都不知道，想这些干什么？庸人自扰。"

桃子给了我一个意味深长的微笑。

正巧这时马导演叫桃子过去准备补几个镜头，桃子便让我坐一会儿，她先去忙。

chapter 57

马 晓 爽

　　我趴在二楼的护栏上继续看下面拍戏,真的是用另一个角度看自己的人生,别有一番滋味。马晓爽在心底鄙视剧中的男主角,表演得总是不那么到位,被他叔叔马导演屡次卡掉,然后就是劈头盖脸地一顿骂,骂完再重新拍。

　　让一个刚刚大学毕业的人演我这个过两年就三十岁的油腻大叔,还真的是为难他了。

　　差不多中午的时候,剧组的盒饭到了,完全是按照人头买的,每人一份,多余的一个都没有。

　　桃子不知道,直接拿了两个盒饭,其中一份给了我,我还没吃呢,就听到摄像师的助理大叫道:"饭呢?我的饭呢?为什么没有我的饭?"

　　场务负责买饭的人很委屈,辩解道:"十四个人我买了十四份盒饭,怎么可能没有你的?"

　　摄像师助理指着空空的餐箱说道:"你自己看,这哪还有?"

　　场务走过去一看,还真的没有了,委屈地说道:"肯定是有人多拿了一份。"

　　此时我已经意识到这份盒饭不属于我了,我便还给桃子说道:"盒饭送过去吧,我去随便买点。"

　　这一幕被马晓爽看到了,他没等桃子开口,就对我说道:"旭哥没事,你吃就行了。"说完,马晓爽对买饭的那个场务喊道:"桃子姐的朋友来探班,你再去买一份盒饭。"

　　场务刚刚被摄像师助理吼叫了一通,心里十分不高兴,现在终于找到撒气的人了,很不耐烦地说道:"再买一份?你说得轻巧,剧组的资金紧张,每顿饭我都算计着去买,你上嘴唇碰下嘴唇倒是简单,这钱谁出啊?"

马晓爽在我身边嘟囔道:"真丢人,旭哥让你见笑了。你和桃子姐先吃,我去处理。"

说完,马晓爽就拿着自己的盒饭走到摄像师助理那,塞给他说道:"你先吃我的。"

看到这一幕,我是如何都吃不下去了,桃子也觉得很尴尬,把我和她的盒饭都放了回去,叫住了马晓爽说道:"小爽,让他们先吃吧,我和方旭出去再买一份就好了。"

马晓爽走到我们身边说道:"带着我,咱们三个一起去,我请客!真是丢人丢到家了,家属探班连盒饭都不给人家准备一份,真丢人。"

桃子倒是体谅人,即便是这样,她还微笑劝马晓爽道:"剧组经费本来就不多,这事你也不能怪场务老师。"

马晓爽终究是个孩子心性,这么一件小事让他耿耿于怀,觉得自己特别丢面子。

为了表示诚意,马晓爽很大气地请我们吃丽江腊排骨火锅,毕竟满大街都写着"正宗丽江腊排骨",对于北京过来的马晓爽而言,他已经被广告洗脑,认为腊排骨就是丽江的特色。

吃过午饭,剧组的摄影师用无人机拍摄丽江古城的空境,下午就是拍一些没有对白的场景,晚上的两场戏是在酒吧里面,而我成功地变成"路人甲",坐在提前包好的酒吧里面当个客人。

到深夜一点剧组才收工,我第一次见桃子如此疲惫,感觉她走路的力气都没有了,即便如此,她还是对每个人都笑脸相迎,主动帮场务收拾各种道具。

马导演看不下去了,走过来对桃子说道:"你先回去休息吧,这边交给场务的工作人员就行了,明天还要给马晓爽拍几组场景,后天剧组返程回北京,你明天没什么事可以回昆明休息一天,后天晚上前到北京就行,我们大后天在北京开机。"

桃子感激地对马导演说道:"谢谢您啊,那我明天就跟方旭先回昆明一趟,后天飞北京。"

马导演跟我握手道别:"有机会来昆明一定登门拜访,也欢迎你来北京探班,我一定热情接待。"

"谢谢马导演,我去北京一定登门拜访。"

简单的寒暄道别之后,我跟桃子准备回客栈休息,原本我想打个车走的,毕竟桃子连续工作好几个小时了,但桃子却坚持要散步,感受一下深夜的束河古镇。

桃子走在我身边,和我很随意地闲聊,我随口问道:"去北京之后的感觉和你想象中的一样吗?"

桃子想了想说道:"应该有很大差距吧!以前看多了帖子,总觉得剧组都是钩心斗角的地方,而我所处的这个剧组你也看到了,摄像师助理都那么牛,整个团队最没架子的就是马导演了,可能也是因为穷吧。"

"穷?"我没太理解,"是什么意思?"

"当初是马导演看到了我的帖子联系我的,制片人是他哥,但是他哥并不看好,最后还是在马导演的坚持下,才把我的帖子买了改编成剧本。制片人投资有限,马导演只能以低价组团,用最简陋的设备,就连剧组的工作人员,好多都是拿底薪没提成的,把我们说成是最穷的剧组都不为过。"

"难怪一份盒饭都要那么计较。"

桃子轻叹道:"理解万岁吧,马导演人不错,他和我说拍完之后可以介绍我去其他剧组客串个路人甲什么的,尽量保证我在北京的收入。"

"就是跑龙套呗。"

桃子骄傲地问道:"你以为跑龙套是很容易的事吗?每天北影的毕业生多少人扎堆到各个剧组外面,就是希望得到一次跑龙套的机会,我算是很幸运的了。"

"容易满足挺好的。"

"我这是对生活充满了乐观的态度。"

chapter 58

羽 毛 耳 环

我和桃子一路走一路闲聊,回到客栈之后相互说晚安,各自回房睡觉。

次日清晨,我们很有默契地睡到自然醒,原本计划起床后就返程回昆明,但时间有点尴尬,桃子提议出去逛一逛,中午的时候请剧组吃顿饭,毕竟她是云南人,剧组来丽江,她要尽地主之谊。

于是上午,我和桃子又闲下来了,去大研古城逛了一圈,在某个小摊位面前,意外地发现了一对孔雀毛做的耳环。桃子盯着孔雀羽毛造型的耳环喜欢得不得了,问价之后老板要三十元,我觉得也不贵,毕竟是带有民族风的小饰品,现在这社会,三十元钱够干什么的?

可桃子并不这么认为,她坚持要和老板砍价,最后成交价是五十元两副。

这下桃子满意了。

我兜里刚好有五十元现金,就递给了老板,桃子从中选了一对挂在了自己的耳朵上,站在我面前满怀期待地问道:"怎么样?好不好看?"

说真的,我倒是没觉得有多好看,但是为了不破坏桃子的好心情,我还是违心地说特别好看。

桃子把另外一副耳环塞给我,对我说道:"收着,下次见到顾瑶的时候拿给她,她肯定喜欢。"

"你为什么不亲自给她?"

"这是你付的款,你买的东西为什么让我给她?"

"我付款是给你买的,我也没想着送顾瑶啊。"

"你个没良心的家伙,顾瑶帮你谈了个几十万的单子,你送她一副耳环怎么了?"

"这二十五元钱一副的耳环,我送得出手吗?"

桃子把耳环放在我手里,信誓旦旦地说道:"她要是不收或者是不喜欢,你回来找我算账。"

我哑口无言,她哪来的自信?

中午十一点半,我和桃子去了提前预订好的饭店包间等着,剧组一共不到二十个人,我预定了两桌。桃子身为云南人,熟知各个地方的特色美食,一桌十几个菜,全都是特色。

十多分钟后,剧组的所有成员都到了。

落座之后,灯光师开玩笑说道:"这顿饭太丰盛了,必须得谢谢桃子。"

马晓爽捂着脸说道:"咱被评选为年度最穷的剧组都不为过,从成立以来就没吃过这么好的桌餐。"

桃子笑着招呼大家说道:"大家来到丽江,我作为一个云南人,理应招呼大家吃顿饭,谢谢大家对我的照顾。"

马导演欣慰地对桃子说道:"我代表剧组的全体成员表示感谢,同时也预祝我们的网剧上线之后大卖。"

我端起酒杯看着马导演说道:"马导演,我是桃子的朋友,这杯酒我先敬您,感谢您在北京对桃子的照顾。桃子一个女孩子去北京,人生地不熟的,身为朋友却不能时时在身边照顾她,感谢您,以后还得麻烦您多费心。"

马导演急忙站了起来,端起杯子说道:"太客气了,桃子是我们剧组的女主角,我们不照顾谁照顾? 你放心好了,在剧组里我们都像家人一样……"

因为下午要开车回昆明,所以我只象征性地敬了两桌的客人。倒是马晓爽觉得没喝够,约着我有机会见面一定好好喝一顿。

吃过午饭,我和桃子正式返程回昆明,整整开了六个小时,晚上八点才回到昆明。长途跋涉之后,桃子已经没心情出去吃东西了,回到家就倒在自己的床上耍赖,晚饭都是叫的外卖。

这次回家,桃子联系了房东又续租了半年,她不说我也知道,这完全是留给我住呢。

晚上,我和桃子坐在客厅闲聊,她鼓励我不要逃避现实,就算杨曼真的怀孕了,也没什么大不了,遵循自己的内心去做一个正确的决定。

我们聊到了深夜,桃子打着哈欠预订了第二天中午的机票,各自道别。

这一夜我失眠了,桃子的话反复在我耳边回荡,其实我一直在逃避一件事,就是不敢去探究杨曼是否真的怀孕了,我害怕这是真的!

如果这件事是真的,我可能就彻底乱了吧。

次日清晨,桃子早早地起床收拾行李,航班是中午一点半的,十二点之前我就要把桃子送到机场,才能不耽误她办理登机手续。

把桃子送到昆明长水机场,分别的时候桃子把那副孔雀羽毛的耳环塞在我手里,特别认真地提醒我道:"一会儿去把这个给顾瑶送去,我不提醒你,你肯定就把这事给忘了。"

的确,我都不记得这个羽毛耳环被丢在哪里了,我接过桃子给我的羽毛耳环问道:"真的要送?"

桃子点头,说:"顾瑶一定会喜欢。"说完之后,她主动抱了抱我,对我说道:"我走啦,加油,要过上我们想要的生活。"

这一次的分别没有那么多的伤感,却多了一丝不舍。

飞机载着桃子飞向了她追求梦想的地方,我选择留在这个城市,努力过上自己想要的生活。

离开机场,我给顾瑶打了电话。

chapter 59
真的喜欢

　　第一个电话被顾瑶挂断了，但是很快她又拨打回来，主动解释道："不好意思，刚刚我在公司开会，所以把你的电话挂断了，有什么事吗？"

　　"没什么大事，就是想过来给你送个礼物。"

　　"礼物？"顾瑶很好奇地问道，"为什么突然要送礼物给我？今天是什么特殊日子？"

　　"也不是什么特殊的日子，这个礼物是桃子特别嘱咐的，她说你一定会喜欢，让我亲自交给你。"

　　听到桃子的信息，顾瑶欣喜地问道："桃子回来了吗？"

　　"昨天回来了，但是今天又飞去北京了，我刚刚把她送到机场，登机前桃子都在嘱咐我，让我尽快来找你。"

　　"好！我在公司，你直接来我的办公室吧，我很好奇是什么礼物呢。"

　　我故意卖关子道："一会儿见面你就知道了。"

　　我实在想不明白，顾瑶怎么可能看得上这副羽毛耳环？这符合她的消费观吗？要不是桃子坚持，我是真没勇气把这东西送给顾瑶。

　　到阳光假日酒店的停车场，我给顾瑶发了一条微信，确定她办公室没有别人之后我才上楼，当着其他人的面我真送不出这样的礼物。

　　进门之后，顾瑶满怀期待地问道："是什么礼物啊？我已经等不及了。"

　　我怕满怀期待的顾瑶产生巨大的心理落差，很委婉地提醒她道："礼物不贵重，真的是一点都不贵重。"

　　顾瑶点头说道："没关系啊，没有谁规定送礼物一定要送贵重的。"

我有点犹豫，再次提醒顾瑶道："是在地摊上买的。"

"氢气球还是棉花糖？我都喜欢。"

"这也不是氢气球也不是棉花糖，它是一个首饰……算了，你自己看吧。你要是不喜欢的话，也暂时留几分钟，等我走了之后你再丢掉，否则这也太尴尬了。"

顾瑶捂着嘴笑道："你怎么那么好玩啊，第一次有人送我礼物之前对我说这些，到底是什么啊？"

我掏出了羽毛耳环，已经做好了被顾瑶嫌弃的准备。

当顾瑶看到那副孔雀毛的耳环之后惊讶地道："天啊，你怎么会买这个给我？是在西双版纳买的吗？这也太漂亮了吧。"

"啊？"我有点吃惊于顾瑶的反应，提醒她道，"这个就是地摊上花了五十元钱买了两副的耳环，你确定不是为了照顾我的自尊，而故意装出很喜欢的样子？"

"怎么会呢？这副耳环搭配波希米亚风的碎花裙一定很漂亮。"

女人终究是女人，看到一个小饰品，就想到了要搭配什么衣服，难道爱打扮就是所有女人的天性吗？我真的是搞不懂了。

顾瑶接过耳环后马上找个镜子试戴起来，而我却傻乎乎地看着她的背影，心里有点捉摸不透，这真的可以让她开心吗？

片刻之后，顾瑶转过身站在我面前问道："怎么样？是不是很漂亮？"

我木木地点头，其实我想说的是：你怎么样都漂亮！

顾瑶欣喜又好奇地问道："这个是你买的还是桃子买的？"

我尴尬地挠头道："是我付的款，东西是桃子选的，我们俩在丽江逛街的时候偶然间遇见的，她说你一定会喜欢。"

"是的，是的！我真的很喜欢，谢谢你！"

我还想跟顾瑶多聊两句，手机偏偏在这个时候响了起来，屏幕上显示"禾丰"两个字。我向顾瑶道歉，拿着电话去另一边接听。

禾丰在电话那边问道："你在哪？方便过来一趟吗？"

"怎么了？"我拿着电话说道，"有什么事？"

禾丰卖关子说道:"大事,你必须亲自过来才行,电话里面说不清楚。我发个地址给你,我在这等你。"

禾丰根本不等我回应,直接把电话给挂了,随后微信上收到一个地址:银海幸福广场写字楼B座1108。

我搞不懂禾丰在干啥,回复他:我现在过来。

将手机放在兜里,我又回到顾瑶身边,对她说道:"我朋友给我打电话让我过去一趟,有什么事他也没说,礼物我已经送到了,就不打扰你了。"

顾瑶歪着头说道:"本来还想留你多坐一会儿,既然你要忙那就去吧,有空一起吃个饭,我们电话联系。"

我做了一个OK的手势,离开顾瑶的办公室之后直奔银海幸福广场。

从阳光假日酒店到银海幸福广场差不多半个小时的车程,我在C座1108见到了禾丰,他一个人坐在空旷的毛坯房内,手里拿着一份合同,明显是在等我。

chapter 60

写 字 楼 的 合 同

　　我走到禾丰面前问道:"这什么地方? 你让我来这干什么?"

　　禾丰把手里的合同递给我说道:"二百六十平方米的写字楼,年租金八万,合同签了三年,房租每年递增八分之五。"说到这,禾丰把一张银行卡塞到了我手里,看着我说道:"收好,这里面有三十万,装修加购买办公器材足够了。"

　　"你干什么?"我瞪着禾丰问道,"你疯了? 是不是辞去了外企的稳定工作,又想着回来跟我创业了? 我现在自己都不确定能不能养活自己,你跟着我干啥? 你不知道自己上有老下有小需要照顾吗?"

　　禾丰见我生气了,这才如实说道:"你放心,我没辞职! 我的工作还干着呢,这个写字楼租下来给你去重建公司用,第一年的房租交过了,装修费也在这了。你给我的钱还有五十万,足够保障我全家的日常开销,你好好干! 兄弟我这次自私一点,等你的公司有起色、步入正轨后我来行不行?"

　　听禾丰这么说,我才放下心来,脸上情不自禁地浮现出微笑:"行,那就这么说定了,这钱我也先拿着,明天就去找装修公司准备装修。另外你目测一下身边有没有靠谱的人介绍几个过来。"

　　"陆涛! 这小子对你有一种崇拜感。"

　　我想了片刻对禾丰说道:"当初公司要不行的时候,我是第一个把陆涛开除的,我现在再去找他,他会不会……"

　　禾丰打断我的话说道:"陆涛这小子又不傻,当初你把他劝走也是为了他好,这事陆涛自己也清楚,他还跟我聊过,他是这么跟我说的:'我心里明白旭哥让我自己出来创业是不想让我耽误时间,他赶走我时说的话虽然难听,但全都是为我好。'我一点不撒谎,这是陆涛在一次喝醉之后亲自跟我说的,当时我就在想,你真没白疼这小子。"

我轻叹道:"现在陆涛跟他女朋友开个炸鸡店,收入也挺可观的。"

"炸鸡店收入是高,但那是说停就停的工作。他是编程界的天才,你忍心看他在几平方米的炸鸡店内度过余生吗?现在炸鸡店生意好,能保证一直好下去吗?房东眼红要抬高房租呢,他真的想要经营炸鸡店,完全可以雇人经营啊,你说是不?"

禾丰的话说服了我,就是这么个道理,年纪轻轻地挤在十几平方米的炸鸡店干什么?这要是一份有前途的职业也就算了,如果周围再开两家同样的店,他的生意还会好吗?对门的电影院禁止外带食物,他还卖给谁呢?

禾丰拍着我的肩膀说道:"别犹豫了,你这不是害他,是在拯救他!拯救一个编程界的天才。"

我说:"我现在去找陆涛聊聊,至于他怎么选择,我都尊重他。"

"去吧,当哥的支持你!"

我和禾丰两个人一起离开写字楼,他要回公司继续上班,我则是直接去了陆涛的炸鸡店。在去炸鸡店的路上我反复琢磨一件事,这一次重新创业,我不想重蹈覆辙。

来到电影院门前的步行街,远远地看到陆涛和女朋友何静在忙碌,门前有两三个人排队,看样子生意还是不错的。

我躲在暗处观察了差不多一个小时,这一个小时来了十五个客人,每个客人消费在十五元到四十元不等,平均下来应该是三十元左右,这一小时的流水进账是四百五十元。一天按照十个小时算,收入四千五百元,除去房租、水电、材料成本,利润至少对半吧。

看到这一幕,我有点不太敢去找陆涛。

我拿着手里的租房合同正准备离开,却被陆涛发现了。

他跑出来,惊喜地说道:"师兄,真的是你啊,快过来坐,我给你整个炸鸡品尝品尝。"

我婉拒道:"刚刚吃了饭,你给我弄杯奶茶吧。"

"成!"陆涛特别实在,"喝什么口味的? 加冰吗?"

"原味加冰。"

何静看到我,尊敬地叫了一声"旭哥",这让我压力倍增,更加不敢开口破坏这对小情侣的甜蜜生活了,对于在创业的我来说,的确需要人,但我不能以破坏别人生活为代价。

陆涛把奶茶递给我,说道:"师兄你坐,今天怎么有空过来呢?"

我右手原本拿着租房合同,被陆涛问怎么有空过来的时候,我本能的把租房合同往身后藏,不想让陆涛看到。

但是陆涛眼睛特别好使,从我手里一把拿了过去,惊讶地道:"写字楼的租房合同? 禾丰签的? 丰哥要跟你重新开始了对吗?"说到这,陆涛又带着怀疑的语气问道,"丰哥的签名什么时候变得这么秀气了? 不太像他的笔迹啊。"

我当时忙着在找来这儿的借口,完全没注意陆涛的话。

陆涛看完合同之后肯定地说:"师兄你过来一定有事,对不对?"

我突然有一种被人看穿的感觉!

想要否认都不可能!

此时的我已经放弃了让陆涛一起创业的想法,只好硬着头皮道:"小涛……我这不刚刚租下个写字楼,的确是打算重新再干,装修要一笔钱,购买电脑设备什么的都要用钱,我想着你要是手头宽裕的话,能不能借给我点钱。"

陆涛愣住了,他似乎没想到我竟然是来借钱的,我自己都没想到。

何静明显听到了我的话,她没有发表任何意见,但是我能隐约感觉到何静不是很高兴,脸色微变。

我见陆涛有些犹豫,便开口说道:"如果不方便就算了,我再问问别人。"

"不是!"陆涛说道,"我刚刚在想我有多少钱,这一年多我和何静的确赚了不少钱,我们原本计划今年结婚,但何静家里说今年是何静的本命年,结婚不吉利,所以婚期就安排到了明年。上个月我们贷款买了一套房,交了首付,现在手上还有六十万,是打算用来结婚和买车的……"

我打断陆涛的话,尴尬地说:"没事,你们结婚也要用钱,我再想想别的办法。"

"不是!"陆涛解释道,"师兄你别急,你等我把话说完。结婚的二十万我不能动,买车的标准可以降低,所以我只能借给你二十万,你也别嫌少,这已经是我能承受的极限了。我也有私心,我不能把钱都拿给你。"

陆涛说到这的时候,我已经很感动了,看着他的眼睛问:"我曾经身价接近千万,公司都被我玩没了,你就不怕把这二十万借给我,我再次还不上?"

陆涛笑着说道："怕啊,能不怕吗? 二十万对我们来说也不是个小数字,但是我既然敢借给你,我就不怕你不还。不是有这么一句话,想要把一个朋友变成仇人,那就去借钱给他,等要账的时候你就知道怎么回事了。但我不在乎,这钱就算你不还给我,我也不会找你要的,一旦真的上门要债了,那关系都变得尴尬了。曾经我从学校出来的时候,四处碰壁,是你收留了我,给我发挥的平台;在你预感公司要破产的时候,把我赶走,实际上是为了我好,在我眼里你是我师兄,更是我哥,你对我的情谊远不是二十万能衡量的,所以,你拿去用。"

听了陆涛说这些,我真的控制不住了,我自认为不是那么容易动情的人,但这一刻我动容了,上前一步把陆涛抱住,拍着他的背热泪盈眶地说道:"小兄弟,你的心意我领了,我给你道歉,刚刚我撒谎了,我不是来借钱的。"

陆涛以为我是不好意思拿他的钱,特别诚恳地说道:"师兄你别客气,这钱我能拿得出来。"

我重重地说道:"兄弟,我真不是来借钱的。原本我是有其他想法跟你说,但我观察了你一个小时,就放弃了最初的想法。"

陆涛好奇地问道:"你观察什么了?"

"我在这里观察了一个小时,你这里有十五个客人,人均消费三十元,一小时的入账是四百五十元,一天按照十个小时计算,就是四千五百元,除去各种成本你日收入差不多三千元吧,一个月就是九万元! 我本想让你回去跟我一起干,但我没办法保证你有这么高的收入。你们努力经营这个小店,生活应该很幸福,所以我没打算开口,但你一直问,我只好说找你借钱,你刚刚说的那些话让我太感动了。兄弟,你的钱留着结婚买车。"

陆涛忽略了我前面的话,激动地问道:"师兄你说什么? 你是要东山再起了吗? 我终于等到你摇旗来找我了,我跟你干! 我一个计算机专业的高才生,在这个炸鸡店里你知道我有多憋屈吗? 你看到我刚刚一小时收入不错,你不知道今天是周六吗? 周六的营业额是平时的两三倍,我混得没有你看到的那么好,真的。"

何静对我说道:"师兄,陆涛没说谎,你不知道他这一年过得有多郁闷,我们俩的确是租了个店面卖炸鸡，看似很赚钱，但却失去了尊严，你没有干过这行你不知道。家里那些势利眼的亲戚，直接把我们定义为电影院门口摆地摊卖炸鸡的小商贩，钱的确赚到了，但心理落差太大了。"

陆涛深有感触地说道："想要赢得尊重，首先得自己强大。我和何静这个店一年满打满算能有三十万的收入，起早贪黑每天工作十四个小时！师兄，我想跟你重新干，我和何静把这个店转让了，一起跟你干。"

"你就这么帮何静做了决定？这合适吗？你们至少商量一下吧。"

chapter 62

二 叔

何静果断地说道："我们不用商量，我们俩都是计算机专业出身，曾经的导师看到我们卖炸鸡……尤其是看到陆涛卖炸鸡，都惋惜地摇头。"

陆涛再次说道："师兄，我们这个店有很多种处理方式，雇人经营或者交给亲戚经营拿分成都行，一次性转让也行。我跟何静重新跟你一起创业，当初是你收留了我跟何静。这一次是你想要东山再起的时候，我和何静必须跟着你，行了，不说了，三天之后我去你那里报到，需要干啥你说就行了。"

我没想到竟然以这种方式把陆涛重新找了回来，而且还带了个何静。何静心思很细腻，做事特别认真，属于那种把事情交给她去做，她能做得很好的那种。但思维不够灵活，做事中规中矩。

而陆涛和何静刚好相反，他很有自己的想法，并且不断地想要去尝试，是个很优秀的程序员，也难怪导师知道他卖炸鸡后会惋惜！

离开炸鸡店的时候，陆涛还给我打包了几个鸡翅，让我拿回去当晚饭吃，这小兄弟对我真是没话说。

接下来的几天，我开始各种跑装修公司，对比报价以及采购办公设备，当初那么多二手电脑都处理了，现在又要全部买新的，我只好用配置跟不上需求来安慰自己。

这一次我比较理性，电脑只预定了五台，暂时够用就行。

装修的事我对比了三天，也没找到一家合适的。

这事不知怎么就被郭少阳知道了，他打电话给我推荐了一个人，电话里告诉我这个人是他二叔，木工出身干装修好多年了，他在装修的这个圈子里面混得还算可以。如果我去找装修公司，装修公司也是要找这些装修队，从中赚一笔差价而已。

我很委婉地拒绝了郭少阳，告诉他装修公司明天出方案，我要过去谈一谈。

结果，当天晚上郭少阳再次给我打电话，骗我说以前的老客户都在，一起出来联络联络感情，为以后的业务着想，我被迫赴约。

见面之后才知道，郭少阳带来的哪里是什么大客户？一个烧烤店老板找我们写一个小程序，每天记录出单的情况，郭少阳收了人家三千块钱。今晚郭少阳他二叔才是主角，郭少阳又在一边对我说："我二叔这人就是实在，你把活交给他绝对放心，咱都是哥们，你还信不过我？"

我真是哭笑不得啊，看着郭少阳说道："兄弟，你别这样行不行？我那边都联系好装修公司了，人家的方案都出了，我至少得看一眼吧？"

"不用看了！"郭少阳说道，"我二叔的报价绝对比装修公司低。咱兄弟说句掏心窝子的话，你刚好有需求，我二叔又能做，你就帮个忙怎么了？你肥水不流外人田的道理怎么都不懂呢？"

烧烤店的老板当说客，劝我道："郭兄弟说得没错，这生意不都是靠相互照顾嘛。"

郭少阳不让我拒绝，对他二叔说："银海幸福广场写字楼 B 座 1108，明天你带着人过去就行了，我替我兄弟做主了。"

郭少阳的二叔点头哈腰地笑道："那行，我明天就过去看看，具体怎么搞跟我说就行，我保证报价比外面合理，用料都是最好的。"

我是各种无语啊，正想着怎么拒绝呢，郭少阳又给我来了一句："这事就这么说定了，你今天用我二叔就是给我面子，这个情我记在心里了。"说罢，郭少阳端起一杯白酒，示意了一下说道："兄弟，我干了。"

我正要开口，郭少阳再次抢先打断我的话道："你要是不用我二叔，你就是看不起我，咱这么多年的兄弟我能坑你？话都说到这份上，你要是不给我这个面子，咱这兄弟也不用处了。"

我是真的没说过郭少阳，因为他已经有点喝多的感觉，开始跟我耍无赖,至于他是真的喝多了还是在这借着酒劲跟我耍,我就不得而知了。

次日清晨,我还没睡醒呢,就被一个陌生的电话吵醒,打电话过来的正是郭少阳的二叔,问:"老板,你这怎么关着门呢?"

我看了一眼手机,这才早上八点,他就已经到了,真是够积极的。我揉着睡眼说道:"你等我一下,我现在过来。"

"那行,老板你慢慢来,我等你,不急的。"

我被迫起床,洗漱之后开着桃子的车来到幸福广场的写字楼,见面之后他看着我讪笑,露出一口大黄牙:"老板,没吵到你吧?"

碍于郭少阳的面子,我客气地应了一声,打开门让他进去看一看,他拿着专业工具测量之后,又听了我的装修方案之后,给我报了个十万的价格。

那一瞬间我以为自己听错了,揉着耳朵问道:"你说多少钱?你再说一遍。"

"十万。"郭少阳的二叔再次给我报价道,"十万我就能给你搞定。"

我有点懵,前几家装修公司报价都是在二十万左右,虽然我知道装修公司也是雇用这些施工队来做,但是我没想到,他们要赚那么多的差价,我再次确认道:"十万块钱真的够?"

郭少阳的二叔对我说道:"你这点活十万块钱完全够用的,还包括购买灯具在内,你要信得过我,我就给你整。都是自家亲戚,我少赚点就行了,总比你找装修公司,让人家赚差价要实惠。"

话都说到这份上了,我也就没再坚持,对郭少阳的二叔说道:"那你帮我搞吧,我先给你多少钱呢?"

"先给我五万块钱,我买材料找其他工人,用完了我再找你要。"

"成!"

当时我也没多想,就这么答应了郭少阳他二叔,通过手机银行转了五万块钱过去,并且把写字楼的钥匙交给了他。

中午的时候,陆涛给我打电话,约我一起吃个饭。

今天心情特别好,我决定奢侈一下,请陆涛去吃海鲜自助。

回想起第一次创业,我们从大学校园走入社会,租下第一间写字楼准备装修的时候,我也是如此地开心与兴奋,仿佛属于自己的梦想的新起点已经开始。而这一刻,我也是这种感觉,至少我不再迷茫。

我和陆涛边吃边聊。

"你的炸鸡店怎么安排的?"

陆涛一边剥虾一边对我说:"那个店现在每个月还能有小四万的纯利

192

润,这么转让出去也的确可惜,我跟何静商量了一下,把我未来的小舅子从县城叫来了,让他接管炸鸡店,我跟何静抽纯利润的百分之二十。"

我很善意地提醒陆涛说道:"跟亲戚合伙做生意是一件尴尬的事,大家都通情达理还好说,要是遇见那种死不讲理的,后期更烦心。"

陆涛轻叹道:"其实我的意思是直接转让掉,一次性拿一笔转让费,省心了。当初我跟何静也是出了十五万的转让费,才把这个电影院对面的铺面转过来,又简单地装修了一下,花了差不多二十万吧。现在升值了,一次性能转三十五万。何静他爸的意思是,这么赚钱的一个店转让出去浪费了,让他儿子来经营。"

说到这,陆涛似乎很烦闷,端起啤酒和我示意了一下,自己喝了一整杯,继续说道:"我未来的小舅子就是个啃老族,无业游民,高中毕业就开始瞎混的那种。他去哪给我拿转让费?最后何静就跟家里人说了,要店内纯利润的百分之二十,象征性地给两年,也不管多少了,三年后这个店就是我小舅子的,跟我们没关系了。"

我皱眉帮陆涛算了一下,说道:"一年纯利润满打满算也就五十万,你抽走百分之二十,这也才十万块,两年你才拿回来二十万。"

陆涛轻叹道:"没办法啊,都快要成一家人了,我这要是跟我老丈人算得那么清楚,估计这媳妇都娶不回来了。何静对她弟弟也是特别照顾,我看她那意思是直接把店给她弟弟,抽成都没打算要。"

我十分同情地对陆涛说道:"我只能同情你了,身为你师兄也没办法对你的家务事评头论足,你觉得能接受就行了,一家人相处是一门学问。"

陆涛长叹一声道:"没办法,要是能分得清这些,那就不是一家人了。干杯,此时此刻我就是你的人,跟你干。"

我拿起杯子跟陆涛碰了一下,身为一个已经结过婚的人,太清楚陆涛所面临的困惑了。当初我和杨曼在一起的时候,杨曼对她家里的那些表弟、表妹也是特别照顾,就拿我们第一台车来说,一年多的准新车至少能卖二十多万,被杨曼她妈十五万就卖给杨曼的表弟了,这事我找谁说理去?

虽然杨曼也不怎么高兴,总不能跟她妈因为几万块钱去吵一架吧?

这就是婚后的生活，任何人都无法避免的。

海鲜自助吃到的一半的时候，我接到了一个"神秘电话"，对方自称是鼓楼路派出所的民警，让我过去配合调查。

当时我听到一半的时候就把电话给挂了，这都什么时候了，还玩这种骗术？

陆涛也觉得这骗术挺弱的，开玩笑说要与时俱进，写个程序盗取手机内的信息，然后勒索机主来钱更快。

很快，那个电话号码又打来了第二次，这一次态度十分强硬，对我说道："我们就是鼓楼路派出所的，现在传讯你过来配合调查，你要是不配合调查的话，我们亲自过来请你就不好了。"

我笑着说道："行啊，我还真想看你来请我，我在东南亚海鲜酒楼呢，你来吧，开个帅气点的车来接我。"

对方冷冷地说道："你等着，我们满足你。"

挂断电话之后，我笑着对陆涛说："看到没，现在骗子都这么有气势了。"

原本我以为这只是一个诈骗电话，没想到十多分钟之后，竟然真的有四个警察来找我，当时我一脸懵啊。

　　带头的民警直接掏出证件出示给我,开口说道:"我是鼓楼路派出所的钟利民,麻烦你跟我们回去一下配合调查。"

　　"等等。"我坐在椅子上仰头看着这几个穿着警服的人,如果单单是看警服和警衔,我还有些怀疑他们的身份,这证件都拿出来了,身上还有配枪,这让我有点疑惑了,"民警同志我想问一下,你们为什么找我配合调查? 是怎么回事?"

　　钟利民四十多岁,一看就是很有经验的,他看着我问道:"你是让我在这里调查你?"

　　"那倒不至于,我就是想知道你们为什么要找我,是让我配合调查还是怎么说?"

　　钟利民弯腰小声说道:"是调查你,我在这给足了你面子,跟我回所里慢慢说吧。"

　　陆涛听到了钟利民的话,故作镇定地问道:"我师兄犯什么事了? 怎么回事?"

　　钟利民友善地提醒道:"只是要求配合调查。"

　　我见对方态度如此强硬,只好说道:"好的,我跟你们回去配合调查,但是请给我几分钟时间可以吗? 我跟我朋友说几句话。"

　　钟利民看了看手表,对我说道:"给你三分钟。"说完之后,他带着其他几个民警走向了一边。

　　陆涛紧张地问道:"怎么回事?"

"我也不知道,不过应该没什么事吧,要是真有事对方就不是这态度了,我把写字楼的钥匙给你,郭少阳介绍了他二叔来帮忙装修,我付了五万块钱过去,你帮我盯着点。"

　　"成。"陆涛接过钥匙后问道:"还有什么要交代的吗?"

　　我笑道:"人家找我就是配合调查,又不是把我关在里面不放出来,能有什么要交代的? 说的好像处理后事一样。"

　　陆涛被我说得笑了起来,对我说道:"那行,你去吧,装修这边的事我来看着,吃了饭我就过去。"

　　我把要注意的事情都跟陆涛交代完之后,来到钟利民面前说道:"可以走了。"

　　在门口上了警车之后,我主动跟钟利民解释道:"现在的诈骗电话太多了,我还以为是冒充公检法的骗子呢。"

　　钟利民道:"正常,这样的情况我们也遇见很多了,你就不好奇我们为什么找你?"

　　"对啊!"我坐在面包车的第二排问道,"你们为什么找我? 让我配合调查什么啊?"

　　钟利民反问道:"你真的不知道我们找你是因为什么事?"

　　我讪笑着说道:"看您说的,我要是知道您找我什么事,我还至于问你? 正是因为不知道,才把你们打来的电话当成诈骗电话了。"

　　钟利民对我说道:"阳光假日酒店的人报案,他们客户资料泄露跟你有关,你好好想想是怎么回事,一会儿回到所里好好交代。犯错不要紧,要紧的是知错能改,把问题的严重性降到最低。"

　　我惊讶地问道:"阳光假日酒店集团的人报案客户资料泄露?"

　　钟利民用余光看了我一眼问道:"这事你敢说和你一点关系都没有吗? 人家说酒店用的客户管理程序就是你写的,你好好想想,想明白了到所里认真交代。"

　　程序出问题?

　　这绝对不可能!

我敢用我的人格担保,我给顾瑶的这一套程序不可能出现安全问题,除非这套程序被人动过手脚。

至于钟利民说的客户资料泄露,那会不会是另有原因,阳光假日酒店集团内部有人盗窃了客户资料,然后拿去出售。而阳光假日酒店集团的人把这个黑锅扣在了我的头上!

经过短暂的思量,我觉得这种可能性更大一些。

十几分钟之后,我被带到了鼓楼路派出所,直接进入了审讯室,钟利民亲自审讯我。

因为他也没有足够的证据,目前我只是被传唤,配合调查。所以他对我还挺客气,开始用民警惯用的套路,对我说道:"我们已经掌握了你的犯罪证据,你看你是自己交代还是我们一点点审问?"

我真是哭笑不得,坐在椅子上对钟利民说道:"大哥,我也不是小孩子,你真没必要这么诓我,没意思!我自己没做过的事我为什么要认呢?"

钟利民脸上闪过一丝不悦,继续说道:"你这样的话,我想帮你都没办法了。年轻人不怕犯错,怕的是知错不改,我刚刚就已经跟你说过了,你还要冥顽不化吗?"

我说:"恐怕是要让你失望了,我真没什么好交代的,要不咱们换个交流方式?"

钟利民眼里闪过一丝锐光,反问道:"你想怎么交流?"

　　另外一个年轻的民警看不下去了,指着我说道:"我们现在是在审讯你,你最好端正自己的态度。让你自己交代,实际上是给你个坦白的机会,在我们这就没有问不出来的犯人,你最好想清楚。"

　　我看着年轻的民警说道:"这位同志,请你端正自己的态度,注意自己的言辞。首先,我不是犯人,我甚至连犯罪嫌疑人都不算,你们现在只是找我配合调查。作为公民,我有义务配合警方的调查,但你身为人民警察,必须注意自己的言行,你代表的是人民警察的形象。"

　　年轻的民警被我说得一愣一愣的,估计他以前也没见过像我这么难缠的"嫌疑犯"吧,看着我说道:"行啊!看来是个惯犯了……"

　　我再次打断年轻民警的话说道:"请注意你的言辞,我可以认为这是你对我的侮辱,我也有权利到督察那去举报。"

　　钟利民见状,象征性地把监控关掉,我也不知道是否真的关掉了,他站在我身边说道:"我们就是负责调查,事情大概是这样的,酒店用了你写的程序,现在一批客户资料被泄露了,酒店怀疑是你的程序有问题,已经报案了。我们就是负责调查,你确定你写的程序没问题?"

　　我心平气和地对钟利民说道:"这件事有点复杂,如果程序源代码一直在我这儿,我可以保证这套程序没问题。但阳光假日酒店买走了源代码,所以这件事我没办法向你保证。"

　　钟利民没太听懂,问道:"什么意思?"

　　我解释道:"这么和你说吧,比如我是开饭店的,你是客人,你来我饭店让我给你做一盘鱼香肉丝，我可以保证我做得很好吃。但是你来我饭店，买走了木耳、瘦肉丝等一切原材料，然后回去自己炒，最后还来告我说我的鱼香肉丝有问题。"

这时钟利民身边的民警在钟利民耳边小声说了句什么，钟利民好像也听懂了个大概，很郁闷地说道："这事还真麻烦，对方已经报案了，我们做调查也是分内之事。那你就如实地说一下吧，我们做个笔录，做完你就可以走了。"

对方都这么客气了，我还有什么可横的？很配合地做了笔录，前前后后用了差不多两个小时，做完笔录已经是下午三点半了。

钟利民把我的手机还给我，上面有几个未接来电，其中就有顾瑶打来的。

我拿着电话犹豫了片刻，心里泛起了一种无法形容的烦闷，这件事顾瑶肯定知情，否则她也不会联系我了，这些未接电话可能就是为了这件事。

烦闷的同时我还有些不爽，可能是在心里责怪顾瑶，出了这种事为什么没有在第一时间联系我！是对我的不信任？还是她已经怀疑我的忠诚与能力了？

不管怎么样，这对于我来说，都不是想要看到的。

在鼓楼路派出所的门前，我有些失落，竟找不到回家的方向。

这时，顾瑶的电话又打了过来，我最终还是接听了。顾瑶在电话那边轻声问道："方旭，有时间吗？我这边出了点事，想和你聊一聊。"

我拿着电话问道："是客户资料泄漏的事吗？"

顾瑶惊讶地问道："你怎么知道？难道你……"

后面的话她没说出口，但是我已经猜到她要说什么了。

说真的，此时我多少还是有点心理安慰的，从顾瑶说话的语气和内容分析，她似乎还不知道我被民警找来配合调查的事，这也就从侧面反映了报警的不是顾瑶。

我拿着电话说道："我知道你后半句想说什么，我向你保证不是你想的那样，咱们见面聊吧。"

"好，你在哪？我过来找你。"

我四处看了看，鼓楼路距离阳光假日酒店还挺近的，附近正好有一家星巴克,说:"鼓楼路的星巴克。"

"一会儿见。"

挂断电话之后,我走向路对面的星巴克,同时也在整理自己的思路,想着一会儿跟顾瑶怎么说这件事。

来到星巴克之后,我点了两杯咖啡,安静地等着顾瑶。等了差不多十五分钟,顾瑶来了。

她戴着太阳镜从车上下来的时候,俨然成了鼓楼路这条街上最靓丽的风景,路人频繁侧目,顾瑶的耳朵上还挂着那副价值二十五元钱的孔雀羽毛做的耳环。

顾瑶摘掉了太阳镜四处张望。我向她招手之后,感觉整个星巴克的男人都向我投来嫉妒的目光。

顾瑶来到我对面坐下，微笑问道："我还在找空位呢，没想到你已经到了，这么快？"

我指了指路对面的鼓楼路派出所，解释道："我刚刚从这里出来，你给我打前面两个电话的时候，我的手机处于关机状态。"

顾瑶恍然大悟道："原来……警察已经找过你了。"

"是的。"我对顾瑶说道，"我也是刚刚从警察那听说酒店客户资料泄漏的消息。"

"对不起啊！"顾瑶很诚恳地道歉道，"我也是今天中午才知道这个消息的，这件事把你搞得很被动吧，其实我也一样。我得到客户资料被泄漏的消息，第一时间就联系你，可是已经晚了。"

听顾瑶这么说，我心里多少有些欣慰。至少她想到了我，要和我沟通，而不是直接报警处理。

顾瑶端起面前的咖啡喝了一小口，然后看着我问道："方旭，你怎么看这件事？"她问完这个问题，似乎又觉得不合适，马上补充说道："我不是怀疑你偷窃客户信息，我的意思是，会不会是这套程序上出了某些漏洞？毕竟谁都有疏忽的时候。"

我信誓旦旦地对顾瑶说道："我给你的程序绝对可靠，程序的加密系统是独立的，而且这套程序只是在局域网上使用，我可以很认真负责地告诉你，绝对没问题。"

顾瑶想说什么，但欲言又止，短暂的停顿之后，她才继续说道："这件事挺突然的，因为承受不起公司内部的舆论压力，已经被迫暂停使用。如果没查出来原委，可能……"

说到这，顾瑶自然停顿没有继续说下去，我心里挺能理解顾瑶此时此刻的感受，说："我懂你的意思，也懂你现在所面临的压力，毕竟当初这套程序是你找的我，现在公司内部的舆论矛头看似是在说客户资料泄漏，实际上都是在针对你。"

顾瑶满眼感激地看着我，带有一种"知音难觅"的感觉，她低声说道："我爸爸出事之后，公司内部极其不稳定，看似表面和谐，实际上纷争不断，这个时候出现了这样的事，让我叔叔也很尴尬。所有人都质疑我的能力，质疑我的'用户营运'这个部门是否有存在的必要。"

"当初你叔叔要成立'用户运营'这个部门，实际上也就是为你开辟一条路，让你凌驾于其他部门领导之上，让你成为他的左膀右臂吧。"

顾瑶点头说道："我叔叔是这个意思，但我却很不争气。"

我安慰顾瑶道："你放心，我一定帮你查清楚这件事，现在就去！我需要你带我去你们酒店主机房，亲自去看一看这套程序。"

顾瑶略带为难地说道："机房算是我们酒店安防最严格的地方了，不是谁都能去，更不是谁都能在主机上查看的，这个我得提前申请一下。"

我对顾瑶解释道："建议你不要让别人知道我们要去机房查资料，以防别人做手脚，你知道我现在怀疑什么？当时我是把源代码都给了你的，而且你说过，你叔叔要找人验证程序是否安全，我怀疑是有人在验证程序的时候，在里面插入了木马程序，所以我现在要做的就是去查看是否有人植入木马程序。一旦被别人知道，我怕被抢先删除了。"

顾瑶恍然大悟，略带为难地说道："如果是我去机房还勉强可以，带着你去……真的挺难。"

我想了想对顾瑶说道："那我教你如何从电脑主机上找到安装程序的位置，然后你把这套程序复制出来……"

这本来也不算什么太难的事，顾瑶听一遍就知道怎么做了，我们俩直奔阳光假日酒店。

到了之后,顾瑶安排我在她的办公室里面等着,她自己去机房办这件事。

在等顾瑶复制源代码回来的期间,陆涛给我打了个电话,先是问我去派出所有没有事,确定我没有被限制人身自由之后,才汇报了幸福广场写字楼装修的事,他说今天下午郭老二去了建材市场,预定了很多建材,一共花了七万多块钱,但是这些材料明显还不够,灯具都还没买呢!

我拿着电话疑惑地问道:"基础建材就花了七万多,还没有灯具! 这郭老二给我报价是十万块钱,他怎么装修得下来? 人工费都不够吧。"

陆涛分析道:"我猜测有两种可能,第一,郭老二买建材的地方给他虚开发票,他从中赚差价和回扣。第二,郭老二还会找咱们继续要钱,追加装修款。"

我想了想说道:"我觉得第二种可能性更大一些,算了,只要装修费用控制在二十万以内,我都可以接受。他报价的确太低了,我已经做好加价的准备了,只要别太过分就行,那边你多盯着点,我这边出了点小问题。"

"师兄需要帮忙吗?"

"暂时不需要,需要的时候我电话联系你。"

我们正聊着呢,顾瑶拿着一个移动硬盘回来了,身后还跟着他的叔叔——顾明发!

chapter 67

源 代 码 救 了 我

　　看到顾明发的一瞬间,我有点意外,在我的潜意识里,接下来应该是我和顾瑶两个人在查看程序源代码是否被篡改,完全没顾明发什么事。

　　但此时此刻顾明发的确是跟着顾瑶一起出现,我不知道是顾瑶找的顾明发,还是巧合。

　　不管怎么说,顾明发是阳光假日酒店集团的董事长,又是顾瑶的长辈,我应该主动问好,事实上我也这么做了。

　　顾明发对我的态度倒是还算友好,对我说道:"方总实在不好意思,这件事造成的影响太大了,我们也很被动,不得已才报了警。"

　　我表示理解道:"换作是我,也会在第一时间选择报警来维护企业的合法权益,这件事您做得没错。"

　　顾明发拉着我的手笑着说道:"理解就好,理解就好。我听瑶瑶说你要查看源代码?"

　　顾瑶在一边解释道:"是这样的,方旭怀疑源代码有人做了手脚,我才去机房调取的。"

　　正说着,办公室外面响起了敲门声,一个保安模样的人拿着移动硬盘进来,对顾瑶说道:"顾总您要的资料在这里。"

　　顾瑶微微点头,把移动硬盘递给我说道:"你要查的资料就在这里,我们一起看看吧。"

　　拿到移动硬盘之后,我就连接了顾瑶的电脑,密密麻麻的代码萦绕眼前,没有点耐心的人真的看不下去,至少顾明发看了不到一分钟就开始揉眼睛了。

很快,我就发现了不对的地方,整件事和我预想的一样,这个程序里面被人加入了一条"病毒代码"。这个病毒代码是以一个"万能账号"的形式存在的,简单的解释就是,黑客可以利用这个账号登录到系统,查看系统中所有的信息。这个账号和其他正常注册账号不同的地方在于,这个账号登录、退出、查看任何信息,系统都是自动删除操作轨迹的,并且是全权限的账号!而普通账号分很多个等级,有些信息是查阅不到的。最关键的是普通的账号查看信息是会留下浏览信息的,这个账号和其他正常注册账号不同的地方在于,这个账号登录跟植入的这条代码有关。

查到这个信息之后,我终于松了一口气,揉着太阳穴说道:"就是这里出了问题,顾董当初让什么人验证了我的程序?我写的程序中是没有这一串代码的。"

顾明发皱着眉头问道:"你确定这一条代码是病毒?而不是你之前的一时疏忽?"说到这,顾明发又补充道:"请你原谅我的质疑,我身处这个位置,一定要为公司负责。"

我对顾瑶说道:"瑶瑶我当时给你的硬盘还在吧?里面保存着整个程序的源代码,现在开两份源代码做个对比就知道了。"

顾瑶打开自己办公室的保险柜,从里面拿出我给她的移动硬盘,两组源代码做了对比之后,顾明发也无话可说了,事实摆在面前他也没什么好反驳的。

我在顾瑶的脸上看到了一丝轻松与愉悦,这一瞬间,她的表情完全是自然流露的,骄傲且自豪地对顾明发说道:"叔叔,你看我早就跟你说过了,方旭绝对靠谱,他或许在技术上出现失误,但人品不会错的。事实上,他写的程序一点问题都没有,反而是你找来验程序的,私下做了手脚。"

顾明发轻叹了一声,对我说道:"方总你先在这休息一下,我和瑶瑶单独聊几句,暂时失陪一下。"说完之后,顾明发就对顾瑶说道:"你跟我来,我有话对你说。"

离开之前,顾瑶让我先休息一下,她很快就回来。

在这个时候顾明发把顾瑶叫走，目的就是避开我，但我想不明白的是，他们有什么话是要避开我说的呢？

趁着这个时间，我又把两套程序的源代码做了更深度地对比检查，发现除了这一条植入到里面的病毒代码之外，其他地方也没做什么手脚了。

我将这个"病毒代码"复制保存了起来，写代码是挺好玩的一件事，尤其是和道行高深的黑客过招，每一分每一秒都是惊喜。

无意间在顾瑶的电脑桌上看到了一张合影的照片，那是一张全家福，顾瑶的爸爸名叫顾明顺，在见到这张照片之前，我在网上搜到过他的资料与照片，网上那些公开的照片中，顾明顺总是一副高高在上的样子。

而这张照片中，顾明顺满眼都是疼爱地看着自己的女儿和老婆，无限温柔。

顾瑶的母亲是个很和蔼的女人，打扮穿着都很朴实，一脸慈祥。

就在我盯着照片看的时候，顾瑶回来了，我赶紧把手里的相框放下，和她打招呼说道："你回来啦。"

她走近后我才看到，她的眼睛红红的，明显是哭过了，我关切地问道："怎么了？你刚刚哭过？发生什么事了？"

chapter 68
酒 店 集 团

　　顾瑶没想到我会发现她哭过,当我问她是不是哭过的时候,她还本能地转过身,用手去擦眼角,一边擦一边否认道:"没有。"

　　我起身,绕过桌子来到顾瑶的面前,拿开她正在擦眼泪的手问道:"怎么回事? 怎么哭得眼睛都红成这样了? 这是受了多大委屈啊?"

　　我不说还好,当我问她受了多大委屈的时候,她的眼泪又奔涌了出来。我从办公桌上的抽纸盒拿出纸巾,笨拙地帮她擦着眼泪,一边擦一边安慰她道:"没事,没事,有什么事对我说,我来帮你。"

　　顾瑶抬起手,把我手里的纸巾拿了过去,自己低头擦着眼睛,委屈地说道:"你能带我去海埂大坝走走吗? 我想去吹吹风。"

　　"好。"我没有任何犹豫,去个海埂大坝而已,开车半小时就到了。

　　在去海埂大坝的路上,顾瑶一直很沉默地坐在副驾驶上,她侧着脸看着窗外,宛如一只受伤的兔子,一点精神都没有。

　　我不太会安慰人,大多数工科男都是我这种性格吧,明明心里挺着急的,但就是不知道怎么循序渐进地去开导和安慰。

　　来到海埂大坝边,连个车位都找不到,顾瑶倒是不在乎,让我找个地方能停就行了,大不了就交罚款。

　　下车的时候,顾瑶先是戴上了太阳镜,又对着副驾驶的化妆镜看了看,确定自己的形象没问题之后,这才推门下车。

　　此时已经是晚饭时间,海埂大坝边有很多三轮车在卖小吃,顾瑶对这些倒是不感兴趣,一个人趴在护栏上看着远处的滇池与西山。

不知道过了多久，顾瑶转过头来，看到顾瑶的情绪稍微好一些了，我才问道："刚刚发生了什么事？怎么哭得那么委屈？"

顾瑶深深地吸了口气说道："不是委屈，是有些难过，我不知道要怎么和你开口说这件事。"

"嗯？"我好像嗅到了什么，"不知道怎么和我开口？难道这件事和我有关？"

听我这么问，顾瑶才很为难地对我说道："的确是和你有关，但是我拉不下脸来跟你说这个事，我觉得这个要求太过分了，过分到让我无地自容。"

顾瑶在说这些的时候，我已经开始努力地思考她要跟我说什么，很遗憾的是我并没有想到什么。

顾瑶说完之后沉默了几秒钟，再次抬起头看着我的时候，眼里满是祈求，我被她这种眼神吓到了，安慰她说道："你这是怎么了？有什么事是我能做的你跟我说就行了，在我的能力范围之内，我一定尽全力去做。你还记得同学聚会上我请你当挡箭牌的事吗？那时候我就跟你说了，以后你有用得着我的地方，我赴汤蹈火，在所不辞！"

顾瑶摇头说道："我不想用这种接近于道德绑架的方式来逼着你去做事。"

"好啦！"我换了个姿势，来到顾瑶面前双手扶着她的肩膀，看着她那张绝美的脸，轻声说道："不要考虑什么道德绑架的要求，咱们是朋友对吧，在我最难的时候，是你介绍生意给我，现在你有困难了，我帮帮你又怎么了？快点告诉我发生了什么，好不好？"

顾瑶想了想说道："我先给你讲一讲酒店集团的事吧。悦享酒店集团是我爷爷一手创办的，那是二十世纪七八十年代的事了，据说那时候的招待所都是公家的，后来承包给个人。我爷爷就承包了一个招待所，后来越做越大，家里也就干起了旅店的生意。爷爷去世，家里的产业就留给了我父亲和我叔叔。在我很小的时候，他们俩就已经把旅店做大，而且店面特别多了。五年前，父亲和叔叔突然决定做更大的酒店，于是开始找了一些同行融资，经过商讨之后，我父亲占股百分之二十五，我叔叔占股百分之二十四，剩下的百分之五十一是其他十几个投资人的总占股。阳光假日酒店是悦享酒店集团旗下最大的一个豪华酒店。"

　　说到这,顾瑶很委屈地看了我一眼说道:"你知道的,跟别人合伙做生意这事一点都不轻松。"

chapter 69

我 们 还 是 朋 友 吗

　　我能明白顾瑶说这话时是什么心情，毕竟当初我也是白手起家开工作室，事实上，后期的管理太难了，每个人都有自己的小心思。

　　顾瑶继续说道："父亲身为集团的董事长，他的工作重点都是放在发展上，扩大集团规模等等，完全不理人事上的管理，集团内部的明争暗斗，他都视而不见。今年年初的时候，父亲决定在昆明长水机场附近投资做一个高端酒店，选址什么都规划好了，但他却突然被人举报，快两个月了，没有任何消息。"

　　这些事我也听桃子说过，问道："是被集团内部的人举报的？"

　　顾瑶摇头说道："应该不是，集团内部的股东明争暗斗，但大家的目的都是为了赚钱，应该不会在这件事上坑我父亲。我怀疑是有重大财产来源不明，父亲就跟着被调查了。"

　　顾瑶继续说道："父亲被抓之后，集团内部乱了，我叔叔倒是希望把我捧起来接管父亲的事，但很多人反对，认为我没有资历。我叔叔就勉为其难地当了现在的董事长。"

　　我安静地听着这些，而顾瑶似乎并没有说到重点，短暂的沉默之后，我看着顾瑶问道："这些和你有什么关系？还有，这些事和我也有关系？"

　　顾瑶轻轻地低下了头，继续说道："因为资料泄露这件事和叔叔有关，当初是他找了个所谓的技术人员审查你的程序，而现在已经可以确定，病毒代码就是这个人插在源代码里面的，如果这件事被集团内部知道了，叔叔董事长的位置恐怕就要保不住了。"

"我能理解这件事对他的影响,但目前这件事已经是事实了,还有什么挽回的余地吗?"

顾瑶抬起了头,她眼里泛着淡淡的泪光,咬着下唇犹豫了很久,才开口说道:"我叔叔刚刚把我叫走,就是和我说这件事,想把损失降到最低,就得找人来背锅,一旦这件事情的主要责任不在他身上,别人就没办法利用这件事来攻击他这个董事长的位置,所以……"

说到这里,顾瑶停顿了下来,又是十几秒钟的沉默,这种沉默明显是在给自己鼓气,而我已经猜到了,轻声问道:"你叔叔的意思是,让我来背这个锅吗?承认我的程序有漏洞,被人钻了空子对吗?"

顾瑶没有正面回答我的问题,带着愧疚说道:"我知道我没有资格提这么过分的要求,但目前集团内部的情况是这个样子,如果叔叔不能当董事长的话,我们顾家可能也就彻底失去了悦享酒店集团的控制权,一旦别人上位,很有可能又搞融资什么的,稀释我父亲和叔叔的股权……所以,叔叔这个董事长的位置真的不能被动摇。叔叔也跟我说了,如果你愿意帮忙承担这件事,所有的损失都由他来补偿。"

我苦笑,这种损失是他可以补偿的吗?对于一个程序员来说,自己写的程序有漏洞被黑客攻击,那是一种耻辱。对于一个网络公司来说,那是一个污点,足以被以后的客户定义为这家公司能力不行!

顾明发要补偿我?他拿什么补偿?随便给我点钱?想想也真是可笑。

我深深地吸了口气,刚刚我还信誓旦旦地对顾瑶说有什么事我都可以帮她,只要不违背原则。现在事真来了!但把这个锅背了,对于我来说,代价太大了!

顾瑶见我沉默,她也意识到这个要求对我来说是有些过分的,她道歉道:"对不起,是我自私!提出这样不合理的要求,希望你不要怪我,就当我没说吧。叔叔刚刚也想到了你的态度,他说你不会同意的,但他还是要起诉到法院,把这件事拖延下去,目的是希望拖延的时间久一点。如果这段时间我爸那边的事能解决重新回集团,他的压力也就没那么大了,在法庭上你可以否认这些,无论判哪一边败诉,一定要申请二审,把这件事拖延得尽量久一些。"

我突然觉得有点可笑,问道:"很快我就要成为被告站在法庭上了对吗?"

顾瑶再一次回避了我的提问,很委婉地说道:"这只是一起经济纠纷案。"

难道经济纠纷案我就不在乎吗?我仰望天空低声对顾瑶说道:"我想静一静。"

顾瑶愣住了,回过神之后对我说道:"那我先走了……"

她看着我说道:"方旭……对不起,你还会把我当成朋友吗?"

我沉默着没说话,顾瑶等了足足一分钟都没见我有任何回应后,她哽咽着说道:"我知道了!"说完后,再一次转身快步走开,消失在我看不见的人群中。

滇池的风吹乱了我的思绪,我不知道自己刚刚的态度算不算拒绝了顾瑶的要求,如果算,那我这么做是对还是错呢?

或许每个人都有自私的一面,当触及自己利益的那一刻,都会退缩,是不是经历过死亡的人会把这些得与失看得更透彻呢?

我想到了谢楠,那个被困在车里看着自己爱人死在副驾驶位的司机大哥,我决定去医院看看他,找他聊聊,听听一个旁观者对人生得与失的看法。

chapter 70

怀 孕

离开海埂大坝,我打了个车去云大医院找谢楠,因为刚好是晚饭时间,我顺便打包了四菜一汤提着上来。

走进病房的时候,我发现谢楠正挣扎着用拐杖支撑着身体去洗手间。我急忙放下手里提着的食物过去扶他。

谢楠看到是我之后,摆手说道:"兄弟,你让我自己来,我不能一辈子都靠别人搀扶着走路,从床上到洗手间这么短的距离我都到不了的话,和废人还有什么区别?"

我选择尊重谢楠,看着他一点点移动到洗手间,发自心底地佩服他的这种人生态度。我把买来的四菜一汤放在桌子上等着谢楠出来。

谢楠进去差不多五分钟都没动静,倒是谢婷婷来了,她也买了不少吃的,看到我在这坐着,和我打招呼道:"旭哥你来啦,我哥他在洗手间?"

我起身说道:"他刚刚进去,你也是来送饭的?"

"对啊,我刚刚去楼下买饭,你也买了啊,我哥今晚有口福了。"

我和谢婷婷闲聊的时候,谢楠从洗手间出来了,谢婷婷又要过去扶他,被谢楠拒绝了,他坚持自己走到桌边坐下,谢婷婷略带无奈地看着我抱怨道:"我哥的脾气太倔了,每次我要扶他,他都不让。"

我对谢婷婷说道:"这不是固执,他想成为一个自食其力的人,他在努力地面对生活。我刚刚也要扶着他去洗手间,被他拒绝了,他看着虽然走得慢,但最后还是到自己想要去的地方了,我心里挺震撼的。"

谢楠轻叹道:"这有什么啊,我不过是被逼到这一步了。你要是和我一样,也会做出和我一样的选择。这辈子不能好好地照顾身边的人,但也不能成为身边人的负担,你说对吧。"

道理很简单,但能懂的人却真的很少。

桌子上堆着一堆菜肴,完全超出了我们三个人的量,谢楠突然来了兴致,对谢婷婷说道:"你去买几瓶啤酒,我和方旭喝点。"

我急忙拒绝道:"楠哥使不得! 你养伤期间别喝酒。"

"不碍事,你喝! 我就喝一小杯就行,过过嘴瘾。"

谢婷婷翻着白眼说道:"我去买酒给旭哥喝,但你一口都不能喝,过了这个月我就不管你了。"

谢楠无语道:"行行行! 听你的,你去给旭哥买就行了,我就看看,闻闻味道总行了吧。"

谢婷婷把头转向我道:"旭哥你喝什么?"

我对谢婷婷说道:"勇闯天涯就行。"

谢楠道:"对,勇闯天涯,快去买吧。"

谢婷婷和我示意了一下,起身出去买啤酒。

谢楠问我:"方旭,你最近忙什么呢?"

我轻叹道:"我最近遇到了点事,挺烦的。"

谢楠见我这态度,神情也跟着紧张了起来,说:"怎么回事? 哥能帮你点什么吗?"

我把写程序给顾瑶的事简单地说了一遍,特别强调这件事也不能怪顾瑶,只是当前的形势就这样,顾瑶也没更好的办法。

谢楠和谢婷婷安静听完,谢婷婷摇头说道:"我觉得这个要求有些过分。"

我也苦恼地说道:"我很反感这件事,但我又想帮顾瑶一把,我真的不知道要如何取舍了。"

谢楠放下筷子看着我说道:"兄弟,随心吧! 别做让自己遗憾的事就行了。"

简简单单的十几个字,不是华丽的辞藻也不是做人的道理,而是发自谢楠内心最深处的声音。

随心！

对于我来说，现在就是不知道自己心里是怎么想的，我不清楚要不要答应顾瑶。

傍晚，我和谢楠兄妹吃过饭后就匆匆道别了，却意外遇见了杨曼！具体地说，是遇见了杨曼的那辆车。

这个时间了，杨曼还在医院？

我不禁泛起了好奇心，可是当我从便利店出来的时候，杨曼的车已经不见了，前后相差也就五分钟左右。

离开医院，我打车到了幸福广场的写字楼，郭老二已经带着工人离开，装修已经开始动工，今天是最基础的挖墙和刨地，在房间内的另外一侧，堆放着一些水泥和沙子，在这里逛了一圈，我发现自己还是惦记着杨曼，总是情不自禁地想起来她停在医院的车。

心烦意乱！

索性关门离开这里，开着桃子的车在昆明的二环上逛了一圈，车内的音乐开得很大声，开着窗子吹着风，一直逛到八点多才回到住处。

停下车，坐在车里又不想上楼，杨曼的车始终浮现在脑海中，我决定去打听一下这事。

吕胜是云大医院外科医生，他女朋友孙淼是妇产科的，如果杨曼是真的怀孕了，那也应该是去云大医院妇产科检查。

想到这，我联系了吕胜，直接说了自己想要打听的事。

吕胜说他也不清楚，只能让孙淼去医院的系统里面帮我查一下。

我不断地问自己，如果杨曼真的怀孕了，那我要怎么办？我还能做到如此绝情地坚持离婚吗？

我们曾经无数次地幻想想要有个孩子，可是一直都没有！

偶尔看到禾丰带着儿子到公司，杨曼总是要带着他儿子去逛街，然后买很多的衣服、鞋子还有玩具给他，禾丰全当这是我们两家关系不错，殊不知，杨曼这么做是因为她喜欢孩子，她渴望自己也有一个孩子，可以买很多漂亮的衣服和鞋子给宝宝！

二十七八岁的我们，也到了为人父、为人母的年龄，对孩子的渴望与日俱增，奈何上天就是不给我们这份礼物。

差不多晚上九点半，一个陌生的电话号码打了过来，接听后才知道是孙淼，她在电话那边说道："旭哥，我是孙淼，杨曼今天是第一次来做产检。"

"产检？"我当时就有些激动了，"你的意思是，杨曼真的怀孕了？"

"是啊。"孙淼开心地说道，"怀孕七周多了，本来怀孕十二周左右做第一次产检就行了，这才七周就过来，早是早了点，但是并不影响什么，早检查更好。"

我的头"轰"的一下就大了，拿着电话结结巴巴地说道："谢……谢谢你啊……麻烦你帮我多留些下杨曼……如果有什么事随时跟我说……"

"好的。"孙淼客气地说道，"你放心。"

"还有，"我提醒孙淼道，"替我保密，不要告诉杨曼我打听过这件事，一定要保密。"

孙淼沉默了一下，估计是在琢磨我这么做的用意吧，好在她没多问什么。

挂断电话之后，我是彻底不能平静了，杨曼怀孕已成事实，这不需要再怀疑，现在的我迫切地想要知道，这个孩子究竟是不是我的？

离婚之前我从未怀疑过杨曼对我们这个家的忠诚，但是去民政局的那天，我是彻底被杨曼伤到了。

我不知道接下来要怎么做，是继续装不知情？还是主动联系杨曼，想办法确定一下这个孩子的"真实身份"？

我陷入了无尽的纠结中，最后我只能把注意力放在其他的地方，来逃避现实！

之后的几天，我和陆涛都在忙着装修的事，一天午后，刚刚吃过饭，就接了法院工作人员打来的电话，通知我有一个经济纠纷的案件，在开庭之前要做一次调解，希望我不要缺席。

如果调解失败，就要走正规的开庭流程了。

我知道，该来的终究要来……

接到法院调解的电话之后，我整个人都不好了，做事也有些心神不宁，陆涛看出来我有些不对劲，追问我几句，我也没和他说实话，只是让他盯着点装修的事，我想回去休息休息。

离开幸福广场的写字楼，我收到了顾瑶发来的微信：对不起，事情还是走向了这一步，我知道此时的你一定很委屈，我又何尝不是这样呢？但公司内部的局势逼得我和叔叔没办法选择，希望你能理解。

我拿着手机犹豫了很久，直到手机自动锁屏，才把它收进了口袋，感觉有很多话想要对顾瑶说，但又不知道如何说出口。

我整个人都游走在崩溃的边缘，近三十岁的男人，家庭事业全都是一团糟，每当想起自己的近况，我都有一种莫名的压力，压得自己喘不过气来。

回到家，我打开了电脑上的一份录音文件，把它拷贝到了一个U盘里面，这一份录音文件是我从随身携带的录音笔中提取的，里面的内容就是当天我在顾瑶的办公室，向顾明发和顾瑶证明系统被人植入过病毒程序的全部录音。

这里面的音频文件足可以证明顾明发和顾瑶知道整件事的实情，在法院调解过程中，如果我拿出来这一份音频文件，那么整件事都将和我没有任何关系。

我当时为什么要带录音笔？这和我的个人习惯有关，录音笔都是随身携带的。有时候开会来不及记录，就靠录音笔录音转文字了。偶尔也会用录音笔记录一些灵感，那天我看到顾明发的时候，就情不自禁地打开了录音笔。

没想到还真的派上用场了！

次日清晨，我带着U盘去了法院，在调解室内我看到了六七个人坐在对面，其中顾明发、顾瑶、王总、徐凡凯等人都在，如果我没看错的话，这些都是酒店集团的高层领导。

看到我之后，顾瑶的眼里闪过一丝哀求的神色，顾明发表现得极其淡定，似乎他对这件事一点都不知情。

徐凡凯双手抱在胸前，歪头看着我，眼里带着一丝不屑的神情。我又用余光扫过了对面另外几个人，每个人都有不同的表情，各自心里想着什么我就无法猜透了。

法院的调解员先把今天要调解的原因说了一遍，今天我的身份是"被告"，因为我给阳光假日酒店写的程序存在漏洞，造成了酒店的客户资料信息泄露，酒店集团作为原告，要求我对他们的损失进行一个相应的赔偿。

首先就是归还写程序的全部钱，然后再赔偿阳光假日酒店因客户资料泄露而造成的损失，一共要求我赔偿七十万，并且要书面道歉。

当调解员说出这些条件的时候，对面所有人的目光都落在了我的身上，尤其是顾瑶，她的眼神闪烁不定，又带着一丝祈求。

我深深地吸了口气，看着顾瑶问道："这就是你们的意思吗？"

顾瑶想要说什么，又憋了回去，最终用沉默回应了我。

顾明发身为董事长，本不应该出现在这里，毕竟这只是一件小事，但他今天坐在这里，很能说明整个酒店集团的高层是多么重视这件事。

当然，他们重视这件事的原因并不是酒店要获得多少钱的赔偿，而是要在这件事上抓顾明发和顾瑶的把柄。

一个个狼子野心尽显无遗，尤其是徐凡凯，他始终用余光在瞄顾明发的脸，似乎是想要从他的脸上找到些什么。

沉默片刻，对面的一个戴着眼镜的男子开腔说道："方先生您好，我是悦享酒店集团的法务顾问，今天我们坐在这里应法院邀请做一个庭前调解，我们既然来了，说明我们是满怀诚意的，愿意跟您和解。如果您不同意我们提出的赔偿方案，或者是您认为自己是无辜的，那也没关系，我们直接走法律流程,等法院开庭的传票。"

我的目光扫过对面的几个人,最后落在了顾瑶的脸上,她前一秒还在看我,当目光与我的目光对视那一刻,她又本能地闪避了。

我从兜里掏出来那个U盘,拿在手里摆弄着,短暂的犹豫之后,我看着对方问道:"我觉得你们的要求有些过分。"

对方的法务问道:"我们的要求很过分吗?你知不知道你的程序给我们造成了多大的损失?我们只是象征性地让你赔偿了几十万而已,这也叫过分吗?"

我纠正对方法务道:"让我写书面道歉信,你们不觉得这个有些过分吗?在我看来,这更像是对我人格的侮辱。"

徐凡凯突然开口冷笑道:"侮辱人格?自己没本事写安全的程序,就不要写,现在出问题了,让你写道歉信很过分吗?行,既然你不愿意写道歉信,那我们把这一条去掉。"

就在我心里刚刚感到宽慰的时候,徐凡凯又加了一条道:"《春城晚报》给我们上一个登报道歉的消息,你要是再不满意,直接上昆明电视台,出镜道歉!谁把你惯出来的臭毛病?给脸不要!"

本来我没多大的火气,被徐凡凯劈头盖脸的一顿骂,我顿时就要炸了,正要开口恶语相加的时候,法院的调解员训斥徐凡凯道:"这里是法院在调解你们的矛盾,请你注意自己的言辞,要是控制不住自己的情绪,请你出去!"

徐凡凯马上就闭嘴了,没敢造次,我也被法院的人吓到了,到嘴边的恶语都憋了回去,与此同时,我拿着U盘的手有点颤抖,死死地盯着顾瑶,这一刻,顾瑶终于鼓起勇气与我对视了,在她的眼里,我看到了绝望!

顾瑶无助地看着我，面如死灰，而我的心也在这一刻被触动，拿着U盘的手紧紧地攥成了拳头，拳头中的U盘刺得我掌心有点疼，我闭上了眼睛，感受着掌心传来的疼痛感，这一刻我的脑海中回想起谢楠大哥对我说的一个词"随心"。

如果我真的不想帮顾瑶，又何必这么纠结呢？直接把U盘丢出来让现场的人听一听录音不就跟自己没事了吗？她们悦享酒店集团内部怎么闹和我有一毛钱关系吗？我为什么迟迟不肯做决定？

这一刻，我看到了自己内心最真实的想法！

有些事，做了可能后悔一阵子，但是不做，可能后悔一辈子！

我缓缓地睁开眼睛，把头转向了法院的调解员，开口道："我接受他们的要求……"

当我说到这的时候，顾瑶脸上的表情巨变，用一种不敢相信的眼神在看我。

我表现得很沉着，继续对法院的工作人员说道："我承认程序上有漏洞，被人钻了空子，这是我的错，对于给悦享酒店集团带来的损失，我深表歉意。"

法院的调解员见我松口了，他们接下来的工作也轻松了不少，他把头转向顾明发那边问道："对方接受了你们的要求，你们还有什么想要说的吗？"

顾瑶抢着说道："我们没什么要说的了，这件事就这样吧。"

其他人见顾瑶开口之后，也都选择了沉默，只有那个徐凡凯嘟囔道：

"哼！当初不听我的话，现在给公司造成这么大的损失，我真不知道要如何说你。"

顾明发冷声训斥徐凡凯道："行了，就这样吧，这里是法院，不是咱们的会议室，什么该说什么不该说你不知道吗？这点事都不懂，你以后就少出来给集团丢人。"

所有人都看得出来，徐凡凯是在一点点挑战顾明发的底线，殊不知这一次顾明发一点面子都没给他留，徐凡凯也不敢再说什么了，乖乖地闭了嘴。

法院的调解员对我说道："这件事我们就算调解成功了，稍后你们双方相互签个字，赔偿金要送到法院，还有登报道歉的报纸，也要送一份过来，再由法院转交到悦享酒店集团。一周的时间，这些都送过来没问题吧？"

我低头说道："没问题。"

法院的工作人员提醒我道："如果一周没有把赔偿金送到，法院有权强制介入，你个人的信誉也会受到影响，建议你尽快把赔偿金送过来。"

"好的!"我起身说道，"我会尽快送过来，签了字就没其他的事了吧？我可以走了吗？"

法院的工作人员似乎对我的态度有点不满，但是也没说什么，宣布调解结束。

在宣布结束的第一时间我就转身离开了，我真的是一分钟都不想多待，回想刚刚为什么选择帮顾瑶扛下这些？我也说不清楚。

唯一清楚的是，我不后悔这么做。

离开法院，我先去了幸福广场的写字楼看装修的情况，水电泥瓦这些都搞定了，现在正按照我的要求，用木料做格子间办公区的桌子，比买现成的可以节省一大笔钱。

这次见郭老二，他终于忍不住和我说装修超预算了，让我再付给他一些钱。

这也是我预料之中的，我开口问："你看还要多少钱能搞定？"

郭老二似乎早就想好说词等着我了，当我问价钱的时候，他并没马上给我报价，而是指着现场的木板说道："你看啊，我给你买的木料都是实木的,没有用那些便宜的三合板、五合板的。这工装不比家装,你要用的东西,看着上档次才行,对不对? 还有这墙上我都买了最好的乳胶漆,环保无异味,上次你给我的十万块钱我一分都没进账,全都给你买材料了,自己还搭进去三万多。"

陆涛在一边说道:"你上次买材料不是只花了七万多,我师兄给了你十万块钱,你这么说,现在我师兄还欠你三万呢?"

郭老二挠着头说道:"三万肯定不够啊,已经买的材料就十三万了,明天还要去买一些材料,灯具还没买呢,不说赚多少钱吧,你们不能让我赔本对不对?"

我懒得听郭老二在这转弯抹角地坑钱,直接地问道:"你说吧,还要多少钱?"

郭老二用左右两只手的十指交叉在一起,看着我说道:"十万! 再给我十万就够了。"

陆涛骂道:"你还真黑,当初说十万搞定,这瞬间就翻倍了?"

郭老二听陆涛这么说,还觉得委屈,对陆涛说道:"我这不是给自己人用最好的材料嘛,这要是外人,我直接买廉价的东西用着,大家都是自己人,我犯得着坑你们吗?"

我实在听不下去了,掏出手机打开网银对郭老二说道:"我给你的卡账再打过去十万块钱,辛苦你们了。"

郭老二死死地盯着我的手机问道:"你还记得我的卡号?"

"有转账记录我找得到。"

郭老二听到自己的手机有短信提示之后,赶紧拿出来看了一眼,确定钱到账之后立即变得眉开眼笑,对我说道:"你把事情交给我,就一万个放心,我保证给你干得漂漂亮亮的,我……"

我懒得听郭老二在这儿忽悠,现在还有一大堆事等着我呢,法院要我送过去赔偿款,这笔钱我肯定是要找酒店集团去要,更具体的是去找顾明发要。

我不能当冤大头赔了名声又赔钱!

chapter 73

突 如 其 来 的 拥 抱

我正准备走的时候，被陆涛叫住了，他也是随口问一句我要去哪，我就把上午开庭调解的事说了一遍。

陆涛听后犹豫了几秒钟，然后对我说道："师兄，我觉得你这件事做得有点欠妥了。"

我问："怎么呢？哪里不对？"

陆涛愤愤不平地说道："这本来就不是你的错，何必去当这个冤大头呢？七十万的赔偿费用，你保证酒店集团的人会给你？这要是把你坑了，你岂不是哭都找不到调调了？"

我深深地吸了口气，低着头对陆涛说道："其实我也想过这个问题，我也知道自己没必要这么做。于公而言，酒店集团内部的事跟我没任何关系。于私……"说到这，我陷入了短暂的沉思，沉思之后对陆涛说道，"于私我不后悔这么做！在公司破产倒闭、无家可归、走投无路的时候，是顾瑶给了我一单生意。"

陆涛安静地听着，并没有发表自己的建议。

"这生意对于她来说，也是顶着公司内部很大的压力来帮我，当初很多人反对，甚至有人质疑我的能力，毕竟我是一个把公司都开散伙的人，也怪不得人家质疑。但是在这种状况下，顾瑶还是无条件地相信了我，给了我一个机会。做人要懂得感恩，现在顾瑶需要我，我可以选择坐视不理，但良心会痛！试问这辈子谁没有需要朋友帮忙的时候呢？你说对不？"

陆涛深深地吸了口气，低声说道："这事对不对我也没法说，反正你别后悔就行。"

我拍了拍陆涛的肩膀说道:"走了,我要去酒店拿钱了。"

陆涛摇头说道:"我怀疑这笔钱你根本拿不到。"

我没有和陆涛在这件事上争辩,能不能拿得到现在都不好说,去了才知道。

在去阳光假日酒店的路上,我反复琢磨陆涛说的话,仍旧不后悔自己的选择。如果顾瑶在需要我的时候我选择逃避,那以后我还有脸见顾瑶吗?

退一步讲,彼此再次见面,会不会因为在对方需要帮助的时候选择逃避而惭愧呢?

男人,这辈子少做让自己后悔的事就行了,哪有那么多的对与错?对与错谁又能说得清呢?

来到阳光假日酒店,我直接去了顾瑶的办公室,到门口才发现她的办公室门是锁着的。

我又给顾瑶打了个电话,告诉她我在她办公室门口,顾瑶在电话里让我等一下,说完便匆匆地挂断了电话。

几分钟之后,顾瑶的女助理来帮我打开了她办公室的门,让我先进去休息一下,顾瑶正在开会,很快就过来。

我再一次坐在了顾瑶的办公室里面。

大概等了半个小时,顾瑶终于回来了,她进门刚刚跟我打过招呼,顾明发随后就来了。顾明发上前来跟我握手,激动地道谢说:"方总,我真的很想说几声谢谢,但是只说谢谢又不能表达我此时此刻的感激。"

我客气地说道:"顾董事长太客气了,朋友之间相互帮忙是应该的。"

顾明发由衷地说道:"但是这一次你的损失太大了,钱多钱少的暂且不谈,你把自己的名声搭进去了,这么做值吗?"

我把头转向顾瑶,她的脸上带着淡淡的喜悦,还有点羞涩,我转回头对顾明发说道:"哪有什么值不值?只有愿意不愿意罢了。"

"好!"顾明发激动地说道,"方总做人真是大气,我大哥要是知道瑶瑶有个像你这样的朋友,肯定很激动。"

一边的顾瑶听了这话,脸上泛起红晕,对顾明发说道:"叔叔你别羡慕我,对兰兰好的朋友也不少啊。"

顾明发捂着脑门说道:"说起你妹妹我就头疼,她要是有你一半强就好了,算了算了!不说她了,成天不让人省心的孩子!"

顾瑶吐了吐舌头,没有再继续聊这个话题。我从中听出来一点,顾明发的女儿应该叫顾兰,是顾瑶的堂妹吧!

顾明发引我到一边的沙发上坐下来,对顾瑶说道:"让晓嫒去我办公室把我的龙井拿过来,咱们边喝边聊。"

顾瑶是亲自去通知助理拿茶叶的,然后她坐在我身边,对顾明发说道:"叔叔,法院那边的钱……"

顾明发对我说道:"你把你的银行卡号告诉我,我现在就用手机转账给你。"

顾瑶向我解释道:"这笔钱没办法走公司的账,只能走私人账户了,由我叔叔转给你。"

我点头说道:"这个没问题。"

我把银行卡号告诉了顾明发,他倒是痛快,分分钟就转过来七十万给我,然后对我说道:"这次真的是太感谢你了,至于那个登报道歉的事也算了,我会和董事会的人说清楚的。"

这倒是让我有点意外了,我看着顾明发问道:"不用去登报道歉了?"

顾明发摆手说道:"算了!徐凡凯有什么资格代表酒店集团说话?现在公司内部比较复杂,三言两语也说不清楚,总之这次你帮了我们一个大忙,这个人情我顾明发记在心里了,以后你有用得着我的地方,尽管开口……"

我和顾明发又聊了几句,他客气地说了些感谢的话,临近中午的时候,说自己还有个饭局,就没有叫着我一起吃饭,约我改天小聚,给他个做东的机会。

我和顾瑶起身把顾明发送到了办公室门口,顾明发走后顾瑶转身抱住了我,抱得很紧很紧。

我的手僵在半空,不知道是否应该把顾瑶搂在怀里,总觉得这个拥抱似乎有点超越了友谊?

　　过了好半天,顾瑶抬起头看我的时候,两只眼睛都是红的,我笨拙地用手帮她去擦眼泪,低头看着她问道:"好好的怎么突然就哭了呢?"

　　顾瑶再一次抱紧我,在我怀里轻声说道:"你总是能给我莫名的感动,让我情不自禁地信任你,我不知道怎么形容,或许这就是一种安全感吧。"

　　我轻抚顾瑶的背,安慰她道:"快别哭了,被别人看到会觉得我欺负你了。"

　　顾瑶在我怀里摇头说道:"我知道你没欺负我就行了,我不在乎别人怎么看!你知道吗?这次的危机太大了,集团董事会的人早就对我父亲和叔叔不满意了,他们认为父亲和叔叔两个人占了百分之四十九的股份,是对其他人的威胁,整个酒店集团是顾家的一言堂。如果不是你帮我叔叔扛下了这个黑锅,这就成了别人攻击他的把柄,他董事长的位置就不保了。"

　　我尝试着分析道:"这件事看似由我来背黑锅,但实际上受到牵连的人是你啊,你想想,是你把我找过来写程序,现在程序出问题了,这不等于是你的失误吗?你在公司的声望会不会因此受到影响?"

　　顾瑶很理智地说道:"这就是弃车保帅吧!毕竟我在悦享酒店集团里面只是一个无足轻重的部门总监,在董事会也没什么发言权,叔叔就不同了,他现在是代表整个顾家的利益,董事长的位置不能丢。"

　　我感叹道:"其实我替你不值,你有没有想过,我只是一个外人,酒店集团董事会的人不能把我怎么样,反倒是你,成了最终的受害者。"

　　顾瑶轻叹道:"现在也是没办法的事了,只能这样。"

　　"你们公司有内鬼,趁早找出来吧!"

顾瑶身心疲惫地说道："先不说这些了,我带你去吃东西吧。我们酒店的西餐还是不错的,刷我的卡,我请客。"

我和顾瑶一起吃了顿午餐,她把自己爱吃的鹅肝用叉子送到了我的盘子里,告诉我这个大厨做的鹅肝特别好吃。

我仿佛回到了很多年前,我和杨曼在一起吃饭的时候,她也会把自己爱吃的东西分享给我,逼着我吃下去然后说好吃。

想到杨曼,我不经意间又想到了她肚里的孩子,我始终是一个胆小鬼,不敢去探究这个孩子究竟是不是我的。

我也无数次地问自己,如果是我的孩子,我会跟杨曼复婚吗?这个答案太难了! 选择复婚我会想到当初她骗我的自私嘴脸。继续保持离婚状态,我又觉得自己愧对了她肚子里的孩子。

顾瑶见我傻傻地愣在那儿半天都没吃东西,就在我面前晃动着手,我猛然回过神尴尬地笑了笑。

顾瑶好奇地问道："怎么了? 怎么突然发呆呢?"

我撒谎道："不好意思,刚刚突然想起来个代码,不小心走神了。"

顾瑶也没在意,又跟我聊起来了桃子现在的生活,在闲聊中把这顿饭吃完了。

我下午先去了一趟法院,把罚金交了上去,从法院出来后又给孙淼打了个电话,旁敲侧击地问她杨曼那天的检查结果。

孙淼大概知道我和杨曼是怎么回事,她在电话里告诉我杨曼第一次产检一切都好,让我不要太担心。

我这哪里是担心啊? 我这是纠结!

于是整个下午我都在心神不宁中度过,傍晚回到住的地方,躺在床上不知不觉地睡着了,睡梦中我陪着杨曼一起去医院做产检,我们的感情很好,全家都很开心,杨曼跟我说她要给宝宝写日记,一直写到出生。

这个太过逼真的梦让我有些不知所措,醒来的时候发现枕头都湿了,于是我坐在了电脑前,幻想着我和杨曼生活的点点滴滴,幻想着关于宝宝的一切,在键盘上敲击了第一篇宝宝日记。

宝宝日记(一):七周啦,七周的宝宝有多大呢?我打开了百度搜索,告诉我七周的宝宝和桑葚一样大,可是桑葚多大我也不知道,真的希望他(她)快快长大!我是不是应该给他/她取一个名字了?

简简单单的文字,写完之后自己看着竟然情不自禁地微笑起来,仿佛脑海中有一个小天使在冲我笑。

晚上八点半,我给自己做了个炒饭,单身汉的生活就是如此简单。吃饭的时候桃子给我打电话,莫名其妙地问道:"你和顾瑶好上了?"

"嗯?"这句话把我问懵了,"什么意思?"

"你还和我装?你俩确定恋爱关系了?"

"没有!"我很果断地否认,"我和顾瑶就是朋友关系而已,谁跟你说我俩好上的?"

桃子明显怀疑,对我说道:"今晚顾瑶和我视频聊了两个多小时,话题就没离开过你。刚刚她说想送你礼物,问我送点什么好,你说你俩好端端的朋友关系,她干吗要想着送你礼物?"

我不假思索地说道:"因为我送过她耳环。"

"你送的耳环连个牌子都没有。你知道顾瑶想送给你什么吗?她问我送你皮带你会不会喜欢!瞧瞧!你瞧瞧!这都要送皮带了,关系正常吗?"

我厚颜无耻地说道:"有什么不正常的?"

我哀求道："你别逗我玩了好不好？在我的女神面前给我留点形象行吗？"

桃子听后哈哈大笑道："原来你还真的挺在乎自己在顾瑶面前的形象啊，这说明什么？这说明你对顾瑶有好感。既然有好感就不要憋着，反正你现在是单身汉，没啥心理负担和舆论负担。"

我深深地吸了口气对桃子说道："你放过我吧，我现在没心思琢磨这些事，我跟你说，杨曼是真的怀孕了。"

桃子似乎早就猜到了，并没有表现得十分惊讶，说："杨曼怀孕了你是怎么想的？为这个孩子复婚过日子？"

我十分坦诚地说道："讲真，我过不去心里那道坎儿。每次想到离婚那天的经过，我都没办法原谅杨曼，这真的是一个男人对于爱情、婚姻、家庭的底线！我这么说你能理解吧？"

"我能理解你的感受，同时我也能理解杨曼，我觉得她跟你离婚的时候的确是铁了心的要跟你分开，但无意间发现自己怀孕了，这么多年你们都没有孩子，这宝宝对于她来说肯定是意义非凡，她会看得比自己生命都重要，她也不会希望孩子一出生就没有亲生父亲，所以她后悔跟你离婚，想要复婚继续过日子。"说到这，桃子又补充了一句，"我是这么猜测的啊，你听听就算了，别影响你的选择。"

我不想跟桃子继续聊这个话题了，太过沉重，现在的我似乎一直在本能地选择逃避，我转移话题道："别光说我，你最近怎么样？上一部网络大电影不是说很快就能拍完了吗？"

"基本上算完事了，就剩后期剪辑了。我最近也没闲着，每天冒充北影毕业的大学生去各个剧组闲逛，能当群演就当群演，不能当群演就当增长见识了，每天晚上闲着的时候还是会在论坛发一发帖子什么的。"

"你的生活倒也充实啊。"

"那你要不要来北京看看我？"

"等我有空的时候一定去。"

这个夜晚，因为有桃子的电话，时间都过得飞快，每一次和桃子闲聊完我都会想一想，为什么时间过得那么快？可是当我努力回想就在刚刚才挂的电话中聊了什么，却只能想起这个片段，仅此而已。

或许这就是真正可以倾诉闲聊的朋友吧，不多！只有桃子一个！

时间向后推移了两天，幸福广场写字楼装修也进入了尾声，郭老二也没有再找我要过钱。

这天中午我和陆涛一起吃饭，他还在嘀咕着自己是不是看错人了？他总觉得郭少阳的这个二叔看起来不是那么厚道的人。但是陆涛观察他这么多天，也没发现他做什么太过分的事！

购买的装修材料虽然没有他报价那么高，但也没有给我们用最差的产品。

要说装修做工上，细节处理还算说得过去！毕竟我们出的价钱在这。

吃过午饭我们俩一起回写字楼，进门就看到了郭少阳和顾瑶在这里，两个人似乎是一起来的，这让我有点懵，我问道："你们……怎么一起来的？"

郭少阳说道："我中午约顾瑶一起吃的饭，吃过饭我们又一起过来到你这看看，怎么样？我二叔的手艺不错吧？整个公司给你装修得如此板正，你是不是得好好谢谢我啊？"

"行！你说吧，要我怎么谢你？"

郭少阳突然大笑道："看你这样，搞得好像我要勒索你一样，都自家人这么认真干什么？"

陆涛讨厌郭少阳，一起开公司的时候，陆涛就不怎么跟郭少阳交流。在陆涛眼里，郭少阳是计算机专业毕业的，却连个代码都看不懂，成天就知道吹牛。

230

郭少阳也知道陆涛不喜欢他,平时也尽量避免跟陆涛有什么交流,彼此属于表面过得去就行的那种关系。

此时陆涛见郭少阳在顾瑶面前故意拿话点我,就不高兴了,在一边说道:"二十万的装修费用,换作任何一个装修公司都能出这效果了。"

郭少阳被陆涛一句话怼得不吭气了。

顾瑶也察觉到气氛有点不对劲,她来到我身边,看着陆涛问道:"你还没给我介绍呢,这位是?"

陆涛向顾瑶主动伸出手说道:"嫂子你好,我们见过面的,那天人多你可能没注意到我。方旭是我师兄,我叫陆涛,是他的师弟。"

顾瑶伸出手歉意地说道:"我想起来了,我们的确见过,实在不好意思。"

郭少阳对顾瑶说道:"有什么不好意思的? 他这人就是没存在感,你没留意到他这也不是你的错啊。"

陆涛正要冷言反驳,被我一个眼神制止了,我对顾瑶说道:"这里装修灰尘大,我们出去找个地方坐一坐吧。"

顾瑶很赞成我的提议,对我说道:"我刚刚看到楼下有一家咖啡店,我们过去坐坐吧。"

我随口问道:"酒店现在怎么样? 那套程序还在用?"

说起程序,郭少阳插嘴道:"你还好意思说你写的程序? 给人家阳光假日酒店带来了多少麻烦? 客户资料都泄露了吧? 没那金刚钻你就别揽那瓷器活儿。"

我和顾瑶异口同声地问道:"你怎么知道这件事的?"

顿时,整个房间内的气氛变得无比紧张与尴尬!

顾瑶和我既然能同时提出这样的疑问,就证明这件事不是我们俩跟他说的! 而郭少阳面对我们俩的提问明显有些慌乱,眼神变得飘忽不定。

陆涛脸上已经出现了愤怒的表情,如果郭少阳不给一个合理的解释,凭借我对陆涛的了解,他的拳头肯定会招呼在郭少阳的脸上! 那时候可就真的不好收场了。

郭少阳紧张之后装出一副很淡定的样子说道:"这个圈子就这么大,有什么事能藏得住?你知道负责阳光假日酒店网络安全的人是谁吗?"

我把头转向了顾瑶,我以为她会知道,但是顾瑶却摇头,对我说道:"我回国没多久,公司内部不是很熟悉。"

郭少阳得意地说道:"丁文杰!你没想到吧?"

"丁文杰?"陆涛摇头道,"不可能,丁文杰不可能做这样的事!我敢拿人品担保,这事绝对不可能是丁文杰干的。"否定之后,陆涛迷茫地看着我,明显是不相信郭少阳的话。因为我和陆涛都清楚丁文杰是个什么样的人。

就像郭少阳说的那样,这个圈子并不大,那些真正有实力的人都是这个圈子里面的大腕。

郭少阳不明白陆涛想要表达的是什么意思,对我说道:"走啦,喝咖啡。"

"不去了!"我一边掏手机一边对郭少阳说道,"我去找丁文杰聊聊。"

顾瑶紧跟着说道:"我也跟你一起去。"

郭少阳急了,说:"你们可别说这事是我告诉你的,我看在咱是哥们的份上才说的,你可别坑我啊……"

我压根就没理郭少阳,带着顾瑶走进了电梯间,刚好有一部电梯下来,进去之后关上了门,也没有等后面的郭少阳。

如果说顾明发找的那个检验程序的人是丁文杰,那么在源代码中加入病毒代码对于丁文杰来说太简单不过了,但我有点不相信这件事是丁文杰干的。

顾瑶在我身边小声问道:"这个丁文杰是什么人？很厉害吗?"

"嗯!"我应声道,"很厉害的一个人。他和我算是师出同门,同一所学校同一届毕业,为人很低调,当初创业的时候我找过丁文杰一起入伙,被他拒绝了,后来听说他自己开了一间网络工作室,这几年都是一个人在做事。"

顾瑶问道:"我要不要给叔叔打个电话问一问,他找的这个程序员是不是叫丁文杰?"

我想了想说道:"等一等吧,我知道丁文杰在哪,先见了丁文杰再说。"

半个小时之后,我带着顾瑶来到了丁文杰的工作室,写字楼的玻璃门锁着,但是隐约能听到里面传来清脆的键盘声。

程序员大多数都喜欢用红轴或者黑轴机械键盘,敲击起来更有感觉,这可能是一种通病。

我按了门铃,等待着回应。

门上的摄像头突然闪了一下,然后摄像头下方的麦克风传来丁文杰的声音:"进来吧,门没锁。"

身边的顾瑶看了看我,眼里闪过一丝胆怯,在她看来,我们俩似乎是在跟一个科技疯子交流?

我主动牵起顾瑶的手,推开了工作室的门。这是一个百十平方米大的房间,我们进门的时候,丁文杰已经从办公桌起身了。差不多两年没见,感觉他苍老了很多,鼻梁上的眼镜片似乎比以前更厚了。

见面之后,丁文杰招呼我和顾瑶说道:"随便坐,我知道你们来找我是为了什么事,应该是郭少阳跟你说的吧? 我的确是在负责酒店集团网络安全这一块。"

我尽量让自己保持冷静,看着丁文杰问道:"那串代码真的是你写进去的?"

丁文杰没承认,但是也没否认,此时我有些看不懂他的表情,他说道:"方旭,有些事我现在不方便跟你说,我也不知道怎么跟你说。干咱们这一行,隐私性都是特别强的,这件事对于你来说也没什么损失,你该赚的钱还是赚到手了,赔偿的钱也不是你出的,就连让你登报道歉的事都没有了。你

233

也就别计较了,这件事就这么过去了。"

顾瑶开口道:"怎么能说过去就过去呢?你知道这次资料泄露给我们公司造成多大的损失吗?"说到这,顾瑶突然想起来什么,继续说道,"忘记介绍了,我叫顾瑶,我父亲是顾明顺,我现在担任阳光假日酒店客户运营总监,我有权利知道这件事的全部过程。"

丁文杰看了一眼顾瑶,对她说道:"其实你不用介绍我也知道你是谁,另外我对你的身份也不感冒,即便是你拿出一个总监的身份来压我,我也不会向你透露什么的。你倒不如说自己是方旭的朋友,我还愿意多说几句。"

顾瑶没明白丁文杰的这句话是什么意思,眼里闪过疑问。

丁文杰解释道:"我是拿酒店集团的钱来做维护网络安全的事,但你只是一个部门总监,我没有必要跟你说集团内部的网络机密。如果你说自己是方旭的朋友,来找我打听些你们公司内部的事,我倒是愿意提醒你一句:针对你的人挺多的,要多加小心。"

顾瑶的脸上闪过一丝迷茫,随后失落地说道:"我知道公司内部争权夺利的现象挺严重的,我也没有什么更好的办法去解决,我只希望自己努力去做事,赢得股东们的信任与认可……"

在顾瑶说这些的时候,我的思绪一秒都没闲着,我在换位思考,如果我是丁文杰,我向顾瑶说这么一句"针对你的人挺多的,要多加小心"是想表达什么意思?难道仅仅是提醒顾瑶她身边的人都在争权夺利?

片刻之后,我终于想明白了!起身对丁文杰说道:"哥们谢啦!这次算我欠你个人情,以后有用得着的地方别客气,今天我就不打扰了,改天我做东。"

丁文杰也起身,和我握手提醒道:"切记,源代码可是咱们程序员的命根子,可不能随意拿给别人啊。你说网络这么大,去哪赚不来几十万呢?没必要把自己丢进一个旋涡里面,卷进去可是有危险的。"

chapter 77

吃 了 哑 巴 亏

　　我听出来丁文杰这几句话是一种善意的提醒,我也对他再次表示感谢。

　　丁文杰把我和顾瑶送到门口,看着我们走进电梯间后,他才回去继续工作。在电梯内,顾瑶疑惑地问道:"那串代码是不是他放进去的?他说这些话是什么意思?为什么我没听懂?"

　　我选择了隐瞒,随便找个看似合理的解释说道:"我们这一行对客户的信息保护比较严格,很多事都是要保密的,泄露信息也属于犯法的一种。丁文杰不想说那串代码是不是他植入进去的,我们问也白问。但刚刚有一件事他表述得很清楚,他是知道这件事的,说起来这件事最后还是怪我,源代码啊!"

　　顾瑶听得似懂非懂,很不开心地说道:"我现在就打电话给叔叔,我要问清楚,他找的检验程序的那个人是不是丁文杰?"

　　我想阻拦顾瑶打电话,但想想还是算了,她既然想问迟早会问的。

　　在电话里面,顾明发承认酒店集团和文杰网络工作室是合作的关系,丁文杰主要帮酒店集团在网络上做一些推广,也兼顾酒店内部设备的调试,比如监控设备的定期维护、机房的定期维护等等。但顾明发否认了他找丁文杰检验程序的事。

　　顾瑶继续追问是谁找的程序员,顾明发才说出了实情。原来酒店集团负责网络安全的人是徐志成,也就是徐凡凯的父亲。当初顾明发想到这套程序的重要性,不能出任何差错,就私下在网上找了一个程序员来检验。当时顾明发是这么想的,既然徐志成和丁文杰走得很近,他就故意避开丁文杰,也是在提防徐志成在程序上做手脚。结果不承想网上找来的程序员也不靠谱！

顾明发吃了一个哑巴亏，又不敢跟别人说，所以这件事一直闷在心里了，要不是我们找到了丁文杰之后顾瑶给他打电话，他是不打算说出来的。

结束通话之后，顾瑶的神色有些郁闷，她挽着我的胳膊把头靠在我的肩膀处，很无助地说道："我真不知道该怎么说叔叔了，他宁愿相信一个网上找来的程序员也不愿意相信你，真是烦死了。"

我苦笑着说道："对于别人来说，我是一个把公司开到倒闭的老板、一个不合格的程序员，我又凭什么要求别人相信我呢？在我认识的这些人中，在我人生最低谷的时候，也只有你是无条件相信我的，还愿意给予我帮助。"

"那是因为你给了我足够的安全感，我愿意相信你。"

"现在我们去干什么？"

顾瑶失落地说道："我很想跟你去喝杯咖啡聊聊天，但是我得回公司，今天郭少阳突然给我打电话，跟我说他就在我酒店附近，约我一起吃个午饭，我不想去的，他就一直不挂电话，我没办法只能放下手头的工作跟他吃了个午饭。吃午饭的时候他又跟我说你在装修新的公司，勾起我的好奇心，吃了饭我就跟他一起去幸福广场了。"

我旁敲侧击地问道："你觉得郭少阳这个人怎么样？"

顾瑶不屑地说道："你别以为我不知道他想干什么！在我身边这样的男人太多了，每一个人都表现得很绅士、大方，这全都是假象！"

我笑着问道："那你的意思是，男人在追求心仪女性的时候，表现出来的那一面都是一种伪装？不够真实？"

"对！"顾瑶继续说道，"女人也一样，遇见心仪的男人时，总是要梳妆打扮，穿最得体的衣服，化最精致的妆，在对方面前说话小声、吃东西很慢。在这阶段，男人也别想看清楚女人真实的样子。"

我彻底被顾瑶的理论所折服，仔细想想好像还真是这么回事。

我把顾瑶送到假日酒店，又去了一趟新螺蛳湾的电脑城，在这里配了几台电脑，和老板讨价还价之后还是花了大几万块钱。

这些日子杨曼没有再主动联系我，也没有再跟我提孩子的事，她似乎是对我绝望了。

而我也落个清闲，至少不用时刻去纠结这些。

晚上八点，我准备洗澡的时候，陆涛的电话打了过来。

我围着浴巾拿起手机问道："怎么了？约我撸串？"

陆涛在电话那边烦闷地说道："哪还有心思撸串啊？郭老二手指断了，现在正在医院呢。你有事吗？能过来一趟吗？"

"怎么回事？"我追问道，"下午不是还好好的吗？怎么突然就手指断了？断了几个？怎么断的？"

陆涛道："我现在也不清楚，一个工人打电话给我说的，郭老二现在在星耀医院等着手术呢。我正准备过去，这几天装修不是做桌子嘛，我怀疑是不是切割木料的时候不小心把手指切断了？"

我拿着电话对陆涛说道："我马上过去，咱们在医院碰头。"

陆涛问道："要不要带点钱过去？"

"不用，我这边还有钱，咱们见面再说吧。"

挂断电话我换了一身衣服准备出门，在去星耀医院的路上我还在盘算自己卡上的钱，当时禾丰给我的那张卡上有三十万，顾瑶这边写程序的钱也有小四十万，最近大头是拿出去二十万装修，乱七八糟的开销有个几万块钱。

初步算一下，我现在至少还有四十万出头的钱可以随时调用，如果郭老二是因工伤到了自己，要做手术应该也够了。

真是祸不单行啊！也不知道自己今年是不是犯太岁，虽然没什么科学根据，但我被现实欺负怕了，只求各路神仙能帮帮我！

chapter 78

这 事 有 蹊 跷

　　开车来到星耀医院,陆涛已经比我先一步到了,他代我签了字,让医院先帮郭老二做接手指的手术,能保多少就算多少吧……不管怎么说他都是给我干活伤到手的,我肯定是有一定的责任,先不去计较责任的多少,救人总没错。

　　郭少阳也在这里,双手掐着腰脸色十分难看,见到我之后的第一句话就是:"方旭,你看咋整吧! 我二叔的四根手指全都切断了,现在在手术室里面做手术呢。"

　　我很不喜欢郭少阳的态度,但也没表现出来,尽量安抚他道:"发生这样的事,大家都不愿意,当务之急是把手指接上。"

　　"钱呢?"郭少阳直截了当地说道,"你知道接一根手指是多少钱? 差不多两万块,四根手指就是八万块的手术费,这还不算后期的营养费等等,你说我二叔给你干点活儿还搭进去一只手。他上有老下有小的,全家都指望着他挣钱呢,你说说这可怎么办?"

　　陆涛在一边看不下去了,低声道:"当初我师兄也说不用你二叔,是你硬安排进来的,这事能怪我师兄?"

　　郭少阳指着陆涛骂道:"你给我闭嘴,信不信我抽你?"

　　另外几个一起干活的工人肯定不喜欢陆涛的话,见郭少阳和陆涛争吵起来,全都凑了过来,一个个都摆出准备动手打陆涛的架势。

　　我挡在陆涛前面对郭少阳说道:"你急什么? 我说不负责了吗? 陆涛不是已经垫付手术费了吗?"

郭少阳瞪了陆涛一眼没再吭气，那几个一起干活的工人也都退了回去，但一个个看陆涛的眼神十分不友好。

　　我看着那几个工人问道："怎么回事？二叔的手指怎么断的？"

　　第一个工人回答道："在切割木板的时候被锯断了。"

　　我又问道："当时都有谁在场？谁看清楚了是怎么回事？"

　　另外一个工人快速说道："我们全都在现场，眼睁睁地看着二哥的手指被锯断。"

　　我总觉得哪里有点不对劲，问道："你亲眼看到的？"

　　"那可不？疼得二哥叫声震天响。"

　　第三个工人说道："我们三个都在现场，都能作证，这还有假？"

　　最后这句话让我更加地不舒服，这个工人为什么要用"作证"两个字？正常的人会想到"作证"？这个词用在这里似乎不妥？

　　正巧一个护士从手术室里面出来，我急忙上前拦住了护士问道："您好，里面的那个人是我二叔，我想问一下他现在的情况怎么样？"

　　护士开口道："四根手指齐刷刷地都断了，我们的医生正在做手术争取接上。"

　　齐刷刷！

　　我追问道："四根手指断得很整齐？"

　　护士不耐烦地说道："有片子，你要看片子我拿给你。"

　　"好，麻烦您了。"

　　很快，护士把断指的片子拿出来给我看，的确是四根手指齐刷刷的断了。

　　我把片子拍了个照片保存在手机里面，脑海中努力回忆切割木料的那个电锯，正常人使用应该是用手压着木板一点点推向电锯的，即便是伤到手，也不应该是四根手指都断了啊。

　　难道是他的手掌直接按在了电锯上？

　　这种可能性几乎为零。

　　于是我留了个心眼，把拍的片子发给了吕胜，他就是外科医生，我想请他帮我做个鉴定，图片发过去之后我又给吕胜发了一段文字：哥们帮忙看一下，是什么样的力能让这四根手指断得这么整齐？帮忙分析一下，这个人是木工，给我装修写字楼的，他说是电锯伤到了手，现在正在星耀医院做接手指的手术。

信息发送出去之后，半天都没得到吕胜的回应。

郭少阳有些不耐烦了，对我说道："片子你也看了，这事你打算怎么办？大家都是自己人，没必要闹到法庭上吧？"

我看着他说道："你的意思是我应该赔偿给你二叔一笔钱对吧？那你说个数好了。"

郭少阳道："你这是什么语气？好像我在勒索一样，你至于吗？咱们就事论事，我二叔给你干活伤到了手，你是不是应该赔偿？"

我没有回答郭少阳带有挑衅的提问，正巧这时吕胜给我回消息了，我低头看了一眼手机屏幕，然后走向走廊尽头，那里有楼梯。

陆涛也跟着我走了过来，完全没理会郭少阳。

我确定郭少阳没跟来之后，小声对陆涛说道："我怀疑郭少阳耍我！这件事没那么简单。"

陆涛左右看了看之后问道："师兄咋说？这事不对？"

我把手机屏幕对准陆涛，让他看上面的信息，这条信息就是刚刚吕胜给我发过来的，上面有很长的一段文字：旭哥，我看了你这个片子，如果我没猜错的话，这四根手指应该是被刀或者斧头一下砍断的，所以断口才会这么整齐，当然，也不排除电锯切掉的，但这种可能性太小了，一个木工怎么能让电锯伤到自己？按照常理分析，当他的第一根手指被伤到之后，人会本能地收回手，即便是真的伤到四根手指，也不可能出现这么整齐的断口。

陆涛看后惊讶地问道："这……真的会是这样？"

我深深地吸了口气，对陆涛低声说道："这事不好说，但我绝对不能吃哑巴亏。咱们现在分头行动，我在医院守着，你现在马上去写字楼看一眼，记得拍照和录像，如果有必要，报警！"

陆涛点头道："我现在就去，你在这边小心点，有什么事随时打电话。"

陆涛走后，我回到手术室门口，看到郭少阳在打电话，我经过他身边的时候,他正对电话那边的人说道:"就在星耀医院,我二叔也是倒霉了,给方旭干点活还把自己的手给搭进去了,我刚刚让方旭出医药费,他还不愿意搭理,你说说有这样办事的人吗? 还是兄弟呢,我算是看走眼了。我都没法说他了! 等着吧,一会儿看手术之后医院怎么说。"

至此,我已经确定郭少阳是给我们共同的朋友打电话说这个事呢,至于是谁我就不知道了,他这是想干吗? 利用共同好友给我施加压力?

chapter 79

目 的

　　没几分钟,禾丰的电话就打了过来,问我是怎么回事。我告诉禾丰郭老二手受伤了,现在正在医院做手术呢。当然,我在电话里面没有说怀疑受伤这件事有蹊跷,目前我也没掌握太多证据,说多了反而不好。

　　挂断电话前禾丰说他马上过来,看看能不能帮个忙。

　　病房门口,郭少阳在打电话,我在接电话,他先打电话给一个朋友说了我一顿,然后这个朋友马上就会把电话打到我这里来。

　　在我接第三个电话的时候,顾瑶来了!看到顾瑶,我挺意外的,不过很快我就想明白了,郭少阳跟我玩猫腻呢!他想要在顾瑶面前诋毁我的形象!

　　顾瑶见到了我,走上前问道:"怎么回事?谁的手指断了?"

　　郭少阳见顾瑶来了都不打电话了,上前说道:"顾瑶,你来啦,受伤的是我二叔,他在帮方旭装修写字楼的时候,四根手指被电锯切断了,正做手术呢。"

　　顾瑶捂着嘴巴惊恐地说道:"怎么那么不小心啊,想想都觉得疼。"

　　郭少阳冷冷地说道:"疼都是次要的,我二叔是他们家里唯一的劳动力,现在这成了个半残,以后养家都成问题。我刚刚还在跟方旭聊这件事,希望他能适当地给一些补偿,多少是个意思,结果你猜方旭怎么着?我都不想多说了,太没意思!"

　　顾瑶安慰郭少阳道:"医药费和后期的赔偿你不要担心,就算方旭现在拿不出那么多钱,我帮他出!"

　　郭少阳看着顾瑶道:"你帮他出算是咋回事啊?我二叔怎么能要你的钱?"

　　我也开口阻止顾瑶,对她说道:"医药费陆涛已经垫付了,先不说赔偿什么的,先把手指接起来是最主要的,其他的都可以慢慢谈。"

郭少阳低声道:"断手指的可不是你二叔,你倒沉得住气。"

顾瑶以为郭少阳是真的替他二叔着急呢,再次安抚郭少阳道:"你放心,需要赔偿的话,钱一分都不会少。"

电梯口,禾丰和妻子刘洁一起走了出来,他先是上前跟我们打了个招呼,然后问怎么回事,郭少阳又开始装委屈,一口咬定郭老二是给我干活的时候切断了手指,言外之意就是要我赔偿。

禾丰这人特别实在,他也向郭少阳表了态,意思是我没钱他也会拿出三十万给郭老二看病。

聊完这些,禾丰再次看到了顾瑶,他似乎对顾瑶充满了敌意,顾瑶和他打招呼,他都是爱答不理的,弄得气氛十分尴尬。

顾瑶自己找借口说去洗手间,先离开了。

刘洁把我叫到一边,对我说道:"当嫂子的和你说几句话,你一定要听到心里去,我不知道你跟曼曼之前发生了什么,但她是真的怀孕了,而且是你的孩子,这些年你们不是一直想要个孩子嘛,现在孩子有了,你还真打算不过了?"

我被刘洁说得心烦意乱,但又不好表现出来,只能硬着头皮说道:"我不知道怎么办。"

刘洁继续劝我道:"我和你丰哥都希望你们能复婚,把孩子生下来,好好过日子。刚刚的那个女孩的确漂亮,也很有气质,那明显是富贵人家的小姐,跟咱这普通老百姓身份不一样,你们才认识几天啊?别被美色冲昏了头脑,再过二十年全都是小老太太。"

我低声道:"嫂子,我知道了,谢谢你和我说这些。我是应该和杨曼聊一聊了。"

刘洁很欣慰地说道:"这就对了嘛,夫妻俩哪能动不动就闹离婚呢?这么多年的感情容易吗?早点想通早点好好过日子。"

刘洁的话给了我很深的触动,我不是没想过跟杨曼好好聊聊,但我真的过不去心里面的那道坎儿,试问哪个男人能承受从民政局出来那一瞬间的变故？简直就是晴天霹雳！

我回到手术室门口，看到吕胜和孙森过来了，他们俩正在跟顾瑶聊天，看到我过来之后，吕胜对我说道："旭哥，我刚刚在来的路上反复看了你发给我的照片，可以确定，这四根断指不可能是工作的时候不小心切到的……"

吕胜的话还没说完，郭少阳上前就推了吕胜一把，指着吕胜质问道，"你哪冒出来的？你怎么说话的？是不是方旭花钱让你来帮他开脱？现场好几个人看着呢，你在这装什么大尾巴狼？"

我挡在郭少阳面前厉声说道："行了，你别在这闹腾了，该怎么样就怎么样，我有说过不赔钱吗？前提是你说的都是事实。"

"看到没？看到没？"郭少阳像是受了莫大的委屈一样，对顾瑶说道，"方旭他就是不想赔钱，把片子随便发给个愣头青之后，就让他过来装明白人？我严重怀疑这小子会不会看片子！方旭这么做的目的就是一个，不想付我二叔医药费。我就想不明白了，同样是兄弟，公司破产的时候我陪他到最后，他把自己的车卖了八十多万给禾丰，却一分钱都不给我。我和禾丰差在哪？他从来就没有把我当兄弟一样看待。"

禾丰过来拉住郭少阳说道："你冷静点，我知道你二叔手指断了，你有些暴躁，但你在这大声嚷嚷有用吗？是能解决问题还是能接手指？方旭把医药费都给你垫付了，你还有什么好说的？"

郭少阳用更大的声音吼道："给他干活受伤了，他垫个医药费不是应该的吗？这点事你也好意思拿出来帮他开脱？今天我算是看清方旭这个人了，表面上仁义仗义，实际上就是个小人，扛不起事的卑鄙小人！"

　　此时我已经看出来了,郭少阳就是想让我拿钱出来,刚刚他在无意间说出了一句话,表露了他内心最真实的想法,他认为我把车卖掉给禾丰八十多万是一种偏心,为什么只给禾丰不给他?

　　郭少阳当着所有人振振有词地继续说道:"你们评评理,我二叔手指断了,方旭不想着怎么赔偿,还在这质疑我二叔的手指是不是干活儿弄断的,这是不是太让人寒心了? 顾瑶你说说,有这样的吗?"

　　顾瑶站在我身边,一点表情都没有地对郭少阳说道:"我不认为方旭这么做有什么不对,把事情查清楚总是好的。你亲眼看到你二叔的手指是做工的时候被电锯切断的吗?"

　　郭少阳顿时就支支吾吾的,几秒钟之后,他把那三个工人拉出来当挡箭牌,指着他们说道:"这三个工人都是跟着我二叔一起干活的,他们看到了。"

　　其中一个工人从长椅上起身说道:"我亲眼看到的,你们还有什么好怀疑的? 不相信我说的话?"

　　顾瑶一副盛气凌人的样子,对这个工人说道:"我现在不否定你,我也尊重你的说法,断了四根手指已经算是重大事故了,报个警处理总没有错。"

　　说到这,顾瑶直接当着所有人的面表态,说道:"方旭,报警吧,等调查结果。如果是因公致残我们出医药费、后期的营养费哪怕更多的赔偿我们都认,一分钱都不会少赔的。但要是被人敲诈勒索,这事咱也不能忍!"

　　在顾瑶说这些的时候,我留意郭少阳的表情,他的脸色特别难看,看顾瑶的眼神也充满了悔意。

我对顾瑶说道："陆涛已经报警，也去现场了。我们不逃避任何责任，但也不会当冤大头。"

这时手术室的门开了，医生从里面走出来，意外地看到了门口的吕胜，他和吕胜打招呼道："小吕，你怎么在这呢？"

吕胜急忙上前说道："导师好，里面的病人可能想要讹诈我朋友，我过来看一看，没想到是您在做这台手术？怎么样？手术还算成功吗？"

医生摘掉了口罩，是一位五十多岁的男医生，他对吕胜说："这类手术没什么难度，至于恢复得怎么样就看患者自己的造化了。"

吕胜道："他们说这个人是做木工的，不小心被电锯切掉了四个手指，但是我看创口好像不太符合被电锯误伤的样子！"

医生十分高兴，夸赞吕胜道："在医院带着你们几个实习的时候，我就特别看好你，你比其他几个人有悟性，这四根手指的确不是被电锯误伤的，依我多年临床判断，是被利器砍断的。"说到这，医生对身后的一个护士说道："你去把里面的片子拿出来给我。"

护士回到手术室里面拿出片子交给医生，医生现场给吕胜"授课"，他指着片子说道："你看到这里没有？在手指断裂处，骨头是有细微裂痕的，假设骨头是一个树枝，我们用电锯切割树枝，断口是平整且整齐的，断裂处的两端不会出现格外的裂痕。如果是用刀或者是用斧头砸下来，那么断裂处的两端都会出现这种细微的裂痕。你不妨再退一步思考，如果是一把很钝的刀砍在树枝上，树枝会断，那么两边断裂的地方会呈现什么状态？这幅片子就很好地说明了一切，所以我断定，这不是电锯切割的。"

吕胜道："我也认为这不是电锯切割的，因为工人在操作电锯的时候，伤到第一根手指后，肯定会本能地后缩，所以四根手指不可能这么整齐地断裂。"

医生夸赞吕胜道："我就说你有悟性。我准备下班了，要不要跟我回家去坐坐。"

吕胜委婉地谢绝道："今天太晚了，我就不打扰导师了，改天我一定登门请教。"

医生走后,郭少阳的脸色已经明显不对劲了。

偏偏这时候陆涛带着警察过来了,警察开始问是怎么回事,直接找郭少阳了解情况,当着警察的面,郭少阳尽量保持淡定,对警察说道:"我二叔是个装修师傅,刚刚我接到电话,说二叔的手指断了四根,因为雇主就是我同学,我就叫同学一起过来了。现在我二叔刚刚做完手术,人还在手术室里面呢……"说到这,郭少阳急忙指着一个小工说道:"就是他打电话告诉我的。"

警察的目光投向那个小工,问道:"麻烦你描述一下当时的情况,他的四根手指是怎么被切断的?"

那个小工眼神逃避,低着头说道:"还能咋切断的? 就被电锯切断的呗。"

吕胜说道:"警察同志,我是医生,刚刚接手指的医生是我的老师,我们看过片子,可以肯定地说这四根手指不符合做工电锯切断的特征。我们怀疑这几个人是要勒索雇主,如果你们需要医学上的鉴定报告等等,我愿意给你提供证据。虽然我不是法医,但以一个证人的身份出现,不知道是否可以?"

警察欣慰地看了一眼吕胜,对他说道:"这事不急,我们已经去现场看过了,刚刚谁说的在现场亲眼看到四根手指是被电锯切断的? 你们三个谁能做证明?"

顿时,三个人都不说话了,相互看了看,然后又把目光投向了郭少阳。

几个办案民警也跟着把目光投向郭少阳。

我、顾瑶、禾丰和刘洁……现场所有人的目光都落在了郭少阳的身上,无一例外!

郭少阳这次可是真的慌了,他本能地后退一步道:"你们都看我干什么啊? 我当时又不在现场……"他指着一个小工说道:"我是接了他的电话才知道我二叔出事的,是他亲眼看到的。"

那个小工当时就怂了,否认道:"我可没说郭老二的手指是在做工的时候切断的,是你让我这么说的。"

247

郭少阳瞪着眼睛道："我什么时候让你说的？我是问你，我二叔的手指是不是在干活的时候断的，你说是！"

"我没说！"小工再次反驳道，"郭老二的手指是被人砍断的，是你教我们，就说是干活的时候被电锯切断的，警察同志，不信你问问他们两个。"

陆涛嘴角扬起一丝不屑的冷笑，对郭少阳说道："这事好玩了，你们谁说谎都去派出所慢慢解释吧。我已经替我师兄报警，有人企图勒索他。"

郭少阳指着陆涛骂道："这有你什么事？我跟你师兄是同班同学，我们之间的事轮得到你插手吗？报警是什么意思？这点事犯得着惊动警察吗？"

我也没惯着郭少阳，说道："我觉得很有报警的必要，让警察慢慢查吧。"

"不是……"郭少阳有点急了，开口道，"你什么意思啊？一点误会至于吗？"

这一次不等我说话，顾瑶先替我开口了，她站在我身边特别直接地对郭少阳说道："这事挺至于的。"说完，她掏出手机，当着郭少阳的面在手机上找到了郭少阳的微信，然后对我说道："我一直以为他是你朋友，才加了个微信，现在看来也没必要了，这种人真讨厌。"

说着，顾瑶就把郭少阳的微信给拉黑了。

警察把我们带去派出所做笔录，警察调查的方向主要有两个。第一，郭老二的手指是怎么断的？这涉嫌故意伤害。第二，郭少阳利用郭老二的断指勒索我，这又是一个方向。

那天晚上我们挨个在派出所做笔录，我和顾瑶出来的时候已经是十二点多了,顾瑶提供了一个证据,就是在电话里面郭少阳很确定地跟她说,郭老二的手就是在给我装修的时候断的。

三个小工又把郭少阳给咬了一口,他们说这事是郭少阳策划的,郭老二的手是在赌博的时候偷牌被抓到了。

离开派出所,顾瑶上了我的车,刚刚来这儿的时候,我们俩就开一辆车过来的,她的帕拉梅拉还停在星耀医院的停车场呢。

我送顾瑶回去,这一次她没有让我把她送到官渡古镇之后再等人来接,因为熟悉了吧,顾瑶这一次把自己家的地址告诉了我,是个高档别墅区。

我把顾瑶送到家门口,她安慰我说道:"你别难过。郭少阳这种人根本就不配做你的朋友,装修的事找别人继续干吧,我估计陆涛帮你垫付的医药费短时间内也要不回来了,就当破财免灾吧。"

我笑道:"你还真会安慰我,我最近大灾小难的不断,改天我得去寺庙上香了。"

"好啊!"顾瑶略带小兴奋地说道:"我们去盘龙寺吧,佛祖一定会保佑你的。"

"等装修的事忙得差不多了,一定去。"

顾瑶微笑说道:"好吧,记得叫着我。我上去休息了,你也早点回去吧,有空我们再联系,拜拜。"

我目送顾瑶走进自己家的院子,直到她进门我才开车离开。通过今天这件事,我和郭少阳的关系是彻底走到尽头了!

他之所以安排这一出来坑我,实际上还是觉得当初公司散伙的时候我给禾丰一笔钱却没给他,他不会想我为什么给禾丰钱,也不会想那笔钱是否应该给,在他的潜意识里,我给禾丰不给他就是一种偏心,这是他对我的一种报复吧。

我开着车回到住的地方,还没等下车呢,禾丰的电话就打了过来,没有过多的寒暄,直接问道:"睡了?"

"还没! 刚刚送顾瑶回去。"

"找个地方喝点吧,聊几句。"

我四处看了看,对禾丰说道:"我这边有个烧烤店,看起来还不错,我发定位给你,一会儿喝完我直接走路回去睡了,就不开车了。"

"行,你发定位来。"

二十分钟后,禾丰找了过来,小小的烧烤摊边,我们俩面对面地坐着,桌子上放着一打勇闯天涯,最廉价的啤酒喝最真的感情。

禾丰打开一瓶啤酒递给我,看都不看问道:"你真的不打算放过郭少阳了? 这件事要追究下去?"

我没有正面回答禾丰的问题,而是旁敲侧击地问道:"你是来帮郭少阳说情的?"

禾丰没承认,但是也没否认,一边给自己倒酒一边回忆说道:"当初是我们三个把公司坚持到了最后,好歹也是一起奋斗过的兄弟,有些事做得太绝不太好吧?"

我拿起啤酒和禾丰碰了一下,整整一杯直接灌进了肚子里面,放下杯子后我看着禾丰说道:"你知道吗? 经历过大起大落,才能把身边的人都看清楚。曾经的我和你一样,是个'老好人',什么气都能忍一忍就过了,觉得自己受点委屈替别人多承担一点没什么大不了的。但现在我不这么想,有些人值得我替他付出,把他当亲人一样对待,而有些人,不值得!"

禾丰安静地听着,又给我倒了一杯酒,同时也把自己杯里面倒满,我端起杯子对禾丰继续说道:"真的,我以前做过的事我都不后悔,全当买个教训! 在你辉煌的时候围在你身边的未必都是朋友,这话说得一点都没错。我跌入谷底,那些离我而去的人,我也不怪他们。但是……禾丰你听好了,在我跌入谷底还落井下石的人,我绝对不会放过! 不是我方旭不念旧情,而是我已经比昨天更成熟了。今天晚上你要是还想帮郭少阳说话,这顿酒我们就别喝了,我现在就上楼去睡觉。另外我还想问一句,是你自己要来找我喝酒的还是郭少阳让你来的? 给我说实话!"

chapter 82

简 单 的 快 乐

　　禾丰很诚实,他也没隐瞒什么,喝了杯中酒对我说道:"刚刚在派出所郭少阳和我单独聊了几句,他希望我能过来跟你聊几句,帮他说说话。"

　　我轻叹,放下杯子对禾丰说道:"从上学时候就这样,你是所有人眼中的老好人,谁有什么事都首先找你帮忙,我知道你重情重义,但是你仔细想想,平时郭少阳对你是什么态度? 咱就拿以前一起开公司来说,他对你说话的态度从来都是吆三喝四的,把你当个下属一样使唤。没事求你的时候,对你爱答不理,有点什么事,别人都不愿意干的,他就来找你。"

　　禾丰并没否认,他低着头拿起一根肉串,讪笑着说道:"朋友之间帮个忙而已。"

　　我苦笑道:"兄弟啊,咱俩一样啊,觉得朋友之间不拘小节没必要在乎这些细节,但是我现在看得特别透彻,你要是不把自己当回事,那所有人都不把你当回事。你觉得自己对他们是大度,他们觉得是你软弱好使唤,这就是赤裸裸的现实,曾经的我足够善良,最后我得到了什么?"

　　禾丰端起酒杯和我碰了一下,说道:"我是够憨厚老实我承认,我对人对事都没什么心眼,你要问我得到了什么? 那我可以很自豪地说一句,我得到了你这个兄弟。"

　　我真是郁闷,拿起杯子干掉第三杯啤酒,说道:"你能说点别的吗? 除了得到我这个兄弟,你还得到了什么? 也就我觉得你憨厚老实不舍得坑你,你看看其他人是怎么对你的? 我真是不想说了。"

　　禾丰说道:"有你这个兄弟我还有啥不满足的?"

"得得得!"我发现在这件事上说不过禾丰,于是我自己嘟囔道,"你也不看看多少人把你当老好人。就算你要对别人好,也先看清楚这个人值不值得你对他好,是不是这么个道理?"

禾丰笑着端起杯子说道:"对,你说得都对,那郭少阳这件事……"

"你别管了! 这件事我有自己的打算,换位思考,他今天又是敲诈我,又是在共同的朋友面前诋毁我,如果这都能装作很大度地原谅他、不跟他计较,那以后会不会有人做更过分的事?"

禾丰沉默了片刻,反问道:"如果你真的计较! 把郭少阳弄得很惨,其他朋友又怎么看你呢?"

我当时就急了,也是酒喝得有点上头了,大声喊道:"其他朋友怎么看我? 我前些年就是太在乎别人怎么看我了,我受着自己都不理解的委屈,在所有人面前装好人,让所有人都满意,结果呢? 谁做出点让我满意的事了? 谁在乎我的感受了? 我今天就明明白白地告诉你,从现在开始,我只做我认为对的事,谁在乎别人怎么看我? 在背后愿意骂我的就尽情去骂吧! 自己活得洒脱比啥都重要。"

禾丰还没反应呢,隔壁桌吃烧烤的几个年轻小伙子全都跟着鼓掌了,还跟着叫好。

我和禾丰一起转过头,那桌的几个小伙子端着酒杯过来,对我说道:"大哥,你说得太有道理了,敬您一杯。"

路边吃个烧烤还整这么一出!

我跟禾丰的年龄都比这些小伙子大,人家叫我们哥,我们俩也没客气,尤其我喝得有点上头,招呼几个小伙子说道:"过来拼桌吃,为缘分干杯……"

经常混迹酒桌的人都知道,能说出这样的话,那绝对是喝酒喝得上头了,事实上也的确是喝多了。不过说真的,跟这几个年轻人一起喝顿酒,各种胡吹,感觉还真爽!

禾丰也喝多了,我带着他回到桃子租来的房子内,时隔多年我们俩再一次睡在了一张床上,重温在大学寝室的感觉。

第二天早上禾丰跟我说被那几个小伙子套路了,他们可能是来蹭吃蹭喝的。

我心想，请几个陌生小伙子撸个串吹个牛，就当几百块钱买了几个小时的开心，这钱花得值！

禾丰要去上班，早饭都没吃就走了，我躺在床上回忆昨天发生的那些事，除了烧烤摊边的快乐之外，一整天都是烦心事。

是不是我们的年纪越大，那种简单的快乐就越是不容易得到？

曾几何时那些能陪你坐在烧烤摊喝最廉价的啤酒撸便宜串的人，还有几个呢？

直到中午派出所给我打电话，我才重新回到了现实世界。

驱车来到派出所，民警告诉我已经调查清楚了，郭老二的手指被砍断是在赌博的时候，并不是给我装修房子的时候，所以我没有任何责任。郭少阳的确指使那三个小工勒索我，经过连夜审讯全都承认了，并且四个人都在笔录上签字画押了。

要我过来派出所，是给我们进行调解，如果调解不通的话，再走相关的司法程序。

我大概了解了情况之后对民警说道："警察同志您好，我想咨询一下，我能不能先跟郭少阳单独见个面？让我们先聊一聊？"

"可以啊！"民警倒是很爽快，"这又不违反规定，你们可以见面先聊一聊，要是你自己能聊得通，也省得我们调解了。"

"谢谢！那我先跟郭少阳单独见个面吧。"

民警把我带到了一个房间，让我稍等一下，他们去把郭少阳带过来。在民警出门之后，我从身上拿出来一个微型摄像头，摆放在了一个不起眼的角落，打开手机进行了链接调试，开启了录像功能，等待郭少阳的到来，这可能是一次很有趣的谈话。

几分钟之后,郭少阳被带到了办公室,我原本以为他会戴着手铐脚镣呢,实际上是我想多了。郭少阳进来之后坐在了我对面的椅子上,他脸色阴沉。彼此沉默了片刻,气氛相当压抑。

最后还是郭少阳沉不住气了,看着我说道:"你说吧,想怎么样?"

我看着郭少阳道:"我就想知道为什么你要这么整我? 咱们是有什么深仇大恨?"

郭少阳的眼神有点凶,带着情绪对我说:"因为你偏心! 同样是陪你把公司开到最后的我,却没拿到一分钱。你有考虑过我的想法吗? 我和禾丰差在哪? 你根本就没把我当兄弟。"

"禾丰有两个孩子,有重病的老人,还有个妻子,你呢? 你一个富二代用得着我救济你? 当初公司缺钱的时候,禾丰把刘洁的私房钱拿出来贴补公司,这事禾丰不让我对任何人说,现在你能明白我为什么要帮禾丰了吧?"

郭少阳冷哼道:"我不是要和你翻旧账,我就是告诉你我心里不爽,所以要利用这次机会整你。你说吧,想怎么样才能放过我? 我认栽了还不行?"

说到这,郭少阳还不忘威胁我道:"你最好别提出太过分的要求,这事就算追究起来,我也没有多少责任,不会把我怎么样的。你提出要求之前最好想清楚再说。"

"行啊!"我起身说道,"那就继续追究下去,反正朋友是肯定没得做了,我也不介意多一个敌人。"

"等等!"郭少阳开口道,"你说你的要求,看看我能不能满足你?"

我想了想说道:"第一,昨天垫付的手术费全额给我打过来。第二,郭老二收我的二十万装修款,你一分不少的给我退回来。我提出这两个要求都是有理有据的。首先,手术费本就不应该我承担,你退回来是必须的。另外,当初是你死皮赖脸地推荐你二叔给我装修,他购买建材拿回扣这事我都懒得计较,现在是装修没做完,人就不行了,这装修全款是不是得给我退回来?"

郭少阳咬着牙说道:"方旭,你是不是有点过分了?就算没有给你装修完,但已经完成了百分之八十了,不是吗?就算装修材料拿了回扣,你也不应该让我退全款吧?"

我两手一摊,摆出一副很无奈的表情说道:"那没办法!你要是不同意,我们就走法律程序。"

郭少阳吼道:"你这么坑我,不怕出门被车撞死吗?你就没想过惹怒了我,后果会有多严重吗?"

我翻着白眼反问道:"你那么坑我的时候,不也没怕出门被车撞死,你不是也没想过会有什么后果吗?"

沉默!彼此沉默了差不多五分钟,这五分钟似乎是一个很漫长的心理战过程,我承认自己的要求有些过分甚至不合情理,但昨天的我已经想明白了,做人不如自私一点,对自己好一点,何必在乎别人怎么看呢?尤其是郭少阳这种人,他想坑我的时候,有想过我的感受吗?

郭少阳开始给我打感情牌,对我说道:"旭哥,咱们都是一个宿舍的哥们,这么多年的感情,我是一时冲动做错了事,你原谅我这一次行吗?"

我摇头,死死地盯着郭少阳的眼睛说道:"你放心,我已经铁了心的不原谅你。事情走到这一步,我们不可能再回到从前,我们以后注定是成为陌生人的。既然彼此都要变成陌生人了,我要回我应得的钱怎么了?难道我为了你说我一句好,就放弃自己的利益?我告诉你,这种事只有曾经的方旭会做,现在的方旭没那么傻了!我不在乎别人怎么看!自己开心才重要!'"

郭少阳点头道:"行,你的确跟以前不一样了。这次我认了,二十万的装修款我一分不少地赔给你,但是你记住了,迟早有一天我要让你像现在这样求我。"

我打个响指起身说道："但愿这一天能早点来吧，我很忙，今天我要见到这笔钱到我的账户上，到不了你别怪我。我先走了，等银行到账短信。"

　　"方旭!"郭少阳说道，"你迟早会后悔的!"

　　我没搭理郭少阳，此时的他只能说这样威胁我的话来找心理平衡了吧，再次见到派出所的民警，我跟他们说已经谈好了，郭少阳答应赔偿全部的装修款和垫付的医药费。

　　该走的流程还是要走，民警起草了调解书，然后让我们双方签字，这样一来就具有法律效应了。

　　离开派出所之后，我不知道自己是该庆幸还是该失落，这应该是我有生以来对"朋友"做得最过分的一件事了。

　　手机铃声响起，屏幕上显示顾瑶的名字，我滑动屏幕接听，电话那边的顾瑶轻声问道："我没打扰到你吧?"

　　"没有，怎么突然这么问?"

　　顾瑶笑道："因为我想让你现在过来一趟，我在幸福广场等你。"

　　"你怎么跑幸福广场去了?"

　　顾瑶故意卖关子道："你现在过来，过来就知道了，我在这等你好不好?"

　　"我从这里过去至少要半个小时。"

　　"没关系!"顾瑶说道，"只要你来就行，我在这里等着你，其他的都等我们见面再说，就这样。"

　　"好，那你等我。"

　　挂断电话之后我直奔幸福广场，真不知道她又在卖什么关子，这么着急让我过去有什么大事?

　　我来到幸福广场的时候顾瑶已经等了很久,陪着她一起的还有另外一个男子,四十岁左右,留着板寸头。

　　我把车停好一路小跑到顾瑶身边,顾瑶见到我之后把身边的板寸头男子介绍给我说道:"这是假日酒店工程部的负责人,陈工。"

　　我主动伸出手问好道:"陈工您好。"

　　陈工也客气地和我握手,说道:"顾总监和我说了,你这里装修办公室因装修公司出了点问题,不能及时完工,她让我过来看一下。"

　　顾瑶微笑说道:"你还愣着干吗? 快点带陈工上去看一眼,把剩下的事交给陈工,你一百个放心。"说完之后,顾瑶还给我使了个眼神,意思是让我别多说话。

　　我真的感动,对陈工说道:"麻烦您了,这边请……"

　　来到装修一半的写字楼内,陈工看过现场又问我想要怎么搞,简单的交流之后,陈工告诉我三天后可以完工,让我三天后过来验收就可以了。

　　我还想问陈工要多少钱,被顾瑶拉着手拽跑了,来到电梯内,顾瑶挽着我的胳膊问道:"怎么样? 我要是不帮你找陈工,你是不是还得四处找不靠谱的装修队给你做收尾工作? 至少得勒索你一笔钱吧?"

　　我转过头问道:"你为什么会想到带陈工过来呢?"

　　顾瑶得意地说道:"因为我知道你现在的需求啊,帮你想着你要做的事,你要不要表示一下感谢?"

　　"我要怎么表示感谢呢?"

顾瑶翻着白眼嘟囔道:"怎么表示感谢都要我教你?那多没意思!难道你就不会主动一点吗?比如约我看个电影什么的?"

"懂了!"我拿出手机打开了猫眼电影,"你喜欢看什么类型的电影?"

"随便你,你喜欢看什么,我陪着你就好了。"

于是我在附近的电影院预订了两张电影票。

来到电影院买了爆米花和可乐,顾瑶突然神秘兮兮地看着我问道:"这算不算我们的第一次约会?"问完之后,她整张脸都红了起来。

我抱着爆米花桶一边吃一边问道:"这也算约会?"

顾瑶的脸色一下就白了,并且带着愠色。

我急忙改口道:"这应该算是我们的第一次约会。"

顾瑶根本不搭理我,一把从我怀里抢走了爆米花桶,走向放映厅,也不管我是否跟上来了。

这算不算我们第一次约会我不知道,但今天绝对是我第一次见顾瑶在我面前耍小情绪,倔强中带着一点点任性,着实可爱!

我在身后快步追上顾瑶,哄着她问道:"生气了?"

顾瑶赌气道:"没有!"

"你就是生气了!"

"没有!"

"你看你这样就是生气了。"

"你说我生气,我就生气了。"

我突然从身后一把将顾瑶抱起,因为这个拥抱来得太过突然,顾瑶在我怀里惊叫起来,她捧着的爆米花都撒了好多在地上,周围也有好多人在看着我们,我倒是不介意,但她此时的脸颊绯红一片,在我怀里像个小猫一样温顺,小声说道:"你快放我下来,这么多人看着呢!多不好意思啊。"

我说:"怕什么?我单身你未婚,还怕别人看见?"

顾瑶把头扭向我胸口,用很小很小的声音委屈地说道:"你个臭流氓!坏死了!"

我把顾瑶抱到放映厅的双人沙发边放下,顾瑶用双手捂着脸,样子特别可爱。

　　我找了一个舒服的姿势也坐在了沙发上，顾瑶和我之间有大概十厘米的距离，开场前彼此还很老实地保持着这距离，但当电影放映厅内的灯光暗下来时，顾瑶就主动凑到了我怀里，额头靠着我的侧脸，我闻到的都是她身上散发出的清香。

　　我低下头刚想问问她，她仰起头主动把唇凑了过来……

chapter 85

恋 爱 了

　　电影谢幕,放映厅内的灯光亮起,我看到顾瑶红着脸故意避开我的眼神,拎起来包起身说道:"我饿了,带我去找吃的吧。"说完,她头也不敢回地就往外走,故意避开我的眼神,不让我看到她害羞的样子。

　　我快步走到顾瑶的侧边,主动牵起她的手,为了不让她太尴尬,我也不去看她,顾瑶反而在偷偷地观察我,虽然我没有转过头去看她,但我知道她就是在观察我。

　　走出电影院已经下午一点多了,隔壁有一家老东粥皇,简单地吃个饭,顾瑶又要回去上班,今天是工作日,她算是忙里偷闲和我出来浪漫一下吧。吃饭的时候,顾瑶拿着勺子偷笑。

　　我把一块蒸凤爪放在她面前的盘子里,看着她问道:"偷笑什么呢?"

　　顾瑶低着头忍着笑说道:"我不告诉你,你自己猜。"

　　我的目光很久都没有离开顾瑶那张绝美的脸,情不自禁地微笑,看着她吃东西也算是一种享受。

　　顾瑶用勺子小口小口地喝粥,片刻之后突然发现我一直在看她,她抬起头红着脸问道:"你干吗看我?"

　　我歪头问道:"你说说你怎么长得这么漂亮,看着像仙女一样。"

　　顾瑶给了我一个大大的白眼,说道:"男人的嘴骗人的鬼!快点吃东西,我下午还要去开个会。"

　　"假日酒店现在还用那两套程序吗?"

　　"客户信息管理这一套程序在我的坚持下还在继续使用,人事部的那一套程序被徐凡凯摒弃了。"说到这，顾瑶还不忘安慰我道，"不是你写的程序有问题，而是徐凡凯担心，他本来跟我就不和，这程序又是我引进的，他担心我在程序上做手脚。"

"明白，他这个怀疑也算合情合理。"

"你这边写字楼装修好，公司就要重新开始运营了？"

"目前来看是这样的，有陆涛和何静帮我，暂时也不想再招聘了，一切从简吧。以前还有一些老客户可以联系联系，其实做我们这行最大的成本就是人工成本和房租，第一年的房租是禾丰帮交的，手上的钱作为第一年的流动资金也够用。"

顾瑶应了一声对我说道："资金不够你跟我说，我还有点私房钱。"

一瞬间，我真是满满的感动。

吃过饭我把顾瑶送到阳光假日酒店去上班，银行卡上收到了郭少阳通过网银转过来的钱，装修的二十万和垫付的医药费全都回来了，这一刻我竟然有种很爽的感觉，我在微信上找到郭少阳的头像，给他发了一条信息：收到，谢谢。

郭少阳带着愤怒回了我一句：我会让你加倍偿还的！

我把这当成是个笑话，昔日一起创业的好兄弟最后变成这样，真是人生悲剧。

下午我又去找了陆涛，两个人去办公家具店逛了一圈，买了几把椅子。我们的网络服务工作室即将重启，未来是怎样的，谁都说不清楚，事在人为，走一步算一步吧。

临近傍晚的时候，桃子发来了一张照片，照片中的我正坐在老东粥皇吃午饭，我不清楚顾瑶是什么时候拍的这张照片。

我还假装糊涂，回复了桃子一个问号。

桃子看到后直接怼我道："你还不承认？非得让我揭穿你？"

我说："怎么啦？你要揭穿我什么？"

桃子说："揭穿你跟顾瑶好上了都不主动告诉我，还是人家顾瑶乖，你应该向顾瑶多学一学，有这么好的事干吗不和我分享呢？快点告诉我，你们发展到哪一步了?"

我说:"也就是吃吃饭,看看电影。"

桃子说:"没了?"

我说:"那你觉得还有什么?"

桃子:"我哪知道你们还有什么? 我就是随便问问,你何必那么紧张呢?"

我轻叹道:"我还真有点紧张,不知道怎么就跟顾瑶在一起了,好像牵手、拥抱都是自然而然的。不是应该有心跳加速的感觉吗? 为什么我都没有呢?"

桃子说:"你一点都没有心跳加速? 顾瑶可是跟我说,她心跳得厉害呢。"

我说:"难道我已经老到没有心动的感觉了?"

桃子说:"这对顾瑶不公平,你必须得好好对待她。等我回昆明,你们俩要请我吃饭,怎么说我也算是一个媒人了吧。"

我说:"请请请,必须请。"

桃子说:"方旭,我跟你说真的啊,顾瑶特别单纯,你别看追她的男孩子挺多,但是她没有谈过恋爱,真的!"

我说:"顾瑶真的一次恋爱都没谈过?"

桃子说:"我发誓,我没骗你。我倒是想问问你,你跟顾瑶这样……你是真的喜欢顾瑶,你可别伤害她。我先给你打个预防针。"

我说:"说真的,我没想到会跟顾瑶这么亲密的接触,被你这么说,我也有点心慌,你知道的,我还有个烂摊子没收拾好呢。杨曼怀孕这件事已经确定是真的了,我一直没有勇气去探究这个孩子到底是不是我的。可能是我本能地在逃避吧。如果我确定这个孩子是我的,我都不知道自己要怎么办。"

桃子说:"你好自为之吧,作为朋友我也不能说得太深,毕竟我不能完完全全站在你的立场考虑,总之你别伤害顾瑶就行。她真的没有任何感情经验。换个角度思考,我也有点同情你,跟顾瑶这种女孩子恋爱,肯定特别累!"

chapter 86
女 人 追 求 的 浪 漫

我受不了这种微信文字聊天了，直接给桃子打电话，对桃子抱怨道："你行行好可以吗？不要这么吓唬我，我没什么恋爱经历的。"

桃子在电话那边笑道："怎么了？我吓唬你？你都离了婚的人了，还说自己没有什么恋爱经历？忽悠谁呢？"

这事似乎是解释不清楚，但我仍旧很认真地解释道："我不骗你，我高中的时候就傻乎乎的学习，后来上大学之后，我也是个书呆子，理科男你懂的！一直到了大二我才和杨曼逐渐有了接触，毕业前夕才确定关系，后来也就结婚了，真没什么恋爱经历。"

桃子半信半疑道："真的？"

"这事我有必要跟你撒谎吗？"

桃子听后用无比同情的声调说道："我现在倒是真的要同情你了，没感受过好好的恋爱就跟杨曼结婚了，你说杨曼怎么能看上你这个书呆子呢？是不是因为你当时在学校小有成就？然后那些单纯的女孩就败给了杨曼这种心机重、城府深的女孩？嗯！一定是这样，就是这样！"

我深深地吸了口气，对桃子说道："替我的青春感到悲哀吧！"

"没事！"桃子安慰我道，"现在有顾瑶小仙女陪你重温青春，好好珍惜吧。我最近又接了一部戏，虽然是个跑龙套的角色，但至少是个机会。"

"好吧，加油，等你回来给你接风洗尘。"

结束了和桃子的通话，我真的又重新回忆了自己的青春，那时候在大学校园也的确是出尽了风头，写的程序在各种比赛上频频获奖，最让我自豪的

263

是大二期末考试写的程序，竟然被人买走，拿到了十五万的报酬。

当时学校还把我当成了一个典型，大肆宣传，后来推荐我评选云南省优秀在校大学生，好像也就是从那之后，我身边的异性朋友开始多了起来，有一起写程序相互探讨的，也有那么几个小迷妹。

有时候一个人坐在学校食堂吃饭，总会有人端着餐盘过来和我拼桌。

年华易逝，这些差不多都是六七年前的事了，这些年时间过得很快，大起大落后什么都没剩下。

两天后，写字楼的装修已经到了尾声，打扫卫生全都是阳光工程部的人帮忙搞定的。

转一天，采购的办公用品全都送到了写字楼里，我带着陆涛和何静一起组装电脑，摆放各种办公用品。

中午顾瑶过来找我一起吃饭，见我们三个忙得焦头烂额，她就主动去外面打包了几个菜回来，吃过午饭又帮我们打下手。

陆涛跟何静直接称呼顾瑶为"嫂子"，开始顾瑶还有点不习惯，脸都是红的，这些都被我偷偷看在眼里。

傍晚，办公室终于打理得差不多了，至此工作室的前期准备已经完成。

我们四个人一起乘坐电梯准备回去，在电梯内，陆涛十分欣慰地对我说道："师兄，公司的前期投入终于搞定了，明天我跟何静准备去看车，之前一直不敢去是因为我们俩担心你这边需要用钱又筹集不到，所以一直留着买车的钱不敢动，想着给你应急。"

听到陆涛说这句话的时候，我感动得眼眶都微润了，不管创业能否成功，有这样的兄弟在身边，想想都觉得干劲十足。

来到幸福广场的停车场，我主动提出来送陆涛跟何静回家，被何静委婉地谢绝了，她开玩笑说道："我和陆涛以后坐公交车的日子就少了，再感受一次吧。你快点带着未来的嫂子去吃东西吧，跟着我们忙了一下午，她肯定也饿了。"

顾瑶再一次被何静说红了脸，我们俩目送陆涛两人上了公交车，才去停车场开车。

上车之后，坐在副驾驶的顾瑶主动探过来半个身子，抱着我的右臂说道："我想去海埂大坝吹风，你带我去好不好？你还记不记得上次我们一起去海埂大坝是什么时候了？"

我摇头说道："真不记得了。"

顾瑶很委屈地诉苦道："那天晚上你把我赶走了，临走的时候我还问你，以后我们还是不是朋友了？你也不搭理我。你知道我一边走一边哭有多难受吗？那么多人在看我，可我就是忍不住掉眼泪。"

我侧过身用左手抚摸顾瑶脸颊，温柔地道歉，"对不起，以后不会让你一个人走了，也不会把你一个人丢下。"

"真的吗？"顾瑶眨巴着大眼睛伸出右手的小拇指说，"拉钩钩，把人变成小爬爬。"

"小爬爬？小爬爬是什么东西？"

顾瑶开心地说道："我不告诉你，你自己慢慢想去吧。开车开车，我们去海埂大坝吃小吃。"

我有点喜欢和顾瑶在一起的每分每秒，在阳光假日酒店内，顾瑶是高管，走路带风，不怒自威；在我的朋友面前，她又是个温柔独立的气质美女；而当我们两个人独处时，顾瑶就会秒变成一个会撒娇的小女孩。

来到海埂大坝，我们先去附近的美食街扫荡一翻，毕竟看风景也要先填饱肚子，在海埂大坝上遇见了流浪歌手，他抱着吉他迎着滇池的风无比投入地唱歌，周围有很多人围观。

当时我就有点膨胀了，对顾瑶说："我跟你说，我上高中的时候也玩吉他。"

"真的？"顾瑶两眼放光道，"那你去跟他商量商量，能不能把吉他借给你用一下，你给我唱首歌。"

我当时就懵了，怎么都没想到顾瑶会有这种要求。

顾瑶紧紧地抱着我的胳膊，贴在我身上问道："好不好？要不我先给你唱首歌，然后你再给我唱怎么样？我们送彼此一首歌。"

她在说这些的时候，眼睛都放光了，让我没办法拒绝，心里开始琢磨，难道这就是女孩子追求的浪漫？

在海埂大坝上给心爱的人唱歌,想一想的确是挺浪漫的:"你确定要尝试在这种地方唱歌? 唱不好会不会很丢脸?"

chapter 87

我 有 恋 爱 过 吗

顾瑶给了我一个灿烂的微笑,她正要说什么,刚好那个流浪歌手唱完了一首歌,在一阵掌声中,顾瑶落落大方地走上前,而我留在原地看着她的背影。

她表现得特别开朗,丝毫不把在众人面前唱歌当成是一种负担,再看看自己,已经有点紧张了。

如果不是前几年开公司经常出席各种场合的会议,要在会议室发言等等,我面对这种场面可能已经落荒而逃了。

顾瑶简单地和那个流浪歌手交流之后,流浪歌手把话筒交给了顾瑶,当前奏响起的那一刻,围观的群众竟然不约而同地鼓起掌,或许是这首歌的旋律大家太过熟悉,抑或是大家都在期待这首孙燕姿的《遇见》从顾瑶的口中唱出来是什么感觉。

果然,顾瑶开口之后并没有让大家失望,随之而来的是第二波热烈的掌声,而我在人群中欣赏,她把这海埂大坝当成是自己的舞台,融入其中。

一曲终了,好多观众要求顾瑶再唱一首。

顾瑶却把目光投向了我,拿着话筒看着我大声说道:"我也想听你为我唱一首歌,好吗?"

顿时,我成了所有人目光的焦点。

我硬着头皮走上前,向流浪歌手把吉他借了过来,这一刻我有点紧张,时隔多年再一次拨弄琴弦,竟然有一些陌生的感觉。我唱歌的水平也只是勉强能听,尽量保证不跑调而已,那首五月天的《知足》是高中时最喜欢的歌。

勉强把一首歌唱完,却发现围观的人走了一大半,我自己都觉得不好意思,顾瑶却开心得不得了,挽着我的胳膊在流浪歌手的吉他包里面放了两百块钱,十分满足地继续沿着海埂大坝散步。

在海埂大坝的尽头,顾瑶停住了脚步,转过身双手环抱着我的脖子,身体贴在我怀里,在我耳边轻声问道:"你真的喜欢我吗?"

我点头,抱紧顾瑶的腰:"我找不到不喜欢你的理由。"

顾瑶略带委屈地问道:"那你为什么不主动对我说喜欢?还要等我主动,有你这样的吗?"

我搂紧了顾瑶解释道:"我有点自卑,不敢表达,我还有很多烂事没处理好呢,包括杨曼怀孕……"

说到这,我停顿了片刻说道:"我到现在都不知道她肚里的孩子是不是我的,如果真的是我的,我要怎么做我都不知道。"

顾瑶听后没有说话,安静地依偎在我怀里,我能感受得到她的情绪有些低落,可是沉默之后,她又很乖巧地在我耳边小声问道:"我不想知道这些,我就想知道你是不是真的喜欢我。如果你是真的喜欢我,我什么事都能和你一起面对。我不在乎你离过婚,我们可以重新开始,只要你别骗我就好。"

我在顾瑶的额头上浅吻,捧着她的脸温柔地说道:"我没有骗你,我是真的喜欢你。"

顾瑶听后开心地笑起来,踮起脚尖在我唇上亲了一下,再次说道:"说谎可是要变小爬爬的。"

"你告诉我,小爬爬到底是什么神奇生物?"

"不!"顾瑶故意卖关子说道,"我现在不想说,等我高兴的时候再告诉你吧。"

我们在海埂大坝看了夕阳沉入西山,拍摄了一段延时摄影,顾瑶还把这段视频发在了朋友圈。

一点不夸张地说,我跟杨曼结婚那么多年,都没有一起来过这里看夕阳。

傍晚,我把顾瑶送回了家,在门口停车后,顾瑶问我要不要进去坐一下,也算是认个门。

我委婉地回绝了,一来是因为时间太晚,登门不太礼貌。二来我什么礼物都没带,第一次去顾瑶家里肯定会见到她妈妈,我至少要带点见面礼,这是最基本的礼数。

　　顾瑶也没强求,下车之前她探过身子抱了抱我,还在我的脸上亲了一下。

　　我目送顾瑶走进院子内的别墅,才启动车远去。

　　到家后,手机上收到顾瑶的一张自拍照片,她穿着睡衣躺在床上,笑容甜美,下面还有一段话:你的小宝贝要睡觉了,晚安,亲爱的。

　　简简单单的一句话让我突然很伤感,回想起跟杨曼在一起,似乎从来没有这种回忆,我们不曾为对方唱过歌,也没有牵着手去看夕阳的经历,仿佛我们的恋爱过程除了学校的饭堂就是图书馆。

　　我突然想问问自己,我有享受过恋爱时的甜蜜吗?

　　我盯着手机看了很久,最后给顾瑶回了一句:晚安,宝贝!

　　次日清晨,陆涛给我打电话说要去买车,这是他和何静人生中的第一辆车,也不知道买车的时候应该注意点什么,想来想去还是给我打个电话,希望我能陪着他们一起去看看。

　　我自然没有拒绝,跟陆涛约好见面地点后,我开着桃子的代步车过来接他和何静。

　　我记得陆涛曾经跟我说过,他想要买个宝马5系,我带着他直接到了宝马4S店,没承想在这里竟然遇见了熟人——李思娇!

　　当时我跟陆涛还有何静一起走进宝马4S店的展厅,李思娇正好是在这里卖车的销售顾问,也刚好轮到她接待客户。

　　李思娇看到我之后,马上就跟另外一个销售顾问说道:“我肚子不舒服,你先接待下这组客户,我去一趟厕所。”

　　说完,李思娇就往厕所的方向走,根本就没有搭理我的意思。

　　另外一个销售顾问尴尬地走上前微笑,对我们说道:“你们好,是来看车的吗? 对哪款车感兴趣? 请允许我来给你们介绍。”

　　陆涛礼貌地点头说道:“我们想看一看宝马5系。”

　　销售顾问引路道:“好的,请跟我来。”

我听到身后的李思娇对另外几个销售顾问说道:"我跟你们说,他们根本买不起车,八成是看一看问了价就走的那种,那个人公司都开破产了……"

　　李思娇在说这些的时候，不仅仅是我听到了，就连接待我们的销售顾问也听到了，但是这个销售顾问的素质特别高，脸上没有表现出任何的不耐烦，引导我们来到宝马5系的展区，给我们介绍这台车的各项功能。

　　陆涛此时已经有点不高兴了，看着销售顾问道："刚刚那女的什么意思？"

　　销售顾问尴尬得不知所措。

　　我安抚陆涛说道："算了，和她一般见识干什么？"

　　陆涛转过头看着门口的李思娇瞪了一眼。

　　刚巧宝马4S店展厅又来了新的客人，这一次李思娇倒是主动献殷勤，热情地接待，我们三个继续看展厅的车。

　　何静看到旁边停着的宝马X5十分霸气，就随口问陆涛喜不喜欢。

　　陆涛看了看，然后对何静说道："我在网上查了，X5差不多要比5系贵二十万，咱们的预算有限，我倒是也喜欢X5，但不想给自己添负担，咱就买个5系吧。"

　　何静劝陆涛说道："大不了我们就交个首付办贷款吧。"

　　陆涛还是很理性地摇头说道："房贷已经产生了不小的压力，就别继续添加负担了吧。"

　　这话被刚刚带着客户走过来的李思娇听到了，她看了我们一眼，然后给客户介绍身边的宝马X5。李思娇的客户是一个中年男子，四十多岁的样子，带着了一个二十多岁的女孩来看车。

　　何静虽然知道她和陆涛买不起宝马X5，但还是忍不住多看了几眼。

李思娇看了一眼何静,说道:"这个车很贵的。"

言外之意就是"买不起别看"。

这一句话彻底激怒了陆涛,他从进门就看李思娇不顺眼,现在李思娇说这话又是明摆着打他的脸。陆涛虽然愤怒,但他不是一个容易冲动的人。

我看着何静问道:"黑色的X5看着怎么样? 喜欢吗?"

何静点了点头,向旁边看了一眼,但是很快又把目光收了回来。

我把目光转向我们的销售顾问道:"X5有现车吗?"

销售顾问抱歉地说道:"X5这个车型比较抢手,目前我们店也只剩下最后这台展车了,不过倒是有一批车在路上,预计明后天应该可以到店。"

我指着展厅的这台X5说道:"这个是什么配置的? 多少钱?"

"78.8万,但是要加价买5万装饰,才能提车。"

李思娇瞪了我一眼问道:"干吗? 没看到我的客户在这看车吗?"

我看了一眼那个中年男子,开口对他说道:"兄弟,这台车我看上了,给个面子就当交个朋友,我今天加价也要提走,行吗?"

那个男的好像本来就没想买车,见我这么说,他正好借坡下驴,爽快地说道:"你都这么说了,我就把车让给你了。我们也不急着要提车,等两天我们的选择性更多。"

李思娇急忙对中年男子说道:"先生,您是先来看这台车的,如果您想要,您有优先购买权的。"

中年男子道:"我们不着急要,让给他们吧!"说完,男子搂着身边的女孩说道:"咱们明天再过来看,等新车到了选择性更多。"

那个女的一脸的不高兴,但是又说不出什么来,任由中年男子带着她离开了。

李思娇那个气啊,看我的眼神都快喷火了,她对接待我们的销售顾问说道:"你放心吧,这几个人根本买不起车,一会儿就会找个借口说今天不要了,不信你就看着。"

销售顾问特别尴尬地站在那,都不知道该说什么了。

我对销售顾问道:"去准备购车合同吧,这台车我们今天就要提走。"

销售顾问礼貌地说道："好的，那请您稍等。"

陆涛还想说什么，被我用眼神制止了，我用手机银行转了三十万到陆涛的卡上，然后拍了拍他的肩膀说道："难得你和何静都喜欢，喜欢就买吧，全款提走，这三十万就当是师兄送你们的新婚礼金，说多不多，说少不少的，收下吧。"

陆涛感激地看着我说道："师兄……我……"

我打断陆涛的话，对他说道："自家兄弟别在意这些。"

李思娇冷眼看着我说道："装，继续装！公司都破产倒闭，在这装什么大尾巴狼？你当这是拍微电影呢？"

这时，销售顾问带着购车合同和POS机走了过来，礼貌地说道："先生，购车合同已经给您准备好了，您确定要这台宝马X5了吗？"

陆涛点头，对销售顾问说道："就这台车了。"

销售顾问面露喜色，"那您是贷款还是全款呢？"

陆涛霸气地说道："全款，今天提车，直接刷卡吧。"

我在一边偷偷观察李思娇的面部表情，当陆涛拿出卡并且刷卡成功后，李思娇面如死灰，她怎么都不会想到，我们竟然真的买车了，而且是全款提走一套加价的宝马X5。

这一单销售顾问的提成都至少要过千了，试问李思娇这种人怎么会不懊悔？

我今天虽然代价有点高，但是心里是真的爽。

chapter 89

羡 慕

　　我陪着陆涛在这里办购车手续,十点多付款签合同之后就等着4S店出各种手续了,在办手续的时候还出现了一点小插曲,购买五万元的装饰费我们忍了,还强制要求在店内上保险,这事我就彻底不同意了。

　　销售顾问很为难,对我说道:"这是我们店的规矩,在我们这买车,必须上全险。"

　　我拿出手机打开录像功能说道:"你再把刚刚的话重新说一遍。"

　　一边的李思娇见我不想在这买保险,觉得自己又找到了一个嘲讽我的机会,对我说道:"我说方旭啊,规矩你懂不懂? 在4S店买车,可以不买保险吗? 这就是我们店的规矩,买车必须买保险。你要是不买保险,这车你都开不出去。"

　　我没忍住直接乐起来,看着李思娇说道:"你好好聊天,我们全款提车又额外在你们店买了五万块钱的装饰,我刷卡一笔八十多万,为什么发票只给我开个七十八万? 你把这事给我解释清楚再说保险的事。"

　　李思娇振振有词地说道:"另外那五万是装饰费,不是购车费,所以不能开发票。买保险的钱是可以开发票的,你要是不出那五万块钱的加价装饰费,这车都不卖给你,你有什么不满意的? 买不起别买!"

　　这时销售总监看到我在录视频,急忙赶过来道歉:"对不起,先生,请您把手机收起来,我们这里禁止录像。"

　　我把手机收在兜里,看着销售总监说道:"该录的我都录完了,我也不追究什么,现在把车辆合格证、登记表都给我,打一张临牌我们自己去落户,你要是强制卖保险给我,我就拿着这个视频去市场监管局举报,你看最后谁麻烦。"

销售总监也算是什么样的客户都见识过了吧,确定我不是好惹的那一种,乖乖地把合格证拿给了我,点头哈腰地请我把刚刚的视频删除。

我当然不可能那么轻易地就把视频删除,看着销售总监说道:"现在车我们可以开走了吧? 但装饰我们又不想买了,装饰费退了吧。"

销售总监傻了,讪笑着说道:"朋友,你别这样啊,我们都说好的,你怎么就反悔了呢?"

我拍着销售总监的肩膀说道:"买车加价这本来就是霸王条款,本来我也不想跟你们计较,但是你们店的销售顾问各种言语嘲讽,深深地伤到顾客的心理,这样吧,我退一步,我们只买一万块钱的装饰,把全车贴膜,车脚垫、座椅垫这些都准备好,退给我们四万块钱。还有,让你们那个销售顾问过来认认真真地道歉,这些都做到了,我把视频删了,这些做不到,五万块的装饰费你不用退了,这个视频也会被发在网上。我们现在过去喝杯茶,给你五分钟考虑时间。"

销售总监硬着头皮问道:"先生您看,我们这辆展车都卖给你了,你不能这么整啊。"

"那你的销售顾问就可以这么整?"

销售总监没办法去找李思娇沟通,但是过了十几分钟之后,他拿着五万现金回来,一分不少地把钱退给了我们,让我们去外面自己贴膜买脚垫,原因是李思娇不肯过来道歉。

事后我才知道,因为这件事,李思娇被4S店开除了。

午后,我陪着陆涛去车管所买了交强险把车牌上了,全部搞定之后,陆涛又转给了我十五万,他说这些钱是自己卡上剩下的,公司刚刚起步用钱的地方还很多,他买车本来的预算是很充足的,谁知道临时不买5系买个X5,最后等于是我给他出了十万块钱,他就把这个车买下来了。

现在陆涛、何静两个人手里没什么存款了,但是车是全款买的,房子的首付也交了,生活也算趋于稳定。

这一刻我挺羡慕陆涛与何静,两个人从大学毕业就在一起,始终不离不弃。再看我跟杨曼,同样是从校园一起走出来的,结局却截然不同。

一段婚姻走到尽头,并不能把全部责任推给其中的某一个人,婚姻是两个人的事,结束也是两个人的事。

下午三点,顾瑶给我打电话,问我是不是跟李思娇发生冲突了?现在李思娇正在她那里控诉我的罪状。

我拿着电话就想笑,说:"李思娇知道我们现在的关系?"

顾瑶无奈地说道:"她不知道,如果她要是知道那还得了?肯定要在我这闹翻天。"

"那她去你那是什么意思?干吗去了?又是怎么控诉我的罪状的?"

顾瑶轻叹道:"还能怎么控诉?就是你去宝马4S店提出各种无理要求,她拒绝之后你就把她投诉到了销售总监那里,害得她被开除还扣了半个月的工资。"

听后我就觉得好笑,也不忙着解释,而是好奇地问道:"她找你说这些有什么目的?她又不知道现在你是我女朋友。"

"因为她是通过我和你认识的,和我控诉这些,是责怪我让你们认识了。如果不是我让你们认识,她看到你来宝马店买车,就会主动给你提供服务了,也不会有后面的事发生。"

"这个李思娇还真是厉害,撒谎都不带打草稿的,我都懒得说她。"

顾瑶略带责备地说道:"你知道她是什么样,你应该让着点她。"

"这事真不怪我!"

"算了算了,不和你说了。你的工作室开业,要不要搞一个开业仪式什么的?至少让别人知道你东山再起了吧!"

"本来没想搞,但是被你这么一说,我倒是觉得很有必要搞一下,至少给以前的客户都送一张请柬。"

顾瑶直接替我做了决定,说:"我帮你把这件事安排下去。你只要想好都请谁就行,晚一点我把整个方案发给你。"

"假日酒店的工作最近不忙?你还有空操心我这点事?"

顾瑶自豪地说道:"你是我男朋友,这个方案我亲自给你做,等我消息。"

讲真啊,这一刻我有点惊喜,更多的是期待顾瑶给我做一个什么样的执行方案出来。

当天晚上顾瑶就把一份开业揭牌活动的执行方案发给了我,在方案中顾瑶提到了邀请一些社会名人来参加公司的揭牌仪式,也算是一种变相广告宣传。场地直接在阳光假日酒店的宴会厅,整场活动并不需要太过复杂的流程。

主要就是向来宾介绍我的网络工作室主要业务,让大家知道我这个工作室开起来了。然后名人上台剪彩,进行揭牌仪式,再找一个代表发言,最后就是安排一顿午宴。

整个活动大概持续三十分钟,时间定在中午,半个小时的过程后进入午餐环节,午餐后就各自散去。

整个策划案看似很简单,但其中最难的一部分就是邀请社会名人来捧场,究竟要邀请哪些人是个问题,咖位太大的看不上我,咖位太小的我又不想请,请也没意义。

顾瑶就帮我想办法,对我说:"我先跟叔叔说一下,他现在是酒店集团的董事长,身份倒是足够了。我还可以帮你找一些父亲的朋友,足够撑起来这个场面。"

"会不会很麻烦?我看这事要不就算了吧。"

顾瑶坚持说道:"这事不能算了,关系到你工作室以后的发展。我们对外也不要自称是工作室,直接就以公司自居,现在的人还是很看重这些名头的。"

"那我能做些什么呢?"

"你就负责写请帖,把以前的客户能邀请的就都邀请过来吧,剩下的事我帮你筹办……"

我这正和顾瑶通着电话呢,我妈的电话又打了进来,我不得不提前跟顾瑶结束通话,开始接我妈的电话。

忽然意识到,我跟我妈上次通话已经是一个多月以前了!上大学的时候总是隔三岔五的就要打个电话,每个月的月底更是张口要生活费,可是随着自己工作之后,对家里的依赖少了,自然而然的联系也就没有曾经那么频繁了。

电话接通后,听声音我能察觉到我妈挺开心的。

我靠在沙发上说道:"我能忙啥?还是公司那点事呗。你怎么突然想起来给我打电话了?"

"你爸最近跟隔壁邻居吵得不可开交,我是没办法了,准备带你爸到昆明去避难,免得他哪天在和别人争吵的时候心脏病突发。"

"怎么回事?我爸跟邻居吵什么?跟哪个邻居吵?"

"除了那老金头还能有谁?自从你爸因病内退之后,这两个人没事就凑一起下象棋,下着下着就急眼了,掀棋盘摔茶杯那都是常事,劝都劝不住。"

我一阵唏嘘道:"下象棋都能吵架,那就别下了呗。"

我妈也很无奈,说:"谁说不是呢?这两个人今天吵完明天还要凑一起下,管都管不住。我是真担心你爸心脏病,所以就决定带他来昆明看看你跟曼曼,过来跟你们住一段时间。"

我的头瞬间就大了,他们这个时候来,不是给我添乱吗?在家怕下象棋心脏病突发,来昆明知道我跟杨曼离婚,那还得了啊?

为了防止这种情况发生,我赶紧推脱道:"你带我爸去旅游吧,看看海不是挺好的吗?你看大海多辽阔,看了就心胸宽广了,保证他以后不会因为这点鸡毛蒜皮的小事计较。"

"我俩不想去看海,去年不是去过了嘛。"

"那你们这次去杭州,游西湖还能顺便到苏州看看园林,修身养性也挺好。"

"那有什么好看的？这大夏天的,杭州、苏州得热成什么样?"

"那你们再考虑考虑其他的地方!"

我妈终于听出来不对劲的地方了,她疑惑地问道:"你为什么一直出主意让我们出去玩?目的就是不让我们到昆明?你这是什么意思?嫌弃我俩?"

"没有!没有!"我哄着我妈说道,"我是你俩的亲儿子,怎么能嫌弃你俩呢?我最近工作忙,你们来了我也没办法陪你俩。"

我妈听后马上说道:"我们俩又不是小孩子,你忙不忙我们还不知道?正好你忙,我过来给你和曼曼做个饭什么的。"

"不用,我俩吃得挺好。"

"别说了!"我妈直接给我下了最后通牒,"我和你爸买了明天飞北京的机票,在北京玩一天就来昆明,我俩都不用你来机场接,自己打车回去就行,不给你们添乱,就这样,挂了!"

挂断电话的那一瞬间,我感觉整个天都要塌下来了,我跟杨曼离婚这件事他们是一点儿都不知情,还认为我们好好的。

我爸有心脏病,要是被他知道我和杨曼离婚,肯定比下象棋受的刺激更大,为了我爸的身体,我也不能让他知道我们离婚了。还有,杨曼怀孕了,他们老两口要是知道这个消息,指不定会高兴成什么样呢,更加不会理解我离婚的行为。

想到这些,我意识到必须主动联系杨曼了,不管怎么样,先把我父母这一关应付了吧,等他们到昆明之后,我再找机会把离婚的事解释清楚。

这夜,我陷入了无尽的纠结之中,手机的通讯录里找到了杨曼的名字,这个页面已经显示了两个小时,我却始终没有勇气拨打。或者说我拨打之后不知道要怎么跟杨曼说起这件事……

可该面对的还要面对,此时已经深夜,我不想打扰杨曼休息,便在微信上给杨曼发了一条信息:这个时间你睡了吧?明天有空的时候给我发个信息,我给你打电话,有事跟你说。

信息发出去之后,我觉得自己有点恶心,用不着杨曼的时候对她冷言冷语,现在有事找她帮忙,又想要杨曼配合,这么做是不是有点自私?

起身上了个厕所,回来躺在床上,思考要如何面对杨曼。

过了一两个小时也没想到该怎么办,此时已经凌晨一点钟,准备入睡的时候,杨曼的信息发回来了:你睡了吗?

我说:还没有。

杨曼说:我打电话给你,方便吗?

我说:我打给你。

说完之后,我拨通了杨曼的电话,我听到了洗手间水龙头的声音,脑海中又浮现了曾经那个家里洗手间的模样。

"怎么了?"杨曼在电话那边问道,"你打电话给我有什么事?"

"我爸妈要来昆明……"说到这,我突然就不知道该怎么往下说了,沉默了几秒钟之后才继续说道,"咱们离婚的事,他们还不知道,你也没说吧?"

"嗯!"杨曼应了一声问道,"你是怎么想的? 让他们回家里住,继续隐瞒离婚的事实吗?"

我提出这样的要求对杨曼来说是很过分的,毕竟我们已经离婚,她已经没有赡养我父母的义务,我父母对于她而言,可以完全当成陌生人了,但我现在没办法,只能恳求杨曼道:"我爸心脏不好,我怕他知道我们离婚的事急火攻心,能给我点时间慢慢解释吗? 他们来昆明,还是先把他们接回家住吧。"

"好。"杨曼没有任何犹豫,"爸妈什么时候到? 我去机场接他们。"

"这个倒不用,我去接就行了。我想问一下,你爸妈还在昆明?"

"我爸回丽江了,我妈留在昆明照顾我。"

"你妈妈她会不会……"

后面的话我没说,杨曼也猜得到,她安慰我说:"我会跟我妈妈说的,你不用担心。家里都没有你的东西了,明天你带点衣服回来吧,放在柜子里面装个样子也好。"

"嗯,知道了,你怎么这么晚还没睡?"

"妊娠期睡眠质量特别差,经常是半夜做梦都在呕吐,忍不住就起来上个洗手间,医生说过了前三个月会好一些。"

我深深吸了口气,拿着电话对杨曼说道:"睡吧,早点休息,我明天下午过来找你。"

"晚安!"

挂断电话之后,我又失眠了! 我不知道自己这么做是对是错,至少有一点可以确定,那就是我有点对不起顾瑶,既然已经和顾瑶确定了恋爱关系,我就不应该再跟杨曼有联系,更不适合搬回去住。

迷迷糊糊地躺在床上,也不知道自己是什么时候睡着的,整个梦中都是懊悔与自责。

以至于我第二天早上醒来的第一件事就是给我妈打电话,幻想着能劝她不要来昆明,这个时候来昆明真的是太不方便了。

但是我电话打过之后,我妈竟然告诉我,她已经在机场了,今天飞北京,在北京停留一天就来昆明。

我鼓起勇气说道:"妈,要不你和我爸商量一下,你们俩就别来昆明了,我这边挺乱的,你们来了我真分不出身来照顾你们,以后有机会再来呗。"

我妈特别警觉地问道:"你为什么一个劲地阻止我跟你爸来昆明? 你是不是有事?"

"我能有啥事啊? 每天除了忙工作就是忙工作,我是怕你来了,我又照顾不周,你们俩会心寒。"

"你是我儿子,你做啥事我和你爸都能体谅,你别担心这些有的没的了。我们俩要登机了,就这样吧。"

电话又一次被挂断,想要阻止他们来昆明已经是不可能了,我只能去找杨曼。但是在找杨曼之前,我觉得这件事应该跟顾瑶说一声。

于是我又拨打顾瑶的电话,连续打了三个,都是提醒我在通话中,我便放弃了继续拨打,想着顾瑶一会儿忙完了应该会给我打回来吧。

我把放在桃子这里的行李箱整理了一下,里面放了几件经常换洗的衣服,开着车便回到了曾经的那个家。

当我站在家门口等着杨曼开门的时候,我竟然有一种很深很深的陌生感。

等了片刻,门被打开了,我以为开门的会是杨曼,没想到竟然是杨曼的母亲,那个曾经巴不得快点赶我走的人。

再次见面有些尴尬,我还是硬着头皮叫了一声岳母。

杨曼的妈妈于凤琴没用好眼看我,甚至都没理我,打开门之后转身就回去了。

我站在门口有点难受,那种感觉太不爽了。

好在杨曼这时穿着睡衣从卧室出来,看到我站在门口,对我说道:“进来吧,站在门口干什么呢? 我都跟我妈说过了。”

我深深地吸了口气,像是给自己鼓足勇气一样,再一次迈入这个门的确是需要莫大的勇气。

我走进门,于凤琴已经回到了次卧,用很重的声音关上了次卧的门。

杨曼看了一眼,然后对我说道:“别理她,我妈的脾气你又不是不知道。先把你行李箱里面的衣服拿到卧室去挂在衣柜里面吧,爸妈什么时候到?”

我低声说道:“明天晚上到。”

“嗯!”杨曼应了一声,帮我拉着行李箱走向卧室,我紧随其后。

来到卧室之后,杨曼打开了衣柜的门,对我说道:“上面那层的晾衣竿有点高,我不能拉扯肚子,只能你挂上去了。”

我看了看杨曼的肚子,有很多问题想要问,话都到嘴边了又说不出口,默默地把衣服挂在衣柜里面,杨曼的鼻子抽动了两下,突然就捂着嘴冲向了洗手间,紧接着我就听到洗手间传来了一阵干呕。

同样听到干呕声的于凤琴也从次卧赶了出来,站在洗手间内轻轻拍打着杨曼的背,等杨曼好一点,于凤琴又去客厅给杨曼倒了一杯温水拿到了洗手间让她漱口。

这一幕都被我看在了眼里,心里有一种说不出来的感觉,也动摇了自己的想法。谎言终究是谎言,迟早会有被发现的时候,我这么做无疑是幼稚的。

chapter 92
我 们 的 孩 子

过了片刻,杨曼感觉好一点了才重新回到卧室,我已经把衣服都挂好了,杨曼进门的时候顺便把卧室门关上了,她来到落地窗前打开了窗子,让外面的风更容易吹进来。

我站在杨曼身边轻声问道:"每天都这么干呕?"

"还好吧!这种呕吐的感觉是不定期出现的。"

这时,顾瑶的电话打了过来,我看了一眼屏幕,本想避开杨曼去接,但是想到外面可能遇见于凤琴,想想还是算了吧,就在卧室接听了电话。电话那边传来顾瑶甜甜的声音:"我刚刚在和中天安防的高峰谈邀请他出席你开业剪彩的事,所以没接到你打过来的电话,你找我是不是有什么事?"

当着杨曼的面,我也不好把事情说得太清楚,便含糊着对顾瑶说道:"你下午在公司吗?我过来找你吧,这边遇到点事,我当面跟你说。"

顾瑶想了想说道:"那你下午三点到三点半之间过来吧,这半个小时我有空,其余的时间我都安排满了,在努力地帮你寻找重磅嘉宾。"

我发自内心地感谢顾瑶,轻声说道:"辛苦啦,我三点准时到你的办公室找你。"

顾瑶开心地说道:"不辛苦,不辛苦,期待你的工作室开张大吉。我先忙了,中午还约了人一起吃饭,亲爱的,我们下午见,我等你。"

挂断电话之后,杨曼苦笑着问道:"你新交的女朋友?"

我没否认,因为这种事迟早都会知道的。另外,我始终认为在感情上欺骗一个人是很不道德的,或许是因为我有这种根深蒂固的思想,才没办法容忍杨曼对我的背叛。

片刻的沉默之后,我的目光落在了杨曼的小腹上,然后鼓起勇气问道:"肚子里的孩子,真的是我们的吗?"

杨曼先是点了点头,然后又无比失落地说道:"其实,是不是都不重要了。我们已经走到这一步,我曾经想过要跟你复婚,给孩子一个完整的家,后来我逐渐明白,想要让你回心转意已经不可能了,但是我不会放弃孩子,即便是我一个人,我还是会把他(她)生下来,抚养长大。"

我深深地吸了口气,把目光投向了窗外,说:"这些年我们那么想要孩子,却始终没有,为什么在离婚之后你给我这样的惊喜,我愿意相信你说的是真的。但是你能不能告诉我,当初为什么要骗我签了离婚协议书?你为什么要这么做?"

杨曼走到我身边,和我以同样的位置看着窗外,低声问道:"你要听我说实话吗?"

"我不希望你在这件事上还继续骗我。"

杨曼沉默,这种沉默让我以为她是给自己找借口或者是编造一个理由,我甚至做好了只要杨曼为自己辩解,无论是什么我都不相信的准备。

但是杨曼却出乎我的预料,沉默之后的她轻声说道:"是我背叛了婚姻,是我自私,我在你身上看不到安全感,尤其是你把车卖掉后将钱全部给了禾丰,我很怕!我怕有一天你冲动地把唯一的房子都拿去卖掉继续做投资。"

我安静地听着,说不清楚心里是什么滋味。

杨曼继续说道:"我们都不小了,所以我怕了!四五年前我们刚从校园走出来,我什么都敢拿出来陪着你赌,但再过年我就三十岁了。三十岁的女人没有房子,是多么可悲的一件事?所以我自私地想要离开你。你卖掉车的那天我委屈地哭了很久,那个时候我就已经动了跟你离婚的想法!这些年薛磊一直没放弃追求我,我跟他说了想要与你离婚,他就说陪我出去散散心,还教我怎么骗你把婚离了,所以才有了从民政局出来的那一幕。当我看到你拿出提前做的财产公证的那个文件,我就后悔了。你心里一直有我,处处为我着想,而我却背叛了你,背叛了我们的家,你一定特别恨我吧?"

我没有回答杨曼的问题,我的目光重新落在了杨曼的小腹上,轻声问道:"你是什么时候发现自己怀孕的?"

　　杨曼胆怯地看了我一眼,然后低下头如实说道:"那天从民政局出来后,我就跟薛磊去了机场,准备去泰国散心。因为飞机晚点,我们改签了另外一个航班,要在机场休息六个小时,薛磊就在附近的一个酒店开了钟点房,到酒店办理完入住准备上去休息的时候,我去了一趟药店……"说到这,杨曼停顿了一下,然后继续说道:"不瞒你说,我是去药店买安全套的,我知道跟薛磊出去肯定会发生些什么,在药店买安全套的时候我突然想起来很久没有来例假了,就顺便买了一盒测孕试纸。到酒店之后我就做了第一次测试,当结果出来的时候,我以为自己看错了。当天晚上飞到泰国之后我又测试了一遍,结果和第一次一样。你知道我当时有多么惊喜吗? 我迫不及待地在泰国的医院做了检查,结果真的怀孕了,我简直不敢相信这是真的。这么多年我们一直想要的孩子,他(她)真的来了。"

　　说到这的时候,杨曼已经是泪流满面,我情不自禁地把手伸向杨曼的小腹,我的手在距离杨曼小腹一厘米的地方,再也不敢迁移了,我也不知道自己惧怕什么。

　　杨曼主动抓着我的右手,轻轻地放在她的小腹上,泪眼蒙眬地对我说道:"这是你的孩子,真的! 我没有骗你,你一定能感受得到他(她)的存在,对不对?"

　　听到杨曼的话,我像触电了一样,将手收了回来,我不能接受杨曼的话,我不相信这个孩子是我的,或者说我不能接受这样的现实。我的生活已经一地鸡毛了……

　　杨曼似乎也看出来我心里的想法,她轻声问道:"你不愿意接受孩子是现实,除了对我的不信任,还有对你女朋友的眷恋吧。她比我年轻、漂亮、优秀,所以你在逃避现实。"

　　我看着杨曼的眼睛轻声说道:"如果孩子是我的,我愿意尽一个父亲的责任,但是我不会接受你用一个孩子绑架我的生活。背叛对于一个男人来说,是一种侮辱,一辈子有一次就够了。"

杨曼的眼泪顺着脸颊流淌下来。

而我，也没有继续看她哭泣的勇气，毕竟爱过，毕竟一起走过了那么多年。

那天夜里，我又一次失眠了，躺在床上盯着天花板听了一夜的歌，在天亮之前决定和曾经的自己做一个告别。

我们终究不能活在回忆里，生活还要继续……

（未完，待续）